北大培文文学讲习所
优秀作品集

策划 北大培文创意研究院

走进北大培文·文学讲习所

北京大学谢冕教授

著名作家 北京大学曹文轩教授

北京大学程郁缀教授

北京大学戴锦华教授

北京大学漆永祥教授

著名作家 李迪

著名作家 徐则臣

著名诗人 黄怒波

北大培文总裁 高秀芹博士

北京一零一中学程翔副校长

聆听名家论道 培育北大精神

少年行　挥洒青春情怀

曹文轩、高秀芹、朱竞在北京大学新闻与传播学院报告厅为优秀学员颁发证书

“北大培文·文学讲习所”全体师生在北京大学百周年纪念讲堂前合影

北大情　书写志气文章

北大培文文学讲习所
优 秀 作 品 集

布谷鸟
在风中歌唱

张 辉 主编

作家出版社

目 录

月光照不亮的地方

077—158

天堂草

湖畔的第一朵花

213—268

序

张　辉

迎风起舞　静候花开

这是一本北大培文·文学讲习所精英班的作品集。北大培文·文学讲习所以北大精神为指针，为青少年提供亲近经典、聆听大家的机会，让青少年在其中积累浓厚的人文能量，充分发掘自身的创造性思维。“未名湖是个海洋，诗人都藏在水底。”这些来到北大的同学，在北大的一山一水、一草一木之间，亲身感受北大的魅力所在。胸中万里河山，笔下千家诗文。他们在名家的指点下，切实体验北大文化的内在力量，萌发躁动不已的思想之芽。

北京大学中国诗歌研究院院长谢冕教授在课上指出：成为一名具有北大基因的人，并不是说他一定要上北大，而是要具有北大的精神——思想自由，兼容并包。只要有了这种精神，他就是一名合格的北大人。无论他到哪里上大学，或者到哪里去工作，都会具有一种卓尔不群的气质、百折不挠的信心和愈挫愈勇的气概。这样的人，想不成功都难。

“文学的希望，在青年，在未来。”这种精神落实到青少年的写作方面，就是要求他们要有脚踏实地的品格和天马行空的创造力。写作者是敏锐的观察家，能够看到别人无法看到的世界；写作者是智慧的思想家，在平凡的生活中刮起风暴；写作者是历史的创造者，他书写个人传奇和记录时代生活。更进一步地说，让青少年亲近文学，加强对社会的体验，懂得诉说人生，不一定是要把他们培养成未来的作家，而是为了让他们的心灵得到健康成长，进入一种幸福而完整的教育生活，有助于他们成为一个会思考的人，一个幸福的人，一个更好的自己。在这个程度上，正如曹文轩教授所言："让成千上万的青少年爱上写作，这是对中国教育的特别贡献。"这是一种写作的美德。

创造就是给青春插上翱翔的翅膀，写作就是给心灵说话的机会。写作必须要从解放思想出发，首先强调言有物，言有意，其次才是遣词造句、谋篇布局的功夫。这个道理不能搞反了，没有"说什么"的问题，哪会有"怎么说"的问题呢？让写作回到事物，让想象回到现实，回到文学的起点，让青春来叫醒作文。美国建筑大师贝莱说："青春是一种品质，与年龄无关，一旦拥有便永远不会失去。"青春具有解放的品质，人生只有在丢失这种创造性品质之后，才会真正地老去的。

让我们跟随青春的脚步，让文学的石子破窗而入，惊醒装睡的作文。装睡者也许偶尔会做梦，但是永远抵达不了生命之根。作文乃至语文的教育应该是最有温度的人文教育——它是从日常的油盐酱醋中来，从生命的喜怒哀乐中来，而不会从石头缝中蹦出来，不会从书本中飞起来。"感于哀乐，缘事而发。"因此，应该让孩子们在水里火里，在人生里，在社会里，学会生活，学会理解，学会爱，而不仅是在沙盘里堆砌世界，在作文纸上排列字句。文学界和教育界应该一起担起这个责任，因为孩子是我们民族的未来，我们应该对青年有一个方向性的引导，以解放他们的想象力，提高他们认知世界的能力，充分展现他们的才华，进而才能把他们培养成为具有独立人格的现代青年。

"燕园情，千千结，问少年心事，眼底未名水，胸中黄河月。"少年行，北大情。让我们不负青春，不负文学，不负燕园之行，一起迎风起舞，静候花开。

第一篇

梧桐树下

梧桐树下

将一切

北雁南飞、花树开落

永不停息的无名旋律

写给暴雨中沉默的夏夜

与温柔来访的东南季风

萧子衿

梧桐树

“说起怪异的事情，这华城里谁没碰上过一两件。”黄家的小少爷突然接上话茬。桌上的油灯在黑夜里晕开一圈圈淡黄色的光，映得小少爷的眼睛忽明忽暗。

姓喻的书生打异乡来，听他这么一说不禁兴起，笑道：“果真如此么？早就听闻华城多灵异之事，起先还以为是说书人诳语。”黄家少爷忽地直起身子，陡然严肃起来：“怎么会是诳语。我真的碰上过一回，我可以说给你听听……”

“幺儿！”黄老爷轻轻咳了一声，目露歉意地朝喻书生点点头，“小孩子尽爱说些胡话，喻兄莫要见怪才好。住嘴，哪有什么灵异怪事。幺儿，是时候回房休息了。”

“无妨。”喻书生劝阻道，“我确实想听听小少爷的故事。”

黄家少爷本来就是个活泼好玩的性子，听人这句话一出，立刻冲他父亲露出一副狡黠的笑颜，重新坐下来正了正衣襟，目光炯炯地看着那个姓喻的书生开口了。

“你若真有意想听，我自然说与你便是，然而信不信，那是你的事情……”

黄家的小少爷在家一日，黄府便一日不得安宁，从黄老爷到黄府门前的大黄狗，从厨房的厨子到看护花园的小厮，他必要一一闹遍，一分钟也不肯休息。黄老爷几次被小孩的顽劣脾性气得吹胡子瞪眼，然而毕竟是幺子，终究舍不得动手打，只是常常念叨着要尽快送这东西上学堂去，图个清静。

小少爷最喜欢在黄府的后花园里捉虫爬树，长到 10 岁，花园里的树没有哪棵没爬过的，除了园子深处的一棵梧桐。那梧桐年代古老，树干粗壮得四人合拢才能将将抱住，树皮也算不得粗糙，不好攀爬，因此使得它免遭小孩不知轻重的蹂躏。黄老爷亦曾三番五次地警告小少爷不许糟蹋那棵宝树，小少爷听在耳里，心思却动得起劲，时不时到树下溜达。

有一天，趁着黄老爷出门办事，黄家的小少爷又站在了树下，仰起小脸志在必得地打量着茂密的树冠，然后他挽起袖子，煞有介事地往掌心里“呸呸”地吐了两口唾沫。一切准备就绪，黄少爷伸手想试一试，谁知他的手刚一碰到树干，就有人拉住了他的衣服后襟。黄少爷回头一看，是个跟他年龄相仿的小孩，高他半个头的样子，穿着奇异而不协调的古旧的单衣，乌黑的头发与眼睛衬得小脸更加苍白，声音也像是被冻着了似地瑟瑟发抖。

“别碰。”那小孩说，一双眼睛直直地盯着小少爷。

黄少爷讪讪地缩回手，有些心虚地摸摸鼻子，满脸做错事被抓现行的惭愧，清了清嗓子，尴尬地开腔：“咳……你好呀？你是谁家的小孩？以前我怎么没有见过你……看你这么瘦瘦的很容易被人欺负的样子，不如我们交个朋友吧？我很仗义的，会保护你的哦！”黄少爷将他在父亲面前伶牙俐齿的劲儿都使出来了，可那小孩只是看着他口若悬河地说个不停，等到小少爷口干舌燥了，他才点点头，有些执拗地重复道：“别碰。”

黄家少爷眉头一拧，撇了撇嘴角想发火，但很快他的头又耷拉了下来，无精打采地说："好好好，我不碰就是了……谁叫你来管我的呀？你别跟他们大人站在一边，多没意思。你跟我玩吧！你会下棋吗？我可以教你下棋……"小少爷说着就要往外跑去拿棋子，没跑几步又折回身来，紧张兮兮地叮嘱那小孩："不许告诉我爹啊！我俩是好朋友对吧，好朋友就要为对方保守秘密呀，千万别告诉我爹啊！"

小孩眼里有了些笑影，郑重地点了点头。

"后来我就常常找他下棋，缠着他陪我玩耍——那时候家里的哥哥姐姐上学的上学、做官的做官，说的那些话净叫人不爱听，顶没趣。因此我好不容易有了个玩伴，别提多高兴了。"黄家少爷声音在夜里像是被露水凝住了似地模模糊糊。窗外的树木被风摇撼着，黑漆漆的枝丫扑打着窗棂。

"你就没有问过那小孩是谁家的吗？"喻书生说。

"自然是问过的！"黄少爷答道，"但他不肯说，我怎么好意思追问？他总是穿着那件破衣服，像是哪个仆役的儿子，我若问来问去使他不快，他还怎么愿意继续跟我做朋友？"

"你对他就一点也不知道吗？假若他其实并非黄府的人——"喻书生试探性地看着他。

"黄府也不是随便就能进的。"黄少爷声音低低地回道，并无不悦的表情，只是犹豫了一下，"只知道一点，他姓周。我唤他作'周小哥'。"

黄府近来清静了不少。少了聒噪的小儿子在屋里上蹿下跳的身影，黄老爷倒觉得不大自在了。看护花园的小厮说小少爷依旧是在花园里玩，一躲进去就是好些个时辰，出来的时候照例是满脸汗水，满手泥巴，衣服上沾满了草屑子，比平时还要高兴似的向其他人问好。黄老爷也问过他，但小孩只是神神秘秘地笑一笑，并不回答。当然，他也问过黄老爷府上是不是有周姓的仆役。黄老爷皱着眉头想了半天也没能想起来，小孩等得不耐烦，又一溜烟跑了。

黄少爷到了 12 岁，开始上学堂了，他性格开朗又天生聪慧，在先生和同窗处都很受喜爱。但他从来没有因此冷落周小哥，他搬了张桌子到花园里，每日一边练字一边跟周小哥说些学堂里的趣事。周小哥总是全神贯注地听他唠叨，时不时附和两句，黄少爷便觉得他像是对此兴趣颇浓，于是很受鼓舞。

学堂的先生并不迂腐，常常讲些奇谈趣闻。有一回，说到华城如何古老，他大手一挥，衣袖哗啦作响，换上一副说书人的腔调：

"譬如说——当今城里的黄府黄家大院，一百年前，曾经是一位有名的将军家的宅邸。你们知道吗？那将军姓周，当年战功赫赫，无人不知无人不晓……"

黄少爷回家便跟周小哥说："今天先生说我家以前是一位姓周的将军家的宅子，你看，碰巧你也姓周，指不定是将相之才呢！"

不想周小哥忽然抬起头，眼神骤变，苍白的脸上毫无血色。黄少爷莫名其妙地看着他，只见周小哥摇摇晃晃地站起来，向梧桐树的树荫里退去，黄少爷一晃神，就不见了他的踪影。

"你大概猜到了吧？"黄少爷说，"我可以给你一点提示，那位周将军，除了战功赫赫为人所知，当年可是妻妾成群。"

喻书生沉吟了一会儿："莫非这周小哥是那位周将军的落魄后人？"

黄少爷笑了一下，那个笑很浅，未达眼底便已消失。

"我也感到奇怪，于是我去查了周将军的家谱和华城的县志。当年周将军一共娶纳了十房妻妾，除了正妻育有一子一女外，周家还有八个儿子，五个女儿，可谓人丁兴旺。但是，周家的家谱到了这一代，却离奇地丢掉了一个人，家谱上只有七个儿子的名字。"黄少爷紧紧盯着喻书生，"你觉得是怎么一回事？"

"一子夭折？"喻书生皱起眉头，"可再不济也是个少爷，即便夭折，也应当有所记录才是，怎么——"

“因为那个少爷，并非周将军之子。”黄少爷冷冷地说，“周将军当年娶回的第八房太太是个歌女，本已与城中一位穷秀才私订终身。怎料被周将军遇见，不知用了些什么手段，连哄带抢地娶了这么个妾。不到一年，那歌女便产下一子。

“想来也知道是怎么一回事。周将军费尽心思把这事掩盖住，从此对她冷眼相待，动辄打骂。其他几房的态度更不消说。那位名义上的小少爷，穿的是其他兄弟穿剩的旧衣，虽能学识字，但进私学抛头露面则是不可能的事。

“周少爷性格内敛，平日无事从不叨扰他人，在周府花园梧桐树下一坐就是一下午，有时误了饭点，也没人注意到他。这样反而好，母子俩就过了十多年太平日子。

“然而他越长大，眉目里那穷秀才的影子便越浓。周将军看在眼里，心里愈发不快。这感情到大少爷那里，成了刻骨恨意。大少爷时常找他麻烦，就同正妻素来最看不惯那歌女一样。周将军即便知道这些事，也从不制止。

“有一年冬天格外冷，一夜之间华城就被白雪覆盖，从屋檐上挂下来的冰凌有尺把长，花园里许多树木都被冻死，那周少爷念着那棵梧桐，依旧往花园里跑，尽管呆不了很久。他大概以为那是独属于他自己的一样东西。你说他怎么会这么想？

“一天早上，大少爷带着其他两个弟弟妹妹进了花园。不到一刻钟，两个弟弟妹妹惊慌失措地冲到屋里，嚷着救命。仆人们赶到的时候，大少爷在碎冰翻动的湖水里扑腾，而他在一旁愣愣地看着。大少爷被救上岸来，当天就发起了高烧，周将军大发雷霆，下令锁死门窗，不准他回屋，无论他的母亲如何苦苦哀求都没用。

“当夜，下了暴雪。”

“你到底是什么人？”小少爷站得离梧桐树远远的，声音里有一丝不易察觉的颤抖，“我挨个问了，你不是黄府的人……你却在黄府进出自如，你究竟是谁？”

周小哥站在树荫里，艰难地动了动口，却什么也没能说出来。

“说话啊！”黄少爷失态地大吼，“我去查过了……你就是那个没有载入周氏家谱的儿子，对么？你在这里干什么？为什么跟我交朋友？凭什么骗我什么都不说？！”

“黄……”

“不准喊我名字！”黄家少爷嘶着嗓子喊，“有本事你别躲树荫里，你出来！我倒看看你有没有影子——”

周小哥怔怔地看了他一会儿，然后慢慢地走了起来，直到他的身子完全沐浴在阳光下。

黄少爷的脸色倏地变得惨白，发出了一声不成调的惨叫，转身就逃，他冲出花园，冲回屋里，仿佛身后是洪水猛兽，然后他被门槛绊倒，前额重重地磕在了地上。

“我大病了一场。”黄少爷说，“等我醒了以后，立刻就想下床去找他，我有太多事想问他，还有太多话想同他说。你记得么？他第一次出现，是因我碰了那棵梧桐树。他母亲就葬在那树下。后来，我再去树下，他却再也不曾出现过了。”

喻书生看着昏黄的光点在黄少爷睁大的眸子里闪烁。

“除了这个，什么也不曾留下。”黄少爷撩起头发，露出额上那道伤疤，“有时我竟怀疑他是不是真的出现过。”

“那么，他真的出现过吗？”喻书生轻轻地问。

黄家小少爷笑笑，起身告退回房。

“喻兄不必多虑。”黄老爷忽而开口，“犬子自小体弱，常年卧病在床，什么周小哥一类事情，全凭他信口胡说。”

喻书生淡淡一笑，若有所思。

黄家小少爷回到房间，习惯性地望了望窗外。平日从他的房间可以清楚地看到花园里那棵梧桐，但今夜窗外一片漆黑，他茫然地呆望了几秒，终究回过神来。

“周小哥？”他低声自语，摇了摇头。

窗外，只有隐隐的落雨声。

（作者学校：周南中学）

专家点评

萧子衿的《梧桐树》讲述了一个神秘的故事。这个故事是否发生过呢？在黄家府内的花园里，种着一棵梧桐树，黄家的大人们常嘱咐不让小孩子靠近，更不让爬上这棵树。黄家小少爷非常好奇这其中的秘密。

有一天黄家小少爷在树旁遇见了一个叫周小哥孩子，他们相处得很好。然而周小哥的出现，却揭开了梧桐树下的秘密。原来周小哥是坊间传说中的周将军娶回的一位歌女所生，这孩子不是周将军的。周将军容不得这个女人怀了别人的孩子，于是女人和孩子都不能再留在周府中。周将军把他们撵到偏房。后来，女人病死了。这梧桐树下埋着的就是周小哥的妈妈，因此周小哥常来这树下。

黄家小少爷与周小哥相处嬉闹的时间里，他是那么欢快，那么纯真。小说语言精炼，叙事有层次感，写出了人与人之间的平等与友情，写出了小少爷的善良一面。

一开始就知道要成为怎样的人，心里的火始终不依不饶地骚动跳跃，之于书，之于琴，之于绘画，之于写作。不管是从前金铠云履的行者，流浪撒哈拉的三毛，康桥一别的志摩，还是如今云鬓粉靥的黛玉，严肃沉吟的卡夫卡，温柔忧愁的沈从文，他们的文字可以穿越世间，铭刻着人格的烙印。我的肌肤上有他们的掌纹，血肉中有他们的体温，心脏里有他们的脉动，才使灵感不至枯涸，生命不至湮沦，灵魂不至死去。

一路写我所写，笔耕不辍。

李文染

少　年

笼　鸟

“阿佑，考完呐——”

乡村人的口音大多是这样，尤其是湘南一带，凭它再多荼蘼山水的诗意，总是和市井里摸爬滚打的人们无关。像是喉咙里滚出粒粒砂子，连上扬的尾音都透着薄凉的味儿。

“嘿嘿，是的。”他笑。

泷镇是个巴掌大的地方，偏又东隔淮水西临新城，只剩下一条灰绿色的线——镇西一片老竹林掩映着颓垣残瓦，将泷镇的晚照斜阳和咫尺世界里的繁灯高日隔绝开了。早些年，阿佑听说要修一条水泥路。后来，每日早晨阿佑睁眼就听到阵阵吵闹，水泥器械的哧啦声，四处流窜的议论声……

后来怎样了，不知道。说是没修成，那时主张修路的工头，是阿佑的爸，失足跌进河里，镇上的人骚动了，四处惊叫着找尸体。最后在河那头靠城的一处石头缝里捞着了，也不知怎的漂了这么远，头和脸被鱼啃得辨不出人样，尖石划开了肚皮，腥臭味散满整条河。那以后就没人敢修那路了，大人们一贯故作惊恐地跟自家小孩说，河里的水鬼要来抓你了！

阿佑觉得他们的表情很滑稽。他不怕神鬼，倒很喜欢没事往那里走走，望着路的尽头，陈旧的水泥断面和陈旧的竹林勾连，被一片老墙圈着，像只笼，也像双幽深的眼。

我是在有一年清明见到阿佑的。他是我奶奶一系的表亲，一个患羊癫疯的外甥女养的孩子。当年太难，阿佑的父亲没能念完书。听说他是个极伶俐的人，可惜半生忙忙碌碌，还搭上了自己的命，遗下孤苦妻儿。起初邻人提起这事都喟叹不止，渐渐地大伙也就厌烦了这嚼烂的故事，找寻新噱头去了。倒是常有慈悲的人给母子送点吃食，不过自阿佑妈发病后就门庭寥落了，只剩下奶奶那家子人轮番接济一下。我因回泷镇祭祖，奶奶才教我认得他。

那时我所见的阿佑，确是有股痴憨的稚嫩，太清癯些，但眼睛总归还明净的。问他："你想不想你爸？"他就甩甩脑袋，笑着说："小姊，我每天放学回家想。"问他为什么，他又不答话了。奶奶在一旁戳着他的脑袋，说："傻呢"。

阿 佐

第二次去时已属季秋，阿佑悄悄告诉我，阿佐要回来了。

阿佑那个时候十几岁了，我想着两年没见，人一定已经变了副模样，但没想到他竟愈发枯瘦了，站在那里像根泛黄的秸秆子，只眼睛还是那双眼睛，清清明明，空空洞洞。

“他很小就考到市中去了，几个月没回来了。”阿佑扬扬嘴角，小心地。

我逗他，“你倒是惦记你胞弟。”

阿佑说：“阿佐聪明，眼神里透着乖巧和机灵，漆黑的眼珠子像两只蝌蚪，脸蛋丰润可爱。”虽是同一张面皮，但阿佐是个会念书又讨人喜欢的男孩。邻里都说他俩真不像一个娘肚子里爬出来的。

我看着他，说：“你不喜欢弟弟？”

“不。就是有点儿怕。”

“怕什么？”

“不知道。”

那年阿佑就要升高中，几次模考的结果都令人无奈。他还是那事不关己的寡淡神情，每天回家在路口逗留好一会，把周围叽喳的鸟雀轰走，将横生的茱萸叶扯掉，随手丢进那头的河里。

我有时跟他说学校里的事。他偏着脑袋，似乎很认真地听着，眼神却飘忽，我以为他是想念阿佐。直到某天，他突然说：“他今年也不会来了……”

我拉起他的手，觉得应该说什么，最后又什么都没说。

那秋天里的树叶已经哗啦啦落下大半了。

“哥哥，你又没过及格线？”阿佐吊着一对眉毛，拨弄着那只在城里捡的小麻雀。他并不喜欢麻雀，说：“蠢鸟，没皮没脸的，不晓得飞。”

阿佑不做声，合着眼，好像就要睡去了。

“又怎么？叫你绕着点走，省得听那帮闲得没事的女人唠叨。人家说你癫子你就信啊，怎么偏不听我的话。”阿佐使劲拧了一把阿佑的胳膊。

“不怪他们，活该。我到底不是你……”

“闭嘴。你又给妈咬了？”脖子上的疤，扎眼。

"去看妈的时候给她带了一碗饭，突然脖子上一疼，没躲得开……还是说说你吧。"

阿佐盯着他，莫名其妙地有些躁怒。"每天吃饭睡觉，成群结队地在草地上跑，不约而同地上同样的课，老师总夸我聪明，我觉得他张张合合的嘴真美妙，每天快活得像只飞来飞去的猪……噢，恶不恶心。"

阿佑睁大了眼睛，半晌没说话。

"还不走吗，阿佑？"阿佐笑。

冲　突

阿佑并不厌学，也挺喜欢他的学校。

我早早就告诫阿佑，像他这样的孩子，在学校的言行更该多留些心眼儿才是。可阿佑说他过得挺好，新老师对他很好，经常关心他，同学也都乐融融的。他衷心喜爱着他们，喜爱他们嬉笑打闹，如一群无忧无虑的雏鹰，骄傲地掠过每一个黯淡的生灵。

我终究不该去凑那场热闹。

冒着初冬的寒风去开会也全因为阿佑。那位老师在讲台上把一双高跟鞋跺得通天响。"以下同学……阿佑……无故旷课外出多次，且至今拖欠学费……"她皱了皱眉，瞟我一眼："虽然我认为对于这样的孩子应该抱有同情心，但如果以此进行道德绑架只会徒增学校的负担，一个有羞耻心的人在如此困境中还是要加把劲，毕竟念书是为了自己而不是为了我……"

我在台下愣了很久，直到快散会才回过神来。我最不能见那样的神情，眼中黑白分明，言辞天经地义。

我挤到一堆人中间，问道："阿佑自己知道这些事情么？"

老师蹙眉道："他知不知道都是那个样，我带了这么多年的学生，他那样的还是头一次见；也不知是天生呆呢，还是刻意与我作对……"

"阿佑就是那个孩子吧？嘘……我说吧，没爹就这个样喽……"

我默不作声听完，走出去便撞见走廊外的阿佑。他站在墙边。冷风砭骨，那棵树的落叶要将它的身形掩埋了。

"你是听见了？"

"没有，我回家了。"他扭头走了。

"我早说你傻，人家丢一点好就当片天了。"阿佐那两只眼珠子像濒死的蝌蚪不停乱颤，好像要跳出眼眶。他突然伸手去死命地抓那只小雀，房间里响起一阵凄厉的鸟叫，落了一地深黄的羽毛。

我在房间外拾掇我的行李，一抬眼就看到阿佑漆黑的眼睛。

"我本不愿给你费一点精神。可我们同母所生，是不是？没法了，你永远也离不了这个地方了，跟地下的人一样。"他稚气的脸，竟浮出刻骨怨毒。

"你真可恶，不要说下去——"阿佑攥着一手羽毛，揉，仿佛用了浑身的劲，纤瘦的指骨泛起一层惨青。

"你记不记得我从前给你说的那些话？你有一次听信我，也不至于到这等地步了。"

阿佑当然记得。很多次这个可恶的弟弟从远方带回无数幸福的故事，一一讲与他听，告诉他那些美丽的街灯，街灯下依偎的人们，在每个没有苦痛的夜晚挥霍珍贵的安乐；孩子们一年四季不知饥寒，与他不一样；每逢春节，在他捧着饭食想着是否该去探望母亲的时候，他们能收到所有亲眷的祝福。那里没有吃人的河，极高的楼中有灯火，没有远去也没有归来。

总是想起阿佐，仿佛他就在身边，不停地附耳对他说："走吧，走……"不停地鼓动着他，引诱着他，他干涸的心腔里真的有毒蛇绞动，竖眼青鳞，吐着摄人魂魄的信子。

当阿佐突然捏碎那些美丽的痴念，阿佑觉得惶惶无终。

“好，你走吧。别回来。”阿佑轻轻说。

我没能看到他的神情，但还是真真切切地感受到刺骨的寒，在最后一个冬天悄然而至了。

春　天

次年春，幼芽开始冒尖，天气回暖，我想着阿佑也该念高中了。

于是问起奶奶，奶奶却露出了极恐怖的神情，怕被什么人听见似的，压低声音跟我说：“你莫提他了，上个月我们去才知道，年三十晚上那造孽的孩子，投江了——”

我打了个彻骨的寒颤。又问：“那他弟弟呢？”

奶奶却用诡异的目光看了我一番：“你也疯魔了？他们家独根独苗的，哪来什么弟弟。”

我完全地沉默了。许久，我才以极大的勇气跑出门，被暖风扑了一鼻子花香。一抬头，漫天响起鸟鸣——一群大雁，好像炸开了的黑色旋风，盘绕着、疾旋着，从我头顶呼啸而过。我还没有看到过这么热闹的鸟群，这么蓬勃地、愤怒地，飞去了未名的远方。

（作者学校：明德中学）

专家点评

李文染《少年》这篇作品，有鲁迅的笔法。景物和人物的描写，把读者带到情境中。“泷镇是个巴掌大的地方，偏又东隔淮水西临新城，只剩下一条灰绿色的线——镇西一片老竹林掩映着颓垣残瓦，将泷镇的晚照斜阳和咫尺世界里的繁灯高日隔绝开了。”这段叙述，交代了阿佑生长的环境是偏僻的山村，与繁华的城市毫无关系。泷镇没有公路，村里为了修路，阿佑没少听“水泥器械哧啦声，四处流窜的议论声”，后来他的父亲掉进了河里死了，从此也不再修路，小山村像个笼一样。

细读这篇作品，少年阿佑是个分裂的人物。文中阿佐的出现，总是虚幻的，阿佐实际上是阿佑的另一面。阿佑希望自己成为像阿佐一样会读书的孩子，以后能走出这个山村，到城市里生活，但现实是残酷的，阿佑还得照顾疯妈妈。他想读书，又交不起学费，被老师和同学嘲笑。生活的窘境，压迫得阿佑没有活路，“年三十晚，那造孽的孩子，投江了——”

“我”看到阿佑的两面性和对立性，这种虚幻中的现实，其实是存在的。

爱小说，也爱幻想。珍惜现在，也爱想象未来。喜欢写写文字，在字里行间梳理自己或喜或悲的情感。与挚友相处的时候，热情率性；与自己独处的时候，沉默冷清。喜欢咀嚼不同文字间蕴藏的情感，体味中外文学的芳馨，煮一壶茶，于夕阳下暗自嗟呀。这就是我，一位行走在文字边缘，崇尚真实，冷清却深情的女子。

王小雪

木　笙

四面都是高大的楼房，建筑工地上尘土飞扬。他依偎在桥洞下，有星星发着虚弱的光芒。星星开始在他头上旋转，旋转。他合上眼皮。他睡着了。

“来，来，木笙，你来。”

他艰难地走过泥泞的小路，道路两旁杂草丛生。

“你给我滚出去。”

他的脸火辣辣地疼，被汗浸湿的刘海宛如一条条黑色的爬虫，吸附在他额上。

“我不知道有些同学到底有没有听过我的课，这么容易的题目也不会。”

他拨开面前一丛丛的草，一根锯齿草划过他裸露的手臂，细小的血珠沁了出来。“它在那里。”他喃喃道，“它肯定在那里。”一朵云从天上飘过，星儿忽闪忽灭。

他抬头，看见不远处的小山坡，拔开腿就开始疯跑，连滚带爬地登上了小山坡。树林掩映之间，是一个破败不堪的房子。木制的门上净是蜘蛛网，房檐上挂着的风铃艰难地摇出不成调子的声音。他几近粗暴地扯下锈烂了的锁，扑上屋子里落满灰尘的床。他躺在床上。透过房顶的缝隙，他看见了星星，星星很亮。

“木笙乖，闭上眼。睡一觉，什么事都没有了。噩梦不要来吓我们木笙，奶奶把它们都抓起来扔掉，都扔掉。”

他感觉有一只手伸进他的枕头底下，抓成一团，又抽了出去。粗糙却温暖的手轻轻摸着他的额头。可是，根本就没有枕头，也没有手，早就什么都没有了啊。

“木笙，木笙。”

脸上多了些滑腻腻的触感。什么东西？他费力睁开眼睛。一双透亮而清澈的大眼睛直盯盯地望着他。一只未成年的小鹿，正舔着他。“你不怕我开枪打你啊，就这样，砰，砰！”他把手比成枪的样子对着小鹿。小鹿甩了甩头，用湿漉漉的鼻尖蹭他的脸。他颓然地放下手，上扬的嘴角弯了下去。他伸出双臂，紧紧地搂住小鹿的脖子，号啕大哭。小鹿不明所以，温顺地用舌头舔着他的脸。“我就知道，你还在，你还在，你知道我来，就让它来接我的，对吧。我知道你在。”他哭得撕心裂肺。

“木笙，这是阿旺。你喜欢它吗？”

他看到奶奶坐在大藤椅上，右手边是一只温柔的大黄狗。“它和我一起去上学吗？”“当然啦，阿旺很聪明，你带它走几遍，它就明白路了。”“哇，真好。”他放下书包，扔在地上，扑过去抱着阿旺的脖子，胡乱地揉着它脖子上的毛。阿旺伸出舌头，轻轻地舔着他的脸，涂得他一脸的口水。他又痒又欢喜，搂着它笑成一团。

他松开手，摸了摸小鹿竖起的耳朵。“快回去吧，你爸妈该想你了。”他拍拍小鹿的屁股，“走吧。”

“木笙，木笙。乖，别红眼睛了，羞羞羞。别担心，我就睡一会儿，就睡一会儿。”

那只他一直舍不得松开的手无力地滑下。

他眼中又开始不断地涌出泪水。“真没用啊，”他自嘲地笑。“奶奶，我到底要怎么做啊，我要怎么做啊！我是傻子吗？为什么我无论做什么，他们都觉得是错的，我到底要怎么做。”他抬起头，看着黑色的相框。奶奶微笑地看着他。

“木笙，再努力一点儿，加油，加油！哎！木笙真棒。”

他踮起脚去够柜子里的水杯，然而总差那么一点儿。他死命往上伸手，也抓不到杯子。额角沁出汗珠来。他看向站在一旁的奶奶。他再一次用力地踮起脚，咬着牙，将手颤抖地拉伸，拉伸。他瘫倒在地上，傻笑着，握着杯子。

“木笙！木笙！”他被紧紧地抱住，缺氧的感觉让他一下子睁开了眼。“是我错了，我不该……你别再吓妈妈了……”明亮到刺眼的阳光打在他的脸上，眼前高楼林立。他好像在桥洞下睡了一夜，头疼得要炸开了一样。老师和几个要好的同学眼圈红红地站在他面前。

“做了一个梦吗？”眼前一片绿意葱茏，鼻尖嗅到的，除了烟尘之外的，有一点甜甜的山间的清香，那清香缓缓地涌动着，流入他干涩的心，像一只温柔的手，擦干净了灰蒙蒙的玻璃。他看向妈妈，笑了。“我没事了，真的。”他抬头，建筑工地上未完工的高楼显出勃勃的生命力。似乎什么也不曾发生，但他觉得自己身上隐隐有些不同了，是什么呢？他摇摇头，勾起嘴角。“是什么又有什么重要呢？”他想。

“木笙，木笙。”

有一个声音在喊他，他抬头向四周看去。

什么也没有。

（作者学校：周南中学）

专家点评

《木笙》写的是一个叫木笙的男孩子梦中发生的一些情境。

木笙在桥洞下睡着。他回到了童年，回到了奶奶的身边，“他看到奶奶坐在大藤椅上，右手边是一只温柔的大黄狗。”他感到无比的温暖。木笙的梦里小鹿的出现，非常美好。小鹿温顺地用舌头舔着木笙的脸。

我到底应该怎么做？这是木笙一直追问的。相框里的奶奶微笑地看着他：“木笙，再努力一点儿，加油，加油！哎！木笙真棒。”木笙是一个不愿意长大的孩子，他没有勇气面对现实。

作者重笔描写了木笙在梦中发生的故事，木笙为什么会在桥洞下睡着了？是逃学？还是受到同学们的欺负？作者这种留白给读者留下想象的空间。

一支竹笛，一身长衫，一曲清远悠扬的吹奏，一个醉心于传统文化的我，曾想象自己是水墨画里的人物；一把吉他，一个背包，一腔赤诚追梦的热血，一个热爱流行音乐的少年，也曾向往过成为演唱会上的主角。这样的我，喜欢契诃夫深刻辛辣的浓墨重彩，也迷恋沈从文的清新优美的淡淡笔触。我会大声吟出泰戈尔谱出的诗歌，也会在司马迁书写的历史里静静沉思。这就是我，徐旭，一个矛盾综合体般的男生。但是矛盾又有何不可呢？世界因矛盾而存在，而精彩，不是么？

徐　旭

不灭的火焰

绵山的火，漫山遍野地燃烧着。

男人无助的呼喊，女人绝望的嚎叫和孩童惊恐的啼哭，夹杂着噼里啪啦的爆裂声，声音充斥着整个山林。

我是一棵树。我想救他，那个让我倾心仰慕已久的男人。但我此时也是自身难保……

熊熊的火苗已经卷上了我的身体，炽热，灼痛。顷刻我已失去了知觉，闭上眼看到的最后一个人，是他。

一年前的一个冬天，大雪纷纷扬扬，整座山被大雪包了个严严实实。绵山，几乎每年都会有场大雪，但这次似乎有点不太寻常。皑皑的雪，好像有千丝万缕，像海水一般汹涌，淹没一切。

突然，一个俊秀的身影出现在我的视野里，尽管他是俯着身子，但我依旧能看出他的高大挺拔，他的背上是一个满头银丝的老妇，身后跟着一个衣着单薄的女子，和一个牵着女人手的虎头虎脑的小孩。

那道身影几乎在一瞬间便吸引了我。白衣飘飘，发丝飞舞，就如雪白的绵山一般一尘不染，气质非凡。很显然，背着一个老妇登上这座雪山，的确不是一件容易的事。他喘着粗气，脸颊微红，即使在这样寒冷天气里，额头上也挂着密密的汗水。他脸上的坚毅神情，表明他不是一个会轻易屈服的人。

终于他像是到达了目的地，停了下来，将老妇安置好，便又开始了另一项工作，那个女人也加入了进来，和他一起四处寻找着什么。不一会儿，他们抱来一大堆树枝、树干和杂草，慢慢架起了一座小屋的框架，但似乎还是不够，男人又继续寻找着。哦，他朝我走来了！我能清晰地感觉到自己的心跳在加快，我渴望他的亲近，却又不敢去看他的眼睛，突然一阵刺痛，我身上的几处枝丫被折了下来，男人抱着枝丫转身走了，我的伤口火辣辣的，但心里却是暖暖的，因为我的枝丫不仅能为这个男人遮风挡雨，还能与他时时相伴，何况来年我还会长出新枝。

小屋渐渐严实起来，看到男人用捡来的树条架起的这座小屋，我心中半是喜悦，半是担忧，这弱不禁风的小屋能让他们安然无恙地度过这个寒冬吗?

之后的日子里，老天对他们似乎特别照顾，没下过一场大雪。小屋，没有像我担忧的那般倒下，小屋里的人们也开始了他们隐居山林的快乐生活。

冬去春至，在他们的小屋旁，有一条冰雪融化后形成的小溪，每天都会有一个勤劳的女子在那溪边洗衣淘米。天真的孩子在溪边投石嬉闹，老妇就坐在一旁，满脸慈爱地看着。那个男人，砍柴，挑水，捕鱼，摘果，乐在其中，他并不像看上去那般的书生气。随着日子一天天过去，我渐渐了解到，那个女人和孩子是他的妻儿，那个老妇是他的母亲，我想他所做的一切都是为了他所爱的家人吧。尽管他有着超凡脱俗的气质，但是对于这些凡俗琐事，他同样乐此不疲。

某日，夜色甚美，月光皎洁，一对璧人立于屋檐。

“夫人，让你受苦了。或许我不该这么自私与固执，只顾自己的气节，却不顾你们……”

“不，相公，别说了！”女人用手捂住了男人的嘴。“我们支持你做的选择。我知道封官加爵都不是你想要的，不在乎名利，不攀附权贵，这就是我所喜欢的你。”

“此生有你足矣！”男人将女人揽入怀中。“我现在就只想远离世俗，过自己平淡的生活，希望大王能念及多年的旧情，不要再寻找我了。否则……”

他们不再言语，只是静静地依偎。女人素净的脸上尽是满足和幸福。月光点点，微风轻拂，一切都是那么静谧和美好。

远处的我看到此情此景，心中有些许失落，也有无尽的羡慕。多么希望他怀中的那个人是我啊！但今生今世什么都不可能了。也许，能这样远远地看着他幸福就好。

我没有结什么果子，所以我只希望冬天能快点来临，这样，他就又有可能来到我身边，离我仅有咫尺之遥。

但这一年的春天似乎特别漫长，三月只过去了两三日。这一天，阳光明媚，那一家人又开始了和往常一样的生活。女人忙着将洗好了衣物晾晒起来，老妇正晒着太阳，而那个孩子又开始漫山遍野地跑——用他的话来说，是“寻宝”。这些天来，孩子早已将整座绵山寻了个遍，但他还是不遗余力地去探寻一切新鲜事物。男人和女人倒也不怎么担心他的安全，因为这座山并不凶险，平时也是人迹罕至。通常孩子玩累了，就会在太阳落山之前回到家。

不过今天，孩子却早早地跑了回来，脸上还带着些许慌乱。女人纳闷，边洗菜边问："今天怎么这么早就回来了？"

孩子结结巴巴地答道："山下，来了好……好多人，都穿着铁甲，还……还带着刀呢……"女人洗菜的手抖了一抖，"你还看见了什么？是不是有写着'晋'字的大旗？"孩子马上点头。

女人的脸唰地白了，轻叹了口气，起身朝自己的相公走去。

此时，正在劈柴的男人对这一切还全然不知，"他们，来了。"女人凝重地对他说道。男人的神色顿时僵了一下，手中的斧头一偏，劈向了自己的另一只手，鲜血直流。女人见状，忙冲上前去，捧起男人受伤的手，泪水早已不受控制地滚落，而见到这一幕的我，仿佛比自己挨了那一斧子还要痛，但我却什么也做不了。

"该来的，终究是会来的。"男人对受伤的手毫不在意，他连忙拉起女人，步伐坚定的走向老妇和孩子，一家人抱在了一起。

远处传来了时隐时现的呼喊："快下山吧……大王念及你十几年的功劳……荣华富贵……大王说了，只要你愿意……不会强求的！快下来吧——"

男人什么也没说，只是笑。他笑得很灿烂，很豪迈，像是全然没有听到那些话一般。

片刻的寂静后，山下又传来声音，这次似乎清楚了一些："快下山吧！再不下山大王就要放火烧山了，记住，中间那条路是留给你的下山路——"

远处冒起了股股浓烟，紧接着，一处，两处，越来越多。我心中无比焦急，但不远处的男人似乎什么也没看到似的，依旧不为所动，脸上还挂着一抹淡淡的微笑。

我感觉脚下的绵山已经变得炙热无比，即使是在赤日炎炎的夏天，也没有这样热过。土地里的水分一点点地蒸发，消失，空气也渐渐浑浊起来。我又渴又闷，随时都有可能一命呜呼。但我仍然坚持着，因为我的眼睛里那个男人始终岿然不动，他的孩子已经开始咳嗽起来，但他仍像一座雕像一般紧紧护着他的家人。

此时他已暗下决心，他举起威武有力的手，打向了自己的孩子、母亲和那个女人。女人晕过去的那一瞬间，眼中充满了不可置信。男人迅速地将他们三人一个接一个抱起，走向那条没有被山火侵占的道路，然后找了一个相对安全和隐蔽的地方轻轻放下。把他们小心翼翼地安顿好后，男人万般不舍地看了一眼，随即转身离去。转过头的一瞬间，泪水，从他脸上滑落。这个无比坚强的男人，终于第一次流下了自己的眼泪。

做完这一切，他又回到了小屋旁，大火已经蔓延到了不远处，浑浊的空气让人有些窒息，男人也开始剧烈的咳嗽起来。他踉跄地来到溪边，缓缓捧起清澈的溪水，洗净自己灰黑的脸，并润了润干涩的唇，然后艰难地走向了我。

还没等到我反应过来，他就一把抱住了我。那一刻，我的心跳像是停止了。我此生最大的愿望，竟然就在生命的最后一刻实现了，尽管有些可惜，但我已经很满足。

一阵山风吹来，火势更加肆虐，我竭尽所能想去保护他，我要用我的身体为他挡住火焰，但很快我自己就成了一个致命的火源。

火光中，那张被浓烟再次熏黑的脸，似乎又恢复了最初的俊秀，还有他眼中像绵山一样燃烧的火焰，永远也不会熄灭……

（作者学校：明德中学）

专家点评

从这篇小说的情节看，这是一篇根据介子推的故事改编的小说，而从行文来看，这又是当下的思维的语言表达。也许，这就是文学作品的穿越感吧。

作品中表现了一个男人的高傲的气节，他被大王看重，准备封他官职。但是他却表示“封官授爵都不是他想要的，他不在乎名利，他不攀附权贵”，用当下的话说，他追求的是与家人在一起的幸福。

难得之处在于，“我”是一棵树。徐旭同学用了拟人的笔法，以“我”作为旁观者，观察所发生的一切。“我”眼看着这个让她敬重的男人，为了气节，不愿到王府做官，投入了绵山一样的火海中。他的精神是不灭的火焰。

故事叙述虽然简单，却有骨气在其中。语言平实，结构完整。是一篇不错的记叙文。

一个爱听音乐，爱读文字，活泼开朗的高中生。小时候，我爱跟随着“童话大王”郑渊洁的脚步，走进一个又一个五彩缤纷的世界。平日里，我总爱戴着耳机，一边感受着耳畔如泉水抚过颗颗卵石的轻柔，一边捧起一本顾城的诗，慢慢品读起来，感受着他的那份纯净真挚，体味着他的那份伤感脆弱，在字里行间回味着那份诗人极致的爱恨。我由衷地希望着：有一天我也能用专属自己的笔，写出一个个耐人寻味的故事。

杨羽童

灵动的石头

一

太阳缓缓地出现在地平线，在黎明中，海水依旧不知疲倦地拍打着海岸边的黑色礁石。他狼狈地躺在冰冷的礁石上，豆大的汗珠从他的脸上砸落下来，坚毅黝黑的脸庞上，眉头紧皱，口中不停地念着什么，好像很惶恐。

突然，他猛地坐起，红肿的眼迷茫而又惊慌地望向四周：“不见了？在哪？在哪？”他的身体猛烈颤抖着，心中如数百只蝼蚁撕咬着，他试图站起来，却一个踉跄重重地摔倒在礁石上，浑身的酸痛感如台风一般席卷着全身上下的每一个细胞。随之，他眼中的世界越发清晰，他强忍泪水，脑中断断续续地闪过一些片段，似梦魇一般。

二

这是一个偏远的小渔村，他是渔夫的后代，世世代代生活在海边，与鱼虾为友。一间简陋的小木屋，一艘陈旧的二手船，几乎已是他的所有家产。尽管日子很贫苦，但是朴实勤劳的一家人从不抱怨，早出晚归，生活如童话般美好而圆满。可美好总是短暂的。

少年每天随着父亲出海打渔回来，总爱牵着小他 8 岁的弟弟一起去沙滩上拾贝壳。夕阳西下，在镀上金色光晕的海岸上，他们常赤着脚在潮水轻拍的沙滩上嬉戏。今天俩人像往常一样来到沙滩上，而命运的转轴也悄无声息地随之拨动。

玩得正起劲，一旁的弟弟突然拿着一块石头兴奋地奔到少年身边：“哥！你看这块石头好漂亮啊！”少年接过石头，果真，在夕阳的映射下这块石头显得格外剔透，流露出璀璨的光芒，直刺向浩瀚无垠的宇宙。少年摸了摸弟弟的脑袋说：“确实很漂亮，小虎，咱们赶快回去给妈瞧一瞧！”说着便拉起弟弟稚嫩的小手，朝不远处那袅袅炊烟升起的地方跑去。

三

夜正深，乡村的夜那么静谧和谐。突然，睡梦中的少年隐约听到有人在叫他，是个陌生而低沉的声音。他缓缓地从梦中醒来，望向一旁正在熟睡的父母和弟弟：“没人啊？是不是我还在做梦？”他摸了摸脑袋正准备睡下去，这个声音又响起了：“不，你没有听错，是我在叫你。”

“我就在你口袋里，你先别出声，我不会伤害你的……”

少年低头一看，果真，口袋中的“石头”正在发光。看少年愣住了，石头继续解释道。

“我是来自外星球的灵石，在陨石坠落时意外被带到地球表面。后来被科学家发现，于是，就对我展开了长期的研究。一次火灾，我落入下水道中，顺着水流，便漂到这附近……”

少年惊呆了，这是梦？他下意识地掐了自己一下，一阵痛感清楚地告诉他，这不是梦！

“你别怕，也别担心，我早已向我们星球利用惠乐泡沫发送了求助信号，他们很快就会把我传送回去的。”

“真的，有外星人吗？”少年毕竟还只有十三四岁，慢慢地便放松了警惕。

“嗯，你听过多宇宙论吗？我们生活的宇宙是另外一个平行的时空，是你们人类的一百年以后的样子。所以严格来讲，我们不是外星人……”

少年被灵石吸引住了，就这样聊到很晚才入睡，少年也总算弄清这块石头的来历了。

四

黎明将至，危险将至。

在 195 国道上，一辆军用悍马在路上奔驰着。

“这次是什么任务？”黑蟒摇开车窗，深深地吸了口手中的香烟，冷冷地说：“这些科学家似乎正在追踪一块石头，就在一个少年身上。”说完驾驶位上的中年男人，便从口袋中掏出张照片递给一旁的黑蟒。还没等黑蟒说话，后座的霍沙便夺过黑蟒手中的照片瞧了一眼，不屑地笑道：“头儿，你说这群人又想干什么，还让我们签保密书……”说着，便摸了摸喉咙上巨大的伤疤，那是在执行一次毒品交易的任务时留下的。

“少废话……”驾驶座上的人听了不满地皱了皱眉，加了脚油门，驾驶着车子在国道上扬长而去。

五

海鸥划过破晓的天空，掠过波澜不惊的海面，然而隐藏着的危机也渐渐逼近。

“砰砰砰……”一阵急促的敲门声打破了小渔村的清晨。一群黑衣人闯入了少年家中，不顾一家人的惊恐，翻箱倒柜地找起东西来。“别慌。”灵石的声音在少年脑中响起，“不要出声，千万不要把我交到他们手上，否则后果不堪设想。如果发现我的身份，他们必然会对我展开研究，利用我的能力，来达到称霸世界的目的。”

少年愣了一下。如今，决定世界命运的摇杆似乎握在了他手中，他该如何抉择？其实若交出去也不能责备他，在面对这群黑衣人时，纵使经过世事沧桑的大人也会退缩吧！他怎么可能不害怕呢？但若真的把这块石头交给他们，那他岂不是毁灭了更多人的生活？汗珠一颗一颗往下淌，少年极力地想掩饰自己的不安，可他看着眼前一片狼藉的家，大脑一片混沌。爸爸一大早就出海打渔去了，家里仅剩他、妈妈和年幼的弟弟，现在他是家里的顶梁柱，绝不能让家人受到伤害。

想到这儿，少年猛地摇了摇头，努力使自己清醒过来，保持冷静。

“头儿，到处找遍了都没有，你看是不是……”霍沙用眼神狠狠地瞪了少年一眼。

中年男人听了，哼了一声，转身径直向少年走去。

“交出来，快点，否则砰地一声，你就……”中年男人举起手中的枪，用冰冷的枪口紧贴着少年的太阳穴。

“再坚持一下，几分钟后我便可以被传送回去了。”灵石见情势不妙，便马上向少年说道。

面对中年人的威胁，少年眼看没有回旋的余地，便毫不畏惧地迎了上去，他清楚地知道不能把石头交出去，再过几分钟“灵石”便会被接回它的时空了，他要拖延时间，他必须要这么做。

看着少年，中年男子心中燃起了怒火，大声吼道：“搜！”

藏在少年身后的弟弟一听，死死地拽住哥哥的衣角，大哭起来，撕心裂肺地一直喊着哥哥的名字。母亲急忙冲到少年前，试图用自己的力量压下那只已经上膛的枪，她近乎乞求地哭喊道：“求求你，求求你，不要这样！孩子你快把那个东西还给他们吧，好吗？”

可这场面对于近乎冷血的中年男人早已没有任何感觉了，多年来他处理这种场面的方式只有一种——他扣下了扳机……

“砰！”母亲缓缓地倒在了少年身上，少年看着怀里的母亲，心中的愤怒如同岩浆般喷涌而出，鲜血如一根根银针狠狠地刺入少年的每一根神经，染红了少年的双眸。他近乎失去理智了，拿起一旁的水果刀，不顾一切地刺向中年男人。

咣地一声，沾满鲜血的刀从少年手中滑落下来。

少年怎么可能对付得了这个中年男人呢，一股股火辣辣的血从少年脑中不断涌出，他的呼吸越发困难。霎时，少年只感到天旋地转，从小到大的一切都在他身边眼前，扭曲，变换，旋转。慢慢地他失去了意识，眼前的一切越来越模糊，直到这一切都汇成一个小光点，消逝于眼底无尽的黑暗中。

六

在一座荒岛上，礁石上的少年忽然坐起，浑身的酸痛感让他无力站起，摔倒在礁石上，我这是在哪？母亲呢？母亲……想到这里，少年不顾已被海水泡皱的双手，撑地，试图再次站起，他焦急地环顾着四周，乞求这一切不是真的。还好，远处的两个熟悉的身影令他安下心来。

少年坐起来，敲打着自己沉重的脑袋，刚刚的一切是梦吗？可为何如此真实？

“哥哥，哥哥，你快看这块石头！”少年的思绪被弟弟清脆的声音给拉了回来。可低头一看，那块石头好像在哪见过？少年只觉得那瞬间像是被什么东西重重地击打了一下，大脑隐隐胀痛起来，梦中一幕幕的情景又被硬生生地按入了少年的大脑中。

母亲看出了孩子的异样，着急地问道：“儿子，怎么了？没事吧，给妈瞧一瞧？”母亲紧紧地抱住少年，试图用自己的体温让少年温暖一点。是啊！这几天经历的实在是太多太多了，一场巨大的海啸改变了他们的命运，迫使他们逃到这样一座荒岛上来。生命是暂时安全了，可如何谋生呢？捕鱼？似乎可以。可此时，少年他们离海啸地带并不太远，谁知这可怕的“怪物”会不会再一次威胁到他们一家人的生命呢？

傍晚，原本平静的海面上变得异常躁动起来，波浪一波接一波，风势也愈来愈大，少年站在地上都感受到了摇晃，少年意识到：海啸就要来了。是的，刻不容缓，他们得快点跑上那座山头，否则那漆黑冰冷的海水将会没过他的头顶，母亲和弟弟也会被海浪一点点淹没，消失……

“不行！妈，快跑，海啸要来了！”少年抱起一旁的弟弟，拉着母亲向远处的山头狂奔过去。

雨越下越猛，风也愈发猖獗，远处的海面像是被上帝用棍棒搅滚着一般，波涛汹涌，海浪一波比一波高，像是一张张血盆大口要把这世界吞噬。

时间一秒秒过去，它没上来了，没过了少年的脚踝。渐渐地水位越涨越高，可此时少年离山头还有一段距离……

突然，海水追了上来，一个浪头狠狠地拍在了少年背上，少年颤抖了一下，但他顶住了，继续向前跑着。

又是一个浪头，十米多高的海浪如一个山头似的，顿时把少年吞没了，弟弟和母亲也被这浪头给冲散了。黑暗，无尽的黑暗，他努力地睁开双眼，可除了黑他什么也看不见。冰冷的海水如一块千年寒冰深深地扎入他心中，透骨，透骨的心寒，他只觉得那一刻，心跳似乎停止了，海水令他窒息，而此时的无助惶恐更让他窒息。他用尽全力想让自己浮出水面，可海浪硬是死死地压住了他……

七

“哔哔哔……”实验室里响起了尖锐的报警铃。

“不好，实验体897的情况极其不稳定，快！快！所有人员迅速回到操作台！”实验室的气氛顿时紧张起来，大家都在观察着实验室中央那个少年的情况。他被装在一个充满绿色液体的玻璃柱中，身上连接着各种仪器，脸上的表情十分惶恐不安，身体也在不断地抽搐着。

持续了几分钟后，突然，他睁开了双眼，黑色的眸子透露出刺骨的寒光。

“成功了！”

在几万光年外的一个星球上，一位中年男子坐在屏幕的中央，看着眼前的少年诡异地一笑。缓缓地对一旁的手下说道：“我们可以开始行动了……”

（作者学校：周南中学）

专家点评

近年来，青少年很多喜欢用科幻的形式来叙述一个故事，也出现了一些优秀的作品。杨羽童的这篇《灵动的石头》就属科幻小说类。作者写了偏远的小渔村一个少年发现了一块漂亮的石头，从此，这块神奇的石头引出了很多惊心动魄的故事。它不是普通的石头，是从外星球来的一块灵石，在陨石坠落时意外被带到地球表面。又因一次大火，灵石流到了少年的身边。这块灵石的身上有着外星球的信息，地球上的其他人也在寻找。灵石说“不要把我交到他们手上，否则后果不堪设想”。少年与掠夺者搏斗受伤。当他醒来时，已在一个荒岛上……

科幻小说的特点是用幻想的形式，表现人类在未来世界的物质精神文化生活和科学技术远景，其内容交织着科学事实和预见、想象。

如果这篇作品，能更细致地描写少年与灵石间的默默交流，会更有神秘感。

洞庭湖畔坐落着我的家乡，自古钟灵毓秀的岳阳。山市晴岚、远浦归帆、平沙落雁、洞庭秋月、江天暮雪、烟寺晚钟、渔村夕照、潇湘夜雨——南宋画家所赞美的地方，孕育了我所有的浪漫主义思绪和奇思妙想。在14岁时我离开她，踏上求学之路。或许在每个人的成长中都会有那么一个时期，你必须离开原来的家园，走过不知多长的一段荒原，经历离家的迷茫和不安，寻找新的信仰之地，总之，这篇文章正是我在“信仰危机”时写下的寓言，或许稚气，但我希望通过它找到回家的路。

文雯

盲船索菲亚

你是否曾从忙碌的生活中抽出那么一段时光，乘着船，荡漾在一个不知名的海域，一个寂寥无人的去处。微风将你吹得醺醺的，这时如果你足够幸运，便会遇见一个庞大的船族。这些船上并没有船长和船员，也就是说，船们自己驱动。我从一个捕鱼老人那里听说了盲船的故事，老人的职业使他多次巧遇船族，于是他便发现了盲船的存在。那是船族里很罕见的一种。盲船的盲并不是双目失明，不见光亮，相反，它能看见几乎是世间最美的画作——宝蓝色的背景上洒着暖黄色的光带，云团变幻着瑰丽迷离的形态——不错，那正是天空在海面的倒影。可盲船的悲剧在于，世界这样的一面是她所能看见的一切。真实的海洋，不管是震怒威嚎，撼天动地的，还是风平浪静，温顺驯良的，亦或是凄风惨雨，阴云笼罩的，都不会对她的“视神经”起任何作用。

那是一个惠风和畅的午后，老渔夫正在他的小舟上晾晒渔网，忽然间海天交界处冒出一排高耸古旧的桅杆，接着便是上百艘大大小小的船排开的船队，这架势颇像雁群迁徙的阵势。老渔夫一眼就注意到了一只船帆上写着的大字“索菲亚”，因为她正玩闹着，上蹿下跳，溅起浪花，引得惊慌的行船连连避让，把整齐的队伍冲得支离破碎。这只蓝绿色的小船在或白或灰的船中被凸显出来。事实上，仅凭她过于活泼的性格和跳跃音符般的笑声，就能轻易地被辨认出来。船队向另一个方向驶去，那笑声和海水激荡的声音也渐渐远去……

老人再一次偶遇船群时，是一年后一个夕阳低垂的傍晚，正在海滩乘凉的他极力想要找到那只蓝绿色奇特的小船，但远方只有灰白的一片。这时回退的潮水携来了一卷满是裂纹的蓝绿色的帆，神秘的船群也有他们的传记文学家和艺术家吧？不然，为什么帆上会用图画记述下面的这样一个故事呢——

“索菲亚”是让船族成员们捉摸不透的一只蓝绿色小船。在大家眼里，她总是发疯似的在有阳光的天气蹦着跳着，可谁又能懂得只属于她的美妙世界呢？在倒影组成的梦幻世界里，穿着绮丽霞衣的云朵是她绵软的地毯，让她忍不住蹦弹；太阳光是会跳跃的小溪，还泛着金闪闪的光；海鸥是最好的伙伴，有了它们的翅膀，她可以到达任何地方；在这样的世界中几乎连阴雨也不是恼人的，索菲亚知道，过了那短暂的昏黑，迷人的稀客——彩虹将可能造访，那是一座有着糖果的颜色和糖果的气味的拱形庞然大物。她一出现，就成了索菲亚消遣整个下午的乐园，她兴奋地从虹脚的一端滑向另一端，乐此不疲。而这时，也正是她在其他船们眼中最荒诞的时刻。索菲亚也有不疯不闹的时候，那便是没有月光的夜晚，漆黑的天空的倒影只有一片混沌，混沌中的索菲亚常常是昏睡的。那如果这时她碰上暗礁怎么办？掉队怎么办呢？这就多亏了两只用缆绳和索菲亚拴连的大船。

船们按航行时间的长短也有老船、大船、小船之分。大船在小船能独自航行前一直用缆绳与它连接着，为它导航，教它应对危机四伏的海上各种突发的境况。属于索菲亚的两只灰色大船，汤姆和莉莉，也不例外。所不同的是，这对大船温和善良，寡言少语，沉静勤恳的他们真不知是怎样摊上索菲亚这个疯丫头的。正是因为这种迥然的差异，活泼欢笑的索菲亚为他们平凡的旅途增添了不知多少色彩，因此汤姆和莉莉从来不阻拦索菲亚夸张的举止，而是竭尽所能让她舒心，毕竟索菲亚是个多么依赖他们的小家伙！他们根本就没有发现索菲亚的盲症，更没有意识到这将给她“独自一人”在未知的航行中带来多么大的麻烦！更甚的是，两人甚至没有像那些大船一样，早早地训练小船们独航所应具备的能力与勇气，他们错以为自己能永远为索菲亚导航，那根缆绳永远也不会断去。

于是索菲亚在各种各样的奇思妙想中度过了十五个年头，她什么也不会，既不懂得依靠星斗辨认方向，也不懂得在大陆架旁挖到维持动力的石油，对于海上生活的艰辛她也一无所知。可如果她是个安分的盲船，一切困难都能慢慢地想办法克服，但麻烦的是她有着最荒诞离奇的想法，这就让她走出了一条索菲亚式道路。事情是这样的：

我们已经提到过索菲亚的黑夜世界如何令人窒息，多亏那皎洁的女神出现，一次又一次地带来光明，将她从浑浑噩噩中解救出来。渐渐地，索菲亚不再满足于在远处虔诚地亲吻月光的裙摆，她做出一个决定——要去大海中心拜访那女神！不仅因为靠近了她就能永远摆脱混沌，也因为她衷心地崇拜那女神，善良的她希望为了女神的给予而感恩，为她做些力所能及的事。总之，终于有一天，当太阳又将收走他馈赠的光明时，索菲亚跃起，郑重地向汤姆和莉莉宣布：“爸爸，妈妈，我已决定开始一段去大海中心的旅程，你们好好保重，我会在船队的下一个站点看望你们的！再见了！”还没等汤姆和莉莉反应过来这是怎么一回事，索菲亚就已经冲向了栖息地旁锋利的海蚀柱——缆绳咔嚓一声断裂，这下索菲亚冲得更快了，她卯足劲冲向月亮升起的地方，殊不知，那是一个落差巨大的瀑布。

飞出水面的她被重力径直甩向厉石丛生的瀑布脚下，“哐！”这是她第一次尝到痛的滋味，大海似乎是为了惩罚她的冒失行为，掀起了狂风巨浪，一只大手将她托起，又狠狠地砸下，她的夹板裂开了，蓝绿色的风帆被撕破，又一个浪花袭来，这次她昏厥过去，任由海水冲刷摆布。第二天她醒来，已经被海浪推向了不知何处的一座荒岛边，她睁开眼，发现世界已经变了个模样——整个世界只剩下了一层浓雾，云团、海鸥、太阳光、彩虹都被这浓雾淹没，阴冷的风呼嚎着，像几千个海妖正面目狰狞地邪笑。这是哪里？她看见的是什么？汤姆呢？莉莉呢？她所熟知的一切呢？什么都没有了，取而代之的是混沌般的浓雾！不，除了一个小针眼大小的洞口，那是她视线中唯一能让阳光透进来的地方。索菲亚不知所措，能做的只是歇斯底里地哭泣。她横冲直撞，使出浑身解数想要逃出浓雾的笼罩，可她跑得再快，也逃不出那黑暗，因为看不见的，是她自己的眼睛。

疯狂急驶的索菲亚在慌乱中触到了一块礁石，又是一阵钻心的疼痛和眩晕。当那眩晕散去，她却惊奇地发现——那微小的针眼仿佛扩大了一些。于是她咬着牙，试着又一次冲向有礁石的地方，在碰撞后，那洞口果然又放进了几丝纤细但可贵的光亮，她恍然间明白了什么……尽管那细如针眼的洞口相对于整个视野的浓雾来说，就像渺茫的荒原上一粒小芽，但那毕竟是希望！她必须继续追求月亮的道路，因为那是自己做下的决定，或许也只有在那旅途上，在经历一次又一次催折后，她才能重见光明。那会是一个怎样的世界呢？

索菲亚何时能再见到她亲爱的汤姆与莉莉？

（作者学校：明德中学）

专家点评

“索菲亚”是一只蓝绿色的小船。她的行为让她的船族成员们捉摸不透。索菲亚天性活泼好动，她被其他船称之为“疯丫头”。可是有一天，索菲亚决定开始一段独自去大海的旅程，想去大海的中心拜访女神。于是她告别爸爸和妈妈。突然，栓着她的缆绳“咔嚓”一声断裂，海浪把索菲亚推向了不知名的一座荒岛。从此她的眼睛什么也看不到了，整个世界只剩下了一层浓雾……

文雯《盲船索菲亚》以拟人的笔法，描述了海上一群船之间的故事。作者赋予船以生命、以家族的形式讲述船的故事。向往自由的索菲亚，一直在自己的空间努力地寻着找快乐，实现自己去大自然中搏击的梦想，尽管她的“眼睛”看不到五彩的世界，但她仍然快乐，她的心是有“光明”的。作者给船设置了性格，“宽松”的教育让索菲亚自由成长。

这篇作品，对当下的教育理念是有批判的，这也是中学生们潜意识地对课堂教学不满的表达。希望文雯同学在以后的写作中，多观察身边熟悉的细节，创作出更多感人的作品。

我将永远困惑，也将永远寻找。困惑是我的诚实，寻找是我的勇敢。我勇敢地寻找红楼中的丰富哲理，亦感叹其中的世情虚幻。我勇敢地寻找自己，奏响的葫芦丝曲中，最喜爱的还是凤尾竹林那片朦胧的月光。真真如香菱那般，沉迷文字卧起思，众笑其呆不可状。

至臻至诚，真情实感，做一痴儿又何妨？

曾　敏

加速世界

任满半躺在贵妃椅上，有一下没一下地扔着橙子，嘴里还有没嚼完的牛肉干。他十分惬意地看着电视，伸手一抓，发现身边的零食已经被吃完了。任满想再拿一包零食吃，可妈妈警告过他不能吃太多，于是又把手缩了回去，想到家里又没有其他人，之前那么多次都忍住了，今天就这一次……任满最终还是打开了零食袋。

父母回来得突然，门铃“叮咚”一声把任满吓了一跳，他失手将橙子砸向桌沿上的手机，以来不及反应的速度，手机加速下坠，应声而碎。当时他内心只有怕被父母责备的惶恐，却不知这个加速下坠的手机，成为他的世界疯狂加速的一个开始。

门铃还在不停地响，他只好去开门，嗫嚅着解释刚刚发生的事。但父母并没有责备他。父亲始终微笑望着母亲，手轻轻放在她的肚子上，两人脸上洋溢着幸福的表情。任满只听见母亲说：“满满，你要做哥哥了。”

时间就像荷叶上的水珠，一小滴一小滴聚在一起，当人想起它的时候，它早已汇成一大捧清水，快速滑落叶面，逝去了。转眼任满就到了高中，他像只蚂蚁一样忙碌着，不停地学习，因为这些年家里又多了几个姊妹，他还要抽出时间照顾自己最大的妹妹任唤。有时候任满忍不住对母亲调侃："妈，现在家里添了那么多弟弟妹妹，你都没时间管我了。"母亲说："你现在长大了，也应该要照顾妹妹了，再说家里人多不好吗？这么大一家子，也算多子多福嘛。"

在和任唤一起回家的路上，寂静让任满不适应，他开始和妹妹聊天："今天是你上初中的第一天，有什么有趣的事吗？"其实任满很佩服任唤，她很聪明，跳级读完了小学，虽然不喜欢和人打交道，但是对科学有着浓厚的兴趣，老师也对她青睐不已。任唤想了想，说："没什么，就是今天班上两个男生为了座位打了一架，挺吓人的。他们为什么要为个座位打架？""没办法啊，你们班人多嘛，坐在最后肯定看不清。"任满说。其实他还想说，不仅任唤班级的人多，她这一代的人都很多，但是没必要让不谙世事的妹妹增添不必要的烦恼了。他转移了话题："你知道吗，今天我们班……"后来任满高考时发挥失常。愤怒、责怪、遗憾、惋惜……周围有无数消极的情绪，他被来自外界施加的痛苦和内心的孤独压得自己喘不过气来。只有任唤，他不善言语的妹妹，过来拍拍他的肩，只说了一句话："哥哥你不要气馁，加油吧！"这句话他一辈子也难以忘记。

任满从一所普通的大学毕业后，开始忙碌地找工作。一天，他颓唐地回到公寓，收到任唤高考取得佳绩的好消息，他油然生出一种自豪感，之前屡次面试失败的阴霾一扫而光。他坚定地想："我就知道她一定能行。"于是他买了任唤喜欢的零食，去她的学校看她。

"喂，你干什么的！"门口的一个保安叫住了任满。"您好，我是来看妹妹的，她是这里的学生。"说完，任满还提起手中的零食给他看。"那你有通行证吗？”保安双手背在身后，眯着眼睛看任满。“通行证？没有，我就看她一眼，行吗？”“不行！你把东西放这就赶紧走吧。”保安把任满赶出校门口。任满又气又恼，他给任焕发短信：“唤唤，我给你带了些吃的，放在你校门口了，记得去拿。还有，为什么你们学校管那么严，我连进去看你一眼都不行？”过了好一会儿，他才收到回信：“哥哥抱歉，因为学校现在在进行一项特殊的研究，所以管理很严，再过一段时间我可能就不能和你们联系了，不过别担心，等完工了我就能见你们了。”任满看完也就没想太多，他只当是一次普通的对话，却不知这短短的信息是兄妹最后的离别。

任满终于应聘成功，成为一家报社的普通员工，但比起那些找不到工作的人来说，他已经很满足了。崇尚“多子多福”的母亲依然在为年幼的孩子操心，大学舍友还在没日没夜地加班，他身边所有人都一直忙碌着忙碌着，好像一旦停下来，就会被这个高速发展的时代淘汰。任满最近在帮组长跑腿，进行一个关于粮食问题的调查，不看不知道一看吓一跳，任满才发现这些年因为污染，可利用的耕地面积大大缩水，恶劣的空气使粮食产量止步不前，按现在这个疯狂速度增长的人口，食物不够吃只是时间问题了。果然，不久各种食物的价格开始飙升，粮食问题成为社会关注的热点，任满看着电视上的报道，为此担忧不已。这时，组长安慰他道：“年轻人，别那么紧张嘛，总会有办法的，这不，你看。”组长调了个频道，上面的内容是：科研所发布最新消息，能够供给人体所需物质的胶囊研制成功，这意味着人类不再需要耗时耗力地种植谷物、养殖牲畜，后面还附上了做出巨大贡献的科研人员名单。任满一眼就看到了任唤的名字，不顾周围人异样的眼光，他激动地叫出来：“我就知道她一定能行！”

可是任满却再也没有与妹妹相见的机会了，在任唤展示出她过人的天资后，她被收编进了更机密的组织，与外界的联系更加困难。“妈，你别担心唤唤了，她现在可是在做一件大事呢。我……我过得也很好，你好好照顾好自己就行，别把自己搞得太累了。”其实任满过得一点也不好，越来越多的人，越来越少的土地，就算再怎么建高楼，填陆地，也满足不了人口需求，他现在和十多个人挤在一个不足三十平方米的公寓里，而马路边总有无处落脚的人们聚集在一起生活，但包括任满在内，他们都已经麻木了，反正所有人都和我过着一样拥挤的生活——除了 T 楼里人。

T 楼里面空间很宽敞，那里也是唯一一个能自由舒展胳膊伸懒腰的地方了。任满相信妹妹一定在里面，她一定还在投身于自己喜爱的事业中，过着幸福的生活，想到这，任满不禁微笑。突然，电视上出现一条紧急新闻：今日某组织极端人士对 T 楼发动进攻，位于低层的餐饮人员无一人生还，另有五名中层的科研人员受到袭击，三人当场死亡，两人还在急救中。任满的笑容凝固在脸上，浑身颤抖起来，他又一次在电视屏幕上，看见任唤的名字。他可怜的妹妹，那样一个纯真无邪的妹妹，她不知道现在人类对土地的强烈渴望和几近疯狂的冲动，无辜地抱着疑惑死在陌生人的枪下。

这次的袭击成为一个导火索，全局动荡，热战不断，噩耗一个又一个地传出。任满感到痛苦，他喉咙里像是卡了一个果核一样难受，哽咽着，抽搐着，终于忍不住哭了出来。他突然回想起父母耐心的照料，想起妹妹真诚的鼓励，想起童年的悠闲时光和那个可控的社会。他多想回到那悠闲的时光，回到以前幸福美好的生活，回到那个速度被限制欲望被节制的时代。任满哭着哭着睡着了，在梦里，他感觉自己在加速下坠，猛然惊醒，孤独地立足于这个人满为患的世界中，他多希望能走得慢一点，再慢一点就好了。

（作者学校：明德中学）

专家点评

曾敏同学的《加速世界》记述了一个梦。叙事者“任满”半躺在贵妃椅上，等爸爸、妈妈回来，这一节讲的是入梦。之后，在梦里任满经历了很多事情，比如：弟弟妹妹们的出生、与妹妹任唤的分离、找工作、目睹袭击事件等等。

这种记梦的结构，中国古人已有很多书写。比如，我们很容易就会想到“一枕黄粱”之类的故事。这则文章的不同之处在于梦中日月并非美丽的，而是加速到令人可怕的地步。这背后是小作者对于现实世界“过速”的焦虑。“孤独地立足于这个人满为患的世界中，他多希望能走得慢一点，再慢一点就好了。”梦醒之后，任满的所思所想也正是小作者自己所担心的。这正可以看出小作者的现实关怀，和把自己的关切转化为文字的能力。

文学，可以是《围城》里的世态炎凉，可以是《哈姆雷特》里的壮美诗篇，可以是《三体》世界的奇妙幻想。作为一个理科生，我把枯燥乏味的公式定理用生动可读的语言解读。身边的一草一木，一光一影皆是创作源泉。文学是一面凸透镜，把我的所思所想，所闻所感投影成纸上的一笔一划。

伍书琛

阿 束

撒掉伪装，你的心中是否也有一个自卑的阿束？

——题记

一

“反正都这样了，还能怎么样……”

音乐考试的时候，阿束边想着，边费力地从喉咙里挤出最后一句歌词，然后鞠了一躬，走回自己的座位。讲台下的观众终于忍不住，哄堂大笑。全班的笑点都被这一首跑调歌拉到了新的低度。

阿束也笑了，傻傻地笑了。但阿束知道他并不想笑。他也想像阿紫那样唱得一首好歌。台下的欢笑声像无数把利刃刺穿了阿束的心，但阿束依旧装作笑着，把失落与难过放回自己的胸膛。

曾经的他是骄傲的，但他现在只能懦弱地假笑，隐藏他内心深处的自卑。每每想到这些，他只能安慰自己：

“反正都这样了……”

“啪！”一声轻响把他拉回了现实。阿东紧张地弯下腰，拿起书，再用双手小心翼翼地把书放回桌上，一边还赔着不是：

“对不起，对不起……”

二

是夜，阿东躺在床上，无法入睡。他幻想着另一种自己，自信，阳光，不必伪装自己，所有的笑是真实的，所有的泪都不必藏在心底。但他知道，这只是幻想而已。他并不相信自己能改变自己。反正都这样了，还能怎样呢。

现实在他心中砌下一堵高高的墙，他把满含笑意的伪装留在外头，而把自卑与懦弱留给内心深处真实的自己。唱歌跑调，成绩下滑等等，都让颜值欠费的他无比自卑。所有人都看得到乐观而阳光的他，但谁能看到在墙另一边那个真实的阿东。

阿东翻身下床，走到阳台，凝视天空，想找一颗星星来填他内心的寂寞。

可惜，他又失败了。远方，繁华而喧闹的不夜城赶走了夜空中最后一份宁静。

他抚摸着清凉的晚风，聆听着不远处寥寥的蝉鸣。

那是他在孤独的夜里唯一的陪伴。

三

第二天，在校篮球场，阿东在上最后一节课体育课。

“阿东，接球！”

阿东一个转身，接住五米外队友的传球，右脚回跨，趁篮下无人，冲刺，三步上篮，如大圣送珠把球送到框边，然后……

右手用力过大，球飞了。

“……呼……呼……又没进……”

阿束双手撑膝，喘着粗气，汗珠如雨点落在干燥的地板上，队友走过来，拍了拍他的肩膀，什么也没说。

“算了，你们先打吧，我退了。”

阿束起身，拿起外套，走到远处的长椅旁，坐下休息。看着篮球场上一个个英姿飒爽的身影，再和自己笨拙的姿势对比，他只能暗自羡慕。

“唉，反正都这样了，还能怎样……”

他偏过头，看向草坪，无意中看到一个让他久久注目的身影。她叫阿紫，活泼开朗，是阿束暗恋的对象。也许，只有在这个没有人注意的地方，他才敢远远地注视着那一道美丽的身影。不知道什么时候起，那个人的一颦一笑，一举一动都深深烙在他的脑海。然而他只敢这样远远地看着，像一个小偷。

他也想做些什么，但自卑的他，早已被心中的那堵墙封锁，不敢跃雷池半步。反正都这样了，还能怎样……他只能这样安慰自己。可是，内心深处的伤依旧在刺激他的神经。阿束痛苦地闭上双眼，把难过留在心中。也许，他已早习惯了这种毫无意义的折磨。

阿束坐在长椅上，疲倦地睡了。

四

“阿束？阿束？”半昏迷中的阿束感觉到有人在轻推着他的肩膀，这个声音还蛮好听的，好熟悉……

阿紫！她为什么来了？现在是什么时候？我睡了多久？我是睁眼好还是继

续装睡好？她为什么还叫我？姑娘，都快一分钟了，摇不醒就别摇了好吗？不行我快装不下去了……

阿紫觉得，今天阿东有点奇怪，上完体育课人就不见了。“都喊了半天了，他也太能睡了吧？”正当阿紫准备放弃之际，疲惫不堪的阿东迷茫地睁开了双眼，轻轻甩了甩头，最后看向阿紫。

“阿紫？你怎么在这儿？放学了吗？”阿东表现得很淡定，每一个皱眉都显得如此自然，然而事实上……

“冷静！冷静！千万要冷静！不能让她看出来我是装的！阿东，发挥你的演技吧！……”嗯，没错，这才是阿东真实的内心写照。

“是啊，都放学很久了。”阿紫坐到了阿东身边，“上个体育课，没这么累吧？”

阿东突然沉默了。如果是平常，他肯定会打个哈哈，装作不在意，然后立刻走开，留下一个背影。但今天，阿东不想再逃避了。带着刚刚睡醒的不太清醒的脑袋，他做了一个大胆的决定——和阿紫聊会儿天。

就这样，在一个平淡无奇的下午，和煦的阳光，清凉的微风，安静的校园，一个情窦初开的少年正和他心仪的女孩坐在空无一人的操场上。

“你说英语单词怎么就这么难啃……”

“最近好像出了个大片，叫《盘中盘》，国产的，文艺动作片……”

“上次那道物理题啊，我又想到了一种证法……”

……

就在阿东分析同核原子的轨道能级时，阿紫说话了。

“时间也不早了，一起吃晚饭吗？”

“这个……我……”

那一刻，阿东觉得自己的心都快跳出来，答应她，答应她，你没有理由拒绝啊！

“算了吧，我习惯一个人吃了。”

“哦，那我先走了，再见。”

“再见”。

阿紫起身，离去。

五

无论阿束之前表现得多么口若悬河，在阿紫离开的那一刻，所有的敷衍都显得无能为力。他终于意识到，自己失去了什么。

或许因为自责，或许因为无奈，他觉得有一块巨石压在胸口。他多想起身追上那个女孩，告诉她一切。可事实上，他只是坐在原地，什么也没说，什么也没做。

阿束就这样看着那道落寞的背影渐行渐远，随着萧瑟的晚风消失在黄昏的地平线。

再一次，他与机会失之交臂。

他看到眼前有一堵名叫自卑的心墙，禁锢着他的一切。他的心中，又出现了那个声音……

“反正都这样了，还……”

难道，真的要一直这样下去吗？阿束觉得不甘心。

多少次了，因为自卑，我选择伪装自己；因为自卑，我选择自暴自弃；因为自卑，我连爱的勇气都没有。难道我要继续这样懦弱吗？难道这种选择真的值得吗？难道我真的心甘情愿接受这一切吗？

不！不能再这样了！我要振作！我要勇敢！

阿东！该醒醒了！

那一刻，一道束缚阿东已久的心墙，轰然坍塌。他厌倦了伪装，厌倦了懦弱，厌倦了痛苦，厌倦了本不该承受的一切。他要告别那个过去的自己，勇敢地活着。

他站了起来，昂首行进在金色的阳光中，如同伟岸的巨人，用肩膀撑起属于自己的一片天。

明天，一切都将改变。

（南雅中学）

专家点评

作品讲述了一名叫阿东的中学生的故事。

阿东是个自卑的男孩子，无论是音乐课，还是体育课，阿东都因为自卑而不能展现自己的风采。也是因为这个性格，阿东始终不敢对喜欢的女孩子阿紫开口。

在一次错失良机后，阿东反省自己性格的弱点，决定勇敢面对生活。

小说的可贵处，在于对少年细微的心理刻画。但也因为过分拘泥于心理世界而显得略有纤弱之感。

“明天，一切都将改变。”

希望小作者的文字也能和阿东一样，越来越美好。

肖氏子莲，生于潭州。十六既过，十七未遂。四体不勤，五谷不分。上有狮头，下有稚手。所好甚多，技艺粗拙。最喜天地秋毫，虫豸之事，小时妄独侠逍遥，盼林下之风，如今认清现实，止于捉蟾蜍，捕蚊虫。引吭绘画二三事，折扇罢言好读书，因受刺激，作文一二，以飨脑中胡七八素。野马也，尘埃也，我也，生物之以息相吹也，井底之蛙，得见世界。

肖子莲

收藏之乱

蛙有段时间热衷收藏虫子。在未名湖进入立夏这个关键环节之前的某天，在因高温而暴涨的水草之上，蛙心满意足看收藏来的虫豸，它们在捕食者面前颤动翅膀，画一圈一圈的死亡符号——美得犹如昆德拉老爷子笔下的牧歌。蛙很快将不再快意，因为他感受到一根木棍子在戳着他的脊梁骨头，这使他疼痛。木棍子往复运动，扰乱了牧歌的步伐，虫子作鸟兽散。这时是下午 4 点 32 分，体育课解散后的 20 分钟，蛙兄的收藏破产了。

我拿木棍子充当我示好的橄榄枝，兴致盎然做往复运动。这也不是普通的木棍，是 D 君的土钓竿。D 君想把蛙钓到手，为他在未名湖的鱼类收藏游戏裨补阙漏。然而用于引诱蛙兄而系上的石榴花早已不见，证明了 D 君路数的失败——当然，我也并不成功，因为蛙往邻近的高地跳去，消失了。D 君见我两度吓走他的梦中青蛙，一脸扭曲，恨不得把我踹进池塘，好让蛙兄啄我一脸寄生虫。

蛙兄奔逃出我橄榄枝的前一秒，日光拨云而出，使我重又看见蛙收藏的那些闪闪发光三五成群的蚊蚋，和更大体积的四位收藏者们模糊的主视图或侧视图。在这神秘的收藏链条下，我打了个哆嗦。当蛙兄选择观测我的那一刻起，我由生物收藏者的收藏态坍缩为邪恶的盗窃态，占有一只滑腻腻的青蛙对我来说并无裨益，却窃取了蛙兄收集癖好之雅致。

我行收藏之名，坐盗窃之实。不可不谓是个贼了。

我盯着那只斑斓的背影，像掉进蒙克的画里面。记得青年画家郁俊就曾自以为自己是个“雅贼”，他赴上海美术馆办画展，趁保安不注意，自己跑向展厅正门口的蒙克画作，用力揪一块白色颜料下来，放在贴身工具包里，以承蒙蒙克大师的恩泽。郁先生还猜测大概追诉期已过，挪威美术馆当然不会千里迢迢跑到中国刮自己的屁股，于是沾沾自喜。我看郁先生的画，丝毫不像是受过蒙克恩泽的意味，如今干了破坏文物的事，还认为自己是个收藏艺术家，因此干些痞气的事情也是潇洒的一种，怪不得成为众矢之的，遭人唾弃。

这倒是引发我关于收藏的另一层思考。钱钟书先生引用“梦释囚”之典，写其老年之坦豁，毛姆在东南亚热病缠身时写的那个暹罗公主养鸟，最终又忍痛割爱的故事，再如心灵鸡汤里收藏家慷慨将小提琴赠予音乐家，其实都在重复滥觞，无非阐明个道理：将所爱束之高阁显然不是明智的决策，你爱的那物什，其实跟你一样向往自由，在大千世界里方能“复得返自然”，物尽其用。相比来说，诗人非马的“把自由还给鸟笼”更胜一筹，写出了不一样的哲学体味，即释放者和被释者同时达到心灵的解放。

在我赶走第一只蛙的正西方，又一只褐色的蛙在团藻底部出现了。D先生等人重操了那根钓竿，蹑手蹑脚向前去，乌云一屁股坐下来，天色重新分为两半，无疑预示了四君的再度失败。

那么，为何要这樊笼？又为何不时时敞开着鸟笼的门，让鸟飞走？

梭罗在《瓦尔登湖》里的独白或可作一阐释。“若你喜欢某处庄园，某处风景，你大可不必用金钱买下它，在它里面居住，而是要经常在心里想着它，经常到那里兜圈子……好似一个诗人，在欣赏了一片田园风景中的最珍贵部分后就扬长而去，那庄园主还以为你仅仅拿走的是几枚野苹果，世人却把他的田园押上了韵脚，他拿走了精华，却把撇掉了奶油的奶水还赠给庄园主。”此之精神占有，大有“我爱你，与你何干”的气魄，“你来看此花时，则此花颜色一时明白起来。”想来收藏也是不可或缺的，不过却有更好的办法。苏子说：“苟非吾之所有，虽一毫而莫取，惟江上之清风，与山间之明月，耳得之而为声，目遇之而成色。”若不能造个实物的金屋子藏住那易碎的娇美，不妨在观测想象中，收藏住这欲图占有的一切，美便也有了存在的意义。

四面八方，蛙声渐起。像一团一团的浪在击穿石头。生命是个骚乱的实体，“死人与孔雀同在一匹马背上……”乐令曾排慰他著名的女婿卫玠：“人未尝梦捣荠，餐铁杵，乘车入鼠穴，以谓事无是事而有是理。”如今看来乐令老爷子偏颇了，世间的道理，哪是那么容易说清的呢？譬如我和四君在这未名湖“侣鱼虾而友青蛙”，好似一切也在梦中，倒像是“不曾发生的事”，此种道理太难参透，不谈，不谈……

四君转了未名湖一大圈，也没捞到什么新收藏，只好将剩下的红糖包子拿来喂鱼。那些粗壮的锦鲤争抢食物，用厚嘴唇击打水面，发出噼噼啪啪的声音。我感到安心，站到一块大石头上学猫头鹰嚎叫。四君嫌我丢脸，纷纷离开湖边。我就一个人在池塘边盘腿而坐，日光在上，大地在下，苏子在此，大概又会说：“是造物者之无尽藏也，而吾与子之所共适。”才发觉造化原也是个宽容的收集癖。我拿起矿泉水瓶，和苏子隔空对酌，取朱岳《说部之乱》拙改为《收藏之乱》。至于蛙兄之收藏后续如何，就不必我饾饤详尽，强续悲欢了吧。

（作者学校：南雅中学）

专家点评

这是一篇充满戏谐的说理文。

是够乱的了。青蛙在忙着收藏虫子，D君在急于收藏青蛙，我在收藏，不，盗窃雅致。收藏生物链乱态纷呈，“收藏”之问从中脱颖而出。

是窃蒙克画作之颜料为己有，以示爱之深占之切？还是收明月清风于心底，展灵魂之清明浩荡？钱钟书、毛姆、梭罗……诸多名家的万千思索，不过都是在说明：热爱并非是要占有，而是在自我精神的自由之中，给予所爱物什以自由，让它在大千世界里各安其所。

看得出，小作者具有一定的文学才能，能够在戏谐的叙述之中夹带事理之论说，使得道理不显枯燥，颇有新意。此类文章，需要注意的是，要在“庄中有谐，谐中有庄”之间保持平衡，尽量不要让“谐”减弱“庄”的内涵。

我，是一个玲珑多变的“双色调”女生。学习中认真严谨是我的冷色调，生活中热情大方是我的暖色调。我热爱创作、阅读，也喜爱主持与音乐。阅读带给我无限的灵感，而创作则赋予我思维的能力。在《红楼梦》里，我甘愿倾心于凄美婉转的宝黛爱情；在《平凡的世界》中体味孙少平敢于抗争命运的勇气；在《复活》中理解玛丝洛娃精神的复活…… 经典的浸润像春天的新绿从我的笔下萌发，散发出树脂的清香。

谭智洋

橡胶人

一

我想这是一个谜，也是一个谜团。

大概是上个月，我发现我家门口的公路上总有各式各样的小轿车开过，公路通往的是山底的橡胶厂。小路在车轮的挤压下留下了深深的胎痕，这条路已经很久没有这样热闹过了。

起初，我并没有在意，直到昨天，院落里已经被小车的鸣笛声完全充斥时，我气愤地从屋里冲了出来，蹬上丢弃在墙角的自行车，直奔橡胶厂。我再也受不了了，为什么一个月前就开始有了源源不断的像雨后冒出的笋尖一样的汽车经过我的门前！我愤懑不平，双脚猛蹬着单车。

到了山脚下，汽车鸣笛声依然不减，车内的司机个个宣泄一般地按着喇叭。我抬头，真是令人吃惊，两个月前还破烂的“第一橡胶厂”的招牌焕然一新，换成了用蓝底白字写成的“性格橡胶厂”，旁边矗立着一幅巨大的宣传标语：“科学创造幸福，科技改变人生！”我将自行车往大门旁停下，愤愤地冲入厂内，我仿佛听见身后的鸣笛声更响了。

“先生，我想您也是来定制橡胶性格的客户吧，您的号码是第2823号，请先排队等候。”一位身着黑色职业装的女人踏着高跟鞋突然出现在我面前。“什么？”我几乎难以置信，瞪大眼睛，“橡胶性格？”我立即否认，“我需要找你们经理谈话！你们的汽车鸣笛声已经严重影响我的生活！”我越说越激动，这是多么委屈啊！“先生，请您还是在旁边排队吧，我们所接待的几乎都是您这样的‘不开心’或者‘愤怒’的客户。不过，相信我们的服务一定会让您满意的。”

这个谎言可真是逼真啊！我气得直瞪眼睛，愤愤地冲出橡胶厂，厂外依然是分贝不减的汽车鸣笛声。这时，橡胶厂的右侧门缓缓打开，从厂房里走出一个穿着西装系着黑色领带的中年男子，他面无表情，平静地迈着步子向他的汽车走去，同时缓缓地从公文包里掏出车钥匙。“真是高素质，听到这样聒噪的噪音竟然连眉头都不皱。”不过紧接着我就发现从厂房里相继走出来的个个都是面部平和甚至无任何脸部表情的人。他们就像木偶人，没有喜怒之情的按照程序完成着他们的行动。

广播里开始播送着预约号码，厂房的正门开了，开车的客户们急忙从车里跑出来——跑在最前面的是一位系着领带的男子，他满脸通红，像是被人强行充进气体的皮球，愤怒，激动。走在后面的是一个满面愁容的女子，她整个人走路软绵绵的，似乎随时都会被风吹起来。

我骑上单车，再次回头望了一眼“性格橡胶厂”的标牌。

二

你也许难以想象我是以怎样的笔触情绪写下这个故事的。一个星期前，我再也无法忍受家门前此起彼伏的鸣笛声，于是再次去了“性格橡胶厂”，成为第 5423 个客户。我变成了“橡胶人”。

自从橡胶厂换了招牌以后，这里便开始用一种全新的技术为城里的“不开心”之人消除烦恼。他们用透明的橡胶膜将人与外界情感阻隔，使人感觉不到外界的环境变化，从而除去烦恼。那天厂房的技师将特制的透明膜涂满我的全身，三十分钟后，我的身体、头脑甚至心智、情感外部都包裹了一层透明的橡皮胶，我对外部环境失去了原来的敏感，橡胶壳隔绝烦扰我的声音、画面。我似乎有了更加纯粹的思想，但同时橡胶也阻隔了我与外界的温度、情感。准确地说，我感触不到外面的气温，我也没有自己的强烈情感，不过这没关系，橡胶壳无疑使我的生活变得很安静。

橡胶人的角色让我对工作更加投入，因为我根本不会被办公室里聒噪的电话铃声烦扰，可以平静且高质量地完成工作任务。我并不介意同事们无聊的谈话，更不用每天因迟到而遭到老板的责骂。事实上，我生活得很平淡。有一段时间，我甚至有时间去楼下的书店去看书，但遗憾的是我不能像以前那样理解小说中的情感，它们就好像一根无生机的枯死的木头。我用手去触摸它，不过只是消遣时间罢了。

橡胶人还有一个特点，就是这种神奇的“橡胶技术”不仅能够隔断人的感情，而且还能影响人的内分泌，过滤人的记忆，淡化或者删除那些不愉快的记忆，只留下阳光灿烂、云淡风轻的时光。

还记得当我做出变成“橡胶人”的决定时，技师曾告诉我：“许多来这里的人，几乎都有了自发的橡胶的外壳，再稍加厚，他们就变成了真正的橡胶人。”他曾疑惑我的身上为什么没有橡胶壳，因此他只在我的躯干外涂抹了一层薄薄的橡皮胶质，让我还能够思想，还可以有一点自己的闲情与逸趣。大多数真正的橡胶人已经完全失去了自己的思维，他们沉溺于平和安详的生活中，只需按照生活原本的节奏生活，每天都是相似的一天。

三

上个星期回家后，我惊奇地发现父亲和母亲身上也有了橡胶壳，他们涂抹得比我还厚，有时候他们甚至听不清楚我的言语，总是忽略了我所有的询问与交谈，我们经常在厨房撞上对方，而他们总是漠不关心地走开。我们之间甚至不需要言语和对话，家里实在是太安静了。

接着我便发现周围越来越多的人开始变得眼神空洞，面目无神。办公室里谈论闲事的人变少了。起初，我想极力冲破我的那层橡胶壳来听取办公室内的声音，传入耳膜的却只是鼠标与键盘的敲击声。我甚至没有看见他们一上午动过一次嘴唇。那天送文件袋时我抓了一下同事的小臂，我惊讶他们竟然涂了至少比我厚十层的橡胶膜，难怪他们整天沉溺于虚拟的网页与游戏中，他们早就不会思考了！我突然庆幸自己还有思考的能力。

后来我又发现了不可理喻的现象，以往只有寥寥几封信件的收发室，最近竟然被大大小小的快递包裹塞满了。大概橡胶人是不喜人际交往的，现在他们之间的物品传送都是通过快递，我曾亲眼看见邮局内一个人准备把他的宠物狗寄给他的邻居！

每天漫无目的地穿梭在电梯、十字路口、商场的人越来越多，他们沉默地站在等候过马路的队伍里，无声地穿过汹涌的人潮，他们疲惫地承受着 12 厘米厚的橡胶壳，却仍然愿意面无表情地面对生活。

世界好像已经成为橡胶人的世界，我似乎觉得生活更加安静了，不同于以往，死寂般的沉默。

四

最近，当我无意间触碰自己的身体时，我感觉身体外的橡胶壳薄得没有质感了，它们软软地附在我的肌肤上。我隐隐觉得自己有了几分情感。

昨天的上班时间，我决定偷偷出去透透新鲜空气，缓解办公室里的沉闷。我步行至公园，走到公园大门时，一阵清新的空气注入我的身体，我仿佛觉得自己有些欣喜。我正准备掏出钱包买票，一个小男孩撞到我身上。“对不起，对不起。”男孩有些慌张，而我也立即敏感地察觉到他身上没有橡胶壳。在这已经完全木讷的社会里，已经少有碰见没有橡胶壳的人了。

“叔叔，你身上也没有橡胶壳！”男孩突然用手抓住我的手腕，“要知道我们学校里几乎很少有人没有橡胶壳了。”我慌忙地捏了一下自己的手臂，我的橡胶壳竟然消失了！“你们学校里也都是橡胶人？”在得知自己的橡胶壳消失后，我在这个男孩面前才真正坦然，否则我又怎么敢以一身橡胶壳来面对男孩的纯真呢？

男孩低头看着地面，“最开始是学校的老师换上了橡胶壳，他们整天面无表情地站在讲台上，按照他们相同形式的讲稿讲课，据说这样可以教出更好的学生，提高升学率。我的同学们也变成了橡胶人，在整日不知疲惫的学习中，不愿与他人交流，甚至某天上午教室里都没有交流的声音，实在是太压抑了！”

我呆呆地看着男孩，听得毛骨悚然。橡胶人已经进入学校这块最纯粹的净地，侵入这群少年的生活。

五

当我的橡胶壳完全褪去后，我认为自己必须再去一次橡胶厂。他们不能再制造更多的橡胶人了！我似乎都能在地铁里听见人们相互推搡时橡胶摩擦的声音。

我驾车来到“性格橡胶厂”，看到橡胶厂的客户愤怒得按着喇叭，互相拥挤着抢占着靠前的预约号。他们穿着华丽的衣着，开着高档的车，可却露出了一副很不开心的表情。我突然感觉自己和周围的世界越来越格格不入，一种荒诞的恐惧感紧紧地攫住了我的内心。

我注意到，橡胶厂那“科学创造幸福，科技改变人生”的宣传标牌比上次来的时候更大了。它巍峨地耸立着，像一座高高的山峰，那血红亮眼的十二个大字，每一个都在变形，每一个都在朝我发出暧昧的微笑，变得越来越诡异难解。我朝远处望去，太阳已经快落入黑夜了，它所有温暖的光芒，一瞬间，都被遥远的地平线吞噬。

（作者学校：明德中学）

专家点评

现在的社会，充满了各种噪声，让人很难安静地读书和思考。还有一些人沉迷于虚拟的网络中，在虚拟的世界中过着极乐的生活。人们之间缺少真正的交流，包括与父母和子女之间也没有深入的交流的机会。

谭智洋《橡胶人》是一篇有创意的带有荒诞性的作品。作品创意地把原来的“橡胶厂”改造为“性格橡胶厂”，它提出响亮的口号“科学创造幸福，科技改变人生”，并用厚厚的橡胶给人们戴上外壳，让人们的浮躁隐藏在后面。于是，整体的冷漠以及没有人情味的现象普遍地存在。

作品中的“我”是一个抵抗现实的清醒者，我不愿意看到目前这种橡胶人的现象，但他又抵抗不住群体的普遍性，在他成为了橡胶人的同时，他观察到其他人的种种不正常。当“我”与一个正常的小学生正常交流的时候，“我”才发现，“我”身上橡胶已退去，有了一点人情和温度。

此作品有批判的意识。一位中学生能做到这一点，是可贵的。

我热爱文学，从霍达笔下的月落玉长河走到三毛身后的撒哈拉沙漠，从帕斯捷尔纳克荒寂的俄国原野到杜穆里埃阴冷的英国庄园。我在余华的书中经历底层的挣扎，也跟随阿列克谢耶维奇的脚步注视硝烟后的伤痕。我也爱好历史，“以史为镜，可以知兴替。”偏爱中国古代史，愿于历史沧海中拾得珍珠。

陈寓理

山外有海

一

发现他的渔民絮絮念着：“早上我家囡囡到海滩拾贝壳，忽然跑来同我讲：‘山，海在山中！’我不信，他硬是扯着我过去——哪有什么山啊，却只看见这个人伏在岸边，早断了气啦……”

“哎呀，我先前见过这个人哪！”一个黝黑干瘦的渔民惊呼出声，“他有条帆船，就拴在这岸边，不知多少年啦，可没见他出过海，怪得很。”

“哎，等一下！你们看看他口袋里是什么，鼓鼓囊囊的。”

“聘书？！”红色绒布封皮像被海潮打湿的霉斑，脏兮兮的一块。渔民用变了形的手指指尖轻轻捻开，眯着眼，迎着白亮的日光，不甚流畅地念道：

“兹聘请……”

二

“××为×部门主任。”会场的灯直直地照下来，容不下半块阴影。周围的掌声涌动着。此时，我想孤身到外边站在乱石上，听海湾里潮水起伏跌宕的欢歌。

微笑。起身。上台。从经理手里接过聘书，面对镜头停留五秒钟。握手。转身。就座。一切都井然有序完美无瑕，我所有的表情动作都像身上的正装一样笔挺正经。

我端坐在座位上，看见过往生活的一切，像一面荒芜的镜，镜面上，海阔天空，一无所有，却又摄人心魄。我轻轻地无声的呼唤，有如诀别的叹息。那些烟涛微茫的诗句像命运一般浮现：

在涛声中唤你的名字
而你的名字
已在千帆之外
潮来潮去
左边的鞋印才下午
右边的鞋印已黄昏了
六月原是一本很感伤的书
结局如此之凄美
——落日西沉

我依然凝视
你眼中展示的一片纯白

我跪向你向昨日向那朵美了整个下午的云
海哟，为何在众灯之中
独点亮那一盏茫然的星光
还能抓住什么呢？
你那曾被称为雪的眸子
现在人叫作
烟

三

我出生在乡村，乡村则在群山包围圈中。囚禁着我尴尬而痛苦的记忆。

父亲是个石匠，整天地工作，一声不吭，我只能听到金属与矿物的碰撞。除了工作，父亲似乎对什么都不甚上心。他从来不问我在学校怎么样，跟邻家的孩子玩得好不好，高不高兴……

我曾经无数次地设想，如果他能停下活计，哪怕一会儿，然后问我："孩子，你过得好吗？"

我将潸然泪下，我将趴在他膝头，告诉他我过得不好，一点也不好。我将告诉他，每餐清汤似的粥饭越来越难以敷衍我的胃口。短到脚腕的皱巴巴的裤子，毫不留情地露出脚趾的脏兮兮的鞋子，是多么惹人嫌恶。邻家的孩子们怎样用力地扯下我缀满补丁的外衣，一边狞笑着将它丢入泥塘，一边齐声大喊着：

"疯子！疯子的小崽子！穷酸的东西！"

他们知道我不会反抗，不会回骂。因为他们说的都是事实。我有时候盯着母亲，看着她漆黑的眼睛，像浅浅的一层水池的眼神，不禁想，她怎么会是个疯子？

她怎么会是个疯子呢？那个一头把我撞倒在地上，又抓又嚎，发出令人发毛的笑声的恶魔，怎么会是我平日里温顺谦恭的母亲？

我愈加沉默，将自己藏在学校小小的图书室里。藏在文字和幻想之中，在小说和诗歌的围城里苟延残喘，想象未来。

只有一次，父亲从堆积如山的石料中抬起头，眉毛上沾满了白色粉尘，活像个小老头，我咯咯笑出了声。

父亲挑起眉毛，装出一副恼羞成怒的样子来追我，一下把我扣在他有力的手臂里。我们坐在门前看着黑夜一点点侵占了空洞的村庄，那深邃的群山是夜神令人不寒而栗的背影。

我忍不住问："爸，山外头是啥？"

"还是山啊。"

"再外头呢？永远是山吗？"

"海。"

海，这是我从未听过的一个字，带着叹息似的尾音在我心中慢慢地回旋着。我正纠结要不要问他"海"是什么，可他似乎已经看出了我的困惑。

"唔，海嘛，也像咱们脚下的地一样大，只是轻得多，软得多。碧蓝的颜色，呃，像无边的天空。"父亲伸过手来，捋了捋我蓬乱的头发。

"那海是什么做的？"

"水。还有船。"

我知道船，父亲教我用纸折过。

"爸，你看到过海吗？"

"当然啦。"父亲朗声笑道，"在有你之前，我就在山外面，什么都学着做，想着有一天能永远走出山，海阔天空，毫无束缚。那时候我自信满满，以为这没什么难的……”父亲突然低下头去，不说话，好像回复了平日的神色。

“后来呢？”我急急追问，摇着父亲的膝盖。

“后来……外头没有一口饭给我吃，我只有回到这里，留在这里……走不出山，又谈什么自在呢？”父亲忽然激动起来，隔着冰凉的晚风，我都能感觉到他筋骨的燃烧。

“爸，你不喜欢这里吗？”我小心地问。

“我没有理由不喜欢它，在我穷困潦倒时给我容身之所的是它，要不是它，或许我早已经流落街头，成了无名的废物。我的家在这里，几代的根茎在这里，怎么斩也斩不断。可是把我困在摇篮里的也是它。当我有了一些积蓄，难道我不想重拾旧梦，远走高飞？但我已经离不开了，这一切都已经刻在我的骨头上。”

父亲沉沉地叹了口气，把视线投向远处，像被判了无期徒刑的犯人望着窗栏，一眼把命望到底。

我仿佛看到影影绰绰的群山退了下去，天的尽头毫无阻拦地显现出来。我脚下的土地逆着苍白的光，开始冰冷地熔化，流淌，幻化成傍晚时分夜幕半笼的颜色，幽蓝幽蓝。那幽蓝的色泽如波涛，开始汹涌起来，一如梦中自由的大海。

四

隔着蓝色的车窗，我看到父亲向我招招手，然后飞快地向后退去。连着扬起的阵阵尘灰，无穷无尽的山峦飞快地从我的视野里流淌出去，到了某个角落，无声无息。

我坐在从县城出发的汽车上，手里紧紧地攥着那张录取通知书，烫金的印刷文字，比村里小学门口的牌匾规整气派得多。上头印着学校全景图，那在太阳底下熠熠生辉的一切，足以抹去所有阴霾。

“我再也不回去了，爸，我不会回去了。”我满心欢喜，坚定不移。

我的想法是攒一点钱，不要太多，买一只船，不用太大。从此便可遨游四方。这一定也是父亲的愿望。

我曾经无数次地从海边走过，数着那些渔船，羡慕得要命。

终于，我省吃俭用，有了一笔钱，换了一条属于自己的帆船。

它通体洁白，有纤巧的尖尖的船头，笔直的桅杆扬起半透明的帆，像一身宽袍。我简直高兴坏了，恨不能马上出海。我仿佛已经看见自己拨开劈头盖脸的灰暗，头也不回地划起桨，如战士扬起战袍奔向尘土笼罩的战场。

但命运露出了恶意的微笑。

父亲搬石料的时候，脚下一滑，摔得很重很重——当这封信从千里以外来到我手里时，那样的震响仿佛还能透过纸背向我狠狠撞来。

“再等等，再等等吧。”我不得不暂时放下出海的念头，用拼命挣钱来填补父亲庞大的医药费。

父亲没有好起来。

我成了一家之主。

出海的日子一推再推。我得挣钱，而新的目标接二连三地拖延我出海的时间。父亲不在了，母亲近乎癫狂，她甚至死死抱着棺材，不肯让父亲下葬。只有把自己埋葬在一沓沓文件底下时，我才能暂时忘却这些。

少年时代学过的普希金的一首诗，常常带着激烈的心跳浮现在我心头：

> 我曾想永远地离开
> 你这寂寞和静止不动的海岸，
> 但是我却未能如愿以偿！

你等待着，你召唤着……而我却被束缚住；
我的心灵的挣扎完全归于枉然：
我被一种强烈的热情所魅惑，
使我留在你的岸旁……
有什么好怜惜呢？现在哪儿
才是我要奔向的无忧无虑的路径？
世界空虚了，大海呀，
你现在要把我带到什么地方？
人们的命运到处都是一样……

五

路径总在浮现，却永远不是我期待的那一条。

“有个好消息。”经理笑着向我招手。“你猜怎么着？你们主任不是要退休了吗，我提议让你来接任！”

我当然很清楚是怎么回事。他们集体讨论决定由我接任，他抢在公布之前先来霸占我的感激。这是他们惯用的伎俩。

但我还是笑着，谢道：“这可实在是太感谢您了！”

“咳，这有什么。你嘛，农村出身，很吃得苦，天天头一个到，又抢着加班，我们都看在眼里的。往后你当了这个主任，可千万不要辜负了我们的期许啊。”他满面春风。我却蓦地感到内心冰凉。

“这个乡巴佬，也不晓得为什么这样卖命！”我听见背后的细声议论。

“人家可不像咱们混日子，志向远大得很呢！听说他就要升职了……”

“不是吧！叫他当我们的上司？他自己甘愿给人家当牲口使唤也就算了，

连累我们挨领导不待见，现在又要我们给他卖命？”那话很刺耳，声音也很大，连遮掩也不肯。

六

我怀揣着那张聘书，当心不要叫疾烈的海风吹皱。

船静默地守候在那里。它被困得太久了，乏了，在清冷的月光下睡着了。

我站在岸边，近乎悄无声息地慢慢解开船绳。一圈，两圈……粗糙的绳索从我手指间擦过去，留下火辣辣的痕迹。

船开始狂躁不安，它摇摆着，雀跃着，跟着波涛试图奔逃，用力牵扯着我的指节，恨不能即刻将自己抛向远方的海面。我替它高兴，不愿想到自己。

最后一圈缆绳已经松口，再没有什么能够束缚它。没有了。

它一意识到这一点，便欢呼着划开了涟漪，贴着海面向前滑去。

我没有动。我望着它一点点融化在深蓝的天与深蓝的海。别了。

好了，没有船了。混沌的海天之际一无所有，我心底空了一块，却感到无比美满。

我是一位主任，我将大展宏图。我将埋头工作，死命挣挣不完的钱，我将把母亲从群山的包围圈里拯救出来。我将会有子子孙孙，他们会像我一样，面前有着一望无际的平坦的道路，永远没有山的阻碍……

我们将永远离开这山。

七

冰冷砭骨的海水忽然一头顶了上来，我定了定神，全身震悚。

我在干什么啊？我放走了——或者说，抛弃了，那只船。我曾经拥有它，一扇通向未知的窗口，然而“哐当”一声，刀砍去了窗外一切的可能。我正是这刽子手。我把自己的脚步谋杀在包围圈中。

这是我做了太久的一个梦，我其实仍然被困在山坳里，是不是？我开始感到绝望。我始终也没有走出山吗？山外的山……

出海，出海……风幻化成了父亲的低语。

“我这便来了。”我低声许诺，从未感到如此石沉大海般的坚定。

我急急地投身于大海，用尽力气挥着双臂游动。近了，近了。尽管我的五脏六腑都在快活地颤栗着，汗珠凝成了雪，我却从未如此自在。

终于，我的手攀上了船舷。船抖动了一下。健忘的它是不是才想起来这趟旅程本不该少了我？我大笑，亲密地拍了拍它的身子。

我仰起头，后脑勺靠在水面上，满目星空。云已经散了。星星很美，同我小时候整晚坐在台阶上看到的一模一样。那时候数不尽的星星缀在棉絮似的云下，如同在绒布上摔碎的水珠，纯黑的山脊在画布下端抹出一道荒芜……不过我再也不会回去了，我现在就在海上，永远也不会回到山里去了。想到这里，我放声大笑。

八

日升星坠。

孩子在沙滩上拾贝壳，是海潮的礼物。

他骄傲地举起一只已经死去的海星。

他望一眼海面，呼唤他的父亲：“海上有星呀……”

他的父亲一转头，看见了沙滩上的几行模糊的字迹：

海哟，为何在众灯之中
独点亮那一盏茫然的星光
还能抓住什么呢？
你那曾被称为雪的眸子
现在人叫作
烟

（作者学校：明德中学）

专家点评

山那边是海。海被重峦叠嶂的大山遮挡住。山外，有海吗？

海，是陈寓理赋予这篇作品的生命寓意，海是“我”想象中的外面的世界。

“我出生在乡村，乡村则在群山包围圈中。囚禁着我尴尬而痛苦的记忆。”于是，作品中写出了“我”走出了大山，上了大学，当了主任，有了钱，买了船，看到了海……但当“我”回到现实中时，看到生病的母亲，已故去的父亲，这个家还需要我来“撑”，这才发现“这是我做了太久的一个梦，我其实仍然被困在山坳里”。“我”看着眼前的山，越来越高，挡住了外面自由的世界。

作品表现了人的生存境遇之难，同时也表现了对自由的渴望和对外面世界的向往。作品很有画面感，很好。希望你多读经典书籍，将有助于你今后的写作。

闲暇之际，我喜欢尽情奔驰于田径场，或在篮球场上挥汗如雨。在万籁寂静之时，我喜欢将万般思绪化作文字，在写作中寻找真我。我畅游在文字的世界里，去看壮阔斑斓的极光，去看普罗旺斯的薰衣草海洋，去看广袤无垠的草原上大鹏肆意地飞翔。

我只想单纯地去表达，不是佶屈聱牙，而是返璞归真。

向诗慧

最后一击

“第三节比赛结束，现在场上比分是 65 比 58。蓝队暂时领先！”广播里传来了刺耳的声音，我不甘地心扔掉手中的篮球，耷拉着头朝队友们走去。我一把抓起散落在椅子上的毛巾，擦拭身上的汗水。“接着！”一瓶矿泉水跌入掌心，我拧开瓶盖，一饮而尽。

教练黑着脸，阔步走到我们跟前。他眉头紧锁，一双剑眉微微上扬，紧闭的嘴唇显示着他此刻非常愤怒。“进攻不够迅猛，篮板抢不到，防守那么差，一点战术都没有！”他雄浑的声音不断冲击着我们的耳膜，“你们好好想想平常是怎么训练的！”说完，便扬长而去。望着他那壮硕的背影，我攥紧了双拳，往事如潮水般涌来。

我抱着篮球站在台阶旁，一脸茫然地望着身旁的男人，“运球！”短短二字着实让我一怔。望着那长长的石阶，我在心中打起了退堂鼓，犹豫间，他开口了：“想放弃？遇到这点困难就要退缩？”“不，我不放弃！”我骄傲地扬起了头。没爬几级，篮球便撞到石阶的边缘顺势滑落，我只好从头再来。就这样往返了好几次，我仍旧没有爬到顶端。他只是静静地看着我一次次的失败，却不给予我任何安慰。“集中注意力，想象你和篮球是一个整体！”他的声音依旧浑厚。我咬紧牙关，我不服输，再来！

“第四节比赛开始，请双方队员上场。”广播里的声音打断了我的思绪。“加油！”上场前我们相拥在一起。

波浪般的呐喊声一阵高过一阵。

“防守！”我朝着队友们大喊，我们立即排开阵势。对方前锋凶猛若虎，一个闪身避开我的防守，轻轻一跃将球投进篮筐。“加油，还有机会。”肩上徒增了一只手和无形的担子。

“接球！”我将球传给了队友，他紧紧地控着球，稳步朝篮筐奔去。侧身，瞄准，投出，篮球却撞到了篮板上。正当此时，我一个箭步冲上前去，奋力一跃将球重新投回了篮筐。“一个完美的补篮，两分有效！”广播里的声音略显激动。我转过身去，余光瞥见远处身材魁梧的人影，他正一脸严肃地盯着比分牌，67 比 65，还差两分！仅剩 1 分 10 秒了，怎么办？心中似有千军万马驰过，头脑一团乱麻。不，我要冷静，困难越是要将我们打败，我们越是要赢得漂亮。

“现在是蓝队进攻，蓝队球员准备投篮了！这个三分球会不会命中呢？”解说员慷慨激昂地解说着。此刻，我的心已经提到了嗓子眼。篮球在篮筐边缘转了一圈，然后跌落，球没进！就是现在，篮筐下的我一把夺过球。40 秒，还剩 40 秒！我的体能已消耗到了极限，即便如此，我也绝不放弃！我似一匹脱缰的马驰骋在赛场上。风声，欢呼声，我已听得不太真切了。耳旁只剩下那急促的呼吸声和鼓点般的心跳声。突破道道防线，越过重重险阻，我站立于三分线外，抬头望着那洁白的篮筐，心中涌动着一股热血。你骄傲地站在那儿，你岿然不动却无时无刻不激励着我不断向前。瞄准，咬紧牙关，我侧身一跃，球在空中划出了一条弧线。既而，球撞到了篮筐边沿弹了上去。刹那间，呼喊声停止了，观众们都倒吸了一口凉气。绝望之际，球似乎开了一个玩笑，它在空中转了几个圈后又贯穿篮筐。“哗——”场上爆发出雷鸣般的掌声。“红队的最后一击成为决胜之关键，他们成功反超了蓝队，赢得了胜利！”此刻，广播里的声音是多么激动人心。

我朝着教练阔步走去，站在他的面前挑衅地看着他。“别骄傲，这次只是运气好罢了。”在他转身的一瞬间，我分明看到了他嘴角上扬的弧度。我在心里窃喜，口是心非的家伙。

我朝他大喊：“嘿，老爸！今天你得请客啊！”他背对着我摆了摆手，道：“没门儿！”“喂，你不要走啊。”我连忙向他追去……

（作者学校：湖南省辰溪县第一中学）

专家点评

本文通过对一场篮球比赛的速写，让读者的脑海里浮现出篮球比赛场上的紧张画面。作家曹文轩曾经指出，要成为好的作家一定要有“素描心态”，即强调对生活场景的细节的再现能力。这一点小作者做得很好。另外，本文值得一提的是文章的结尾部分，在与教练的轻松对话中，紧张的叙事节奏被缓解下来。而从这漫不经心的对话里，我们似乎也隐约读到了教练其实是为孩子骄傲的。这种情感的表达十分含蓄，比较能感染人。

第二篇

月光照不亮的地方

月光照不亮的地方

喜欢肖邦，用音符敲击心灵最深处；喜欢三毛，用文字丈量内心与世界的距离。知道只有努力才能爬上更高峰，看更美的风景。钢琴获得十级证书。《小城故事》、《时光里的那山、那水》等作品发表在省级刊物，多次获得省级作文竞赛奖励。我相信，只要前行，就有更美的风景在前面等我。

刘思睿

外婆的好记性

外婆一辈子生活在小镇上，没有听她说过什么漂亮的话，也没有听别人说起过她有什么特别的事迹，但在我印象中，外婆的记性总是极好的。

小时候，常去外婆家小住。那是一个住了七、八户人家的小杂院。旧旧的、老式的筒子楼里，住的都是老人。听说在上世纪的老单位里，人们从年轻到退休、死去，一辈子都工作、生活在一起。家家知根知底，不似亲人，胜似亲人。每当夏夜，人们就在院里乘凉。大人在月光下闲扯，小孩四处追逐、奔跑。外婆下楼时，总会切点水果，或带一些花生、瓜子、红薯片之类的零食，分给大人、小孩品尝。虽是不起眼的小零食，大伙也十分快乐地分享。老人们都对我说："你外婆记性真好，总是记得带东西下来，我们就没那么记得"。这时，外婆总是轻摇着蒲扇，淡淡地微笑。记忆中，只要我一去外婆家，不一会，就有邻居来看我、逗我，或带一把零食，或织件毛线背心，走到哪家我都是受宠的孩子。

临近中考时，外婆特地来照顾我的生活。每天，她总会做很多样式的菜，然后静静地看着我们吃。有时，我们会说：“菜太多了，难以选择，浪费也大”。但是，她能让我每顿吃上自己喜爱的菜。后来我才知道，外婆每顿饭都在观察，我的筷子伸向哪个盘子的次数最多。有一次，我无意中聊到，某次在别人家吃到四季豆，切成细丝，味道就是不一样。当晚，餐桌上就出现了四季豆，细细地切成丝。我惊喜地大叫，外婆在一旁淡淡地笑着，说：“你喜欢的，我都记着呢”。

读书到半夜，上床后，外婆总会准时来到我房间，替我掖好被子，然后用手轻轻地按摩我的头。好多年前，我有一段时间头痛睡不着觉，外婆总会在我临睡前，坐在床沿，给我轻轻地揉太阳穴，直到我睡着了，才轻手轻脚地离开。现在，我的头早已不痛了，外婆却仍记得我头痛的毛病，想着我承担的学习压力，用老办法来催我入睡。我享受着这熟悉的温情，不知不觉进入甜美的梦乡。

而今，外婆又回到她的小镇上生活。我会常常地想念她。我时常会懊悔自己不善于表达，从未对她说过贴心的话，没给她带回过好吃的零食，甚至，从未对她说声谢谢……总是理所应当地享受她带来的温馨与快乐。

外婆没有做过惊天动地的大事，也没有什么甜言蜜语；她只是惦记着她爱的人，为她爱的人做着点点滴滴的事情。然后，让别人也记住她，无声无息地爱着她。

偶尔，当妈妈无法理解我，对我大发雷霆时，我会更加想念外婆。我想，不管我成绩是优秀还是多么糟糕，不管我长得是丑陋还是漂亮，不管我有多么懵懂与无知，外婆，总是那个会准时出现在校门口接我回家的人，那个会端上一桌我喜爱的饭菜的人，那个记得在我生日偷偷地塞给我零花钱的人。

外婆，总是有那么好的记性。

（作者学校：长沙外国语学校）

专家点评

“摇摇摇到外婆桥，外婆夸我好宝宝。”每个人都有一个平凡而伟大的外婆，原因各不相同，而“我”是因为外婆的好记性。

外婆是和善良的人。她与单位同事、同住一院的人相处和睦融洽，不似亲人，胜似亲人。因了外婆，同院的人也会格外关心“我”。外婆是有心的人。“我”的不经意间说到的事情，外婆会默默为“我”去做。外婆是宽容的人。从不嫌弃“我”的懵懂与无知，也不计较我的丑陋或漂亮，不管我的成绩是优秀还是糟糕。

这一切都是因为爱，而爱是由生活的枝枝蔓蔓构成。因此，本文的出彩之处就在于细节的描绘。下学时的迎接，一日三餐的用心，睡眠时的轻抚，生日时悄悄塞进口袋的零花钱……爱不是花言巧语，而是一个人为你默默付出的一切。

唯有内心有爱才能写出最美的文章。然后懂得爱，去爱别人。小作者应该在这个方向坚持下去，在叙述层次和表达语言上加以磨砺，定会取得更大的进步。

像夏日里清爽的风，不喜哀婉愁思，尽展少年人的张扬；也能在冬天随一杯温热的茶沉淀，浸于深刻哲理中，云般柔软熨帖。常览书以求共鸣，于细微处深思，最爱信笔抒怀，不为愉人，只望悦己。自由洒脱的灵魂，知晓“无穷的远方，无数的人们，都和我有关”。

张小棋

谎

“哔——哔——”宿管在两声长哨后，拉下电闸，整栋楼一瞬间陷入了沉静。

我们一个个窸窸窣窣地爬上床，探头探脑地张望，盼着宿管快些来查完寝，继续熄灯前没有忙活完的事。但奇怪的是，二十分钟过去，宿管还没来，我们在床上躺得久了，便改为盘腿坐着，小声地开卧谈会。我对面的朱秀打开了手电筒，在箱子里翻找着什么。突然，急促的敲门声响起，离门最近的女生急匆匆穿上鞋子，拔开插销，拉开门。宿管趿拉着一双拖鞋，手背在后面，缓步走了进来，一口不标准的普通话：“是谁啊？刚刚是谁开了手电筒，自己站出来！”说着伸出手指了指地面。寝室里鸦雀无声，毕竟，谁也不愿意惹祸上身。冷冷的月光透过窗户，把宿管的身影打在地上和墙上，我看不清她的脸，只觉得在这沉默中，仿佛时间也凝滞。

“再给你们一次机会，不要让我一个一个问，自己出来！”她的声调拔高。但回应她的，依然是无边的寂静。宿管终于开始盘问，自一号床开始，“我不知道。”二号床，“我没注意……”

全寝十个人的回答都诸如此类，模棱两可，最多也是一句“我只知道，光不是从我们这边打出来的。”最后，宿管气急败坏地走了，留下一句“都不知道是吧？好，好！明天问问你们班主任，看看她知不知道！”她摔上门，我去锁好。门上的小窗框住她离去的背影，我突然有一种冲动——我要去追上她，把真相告诉她，即使从此与朱秀交恶，但……我开始迟疑。内心在挣扎，我既有不顾一切的勇气，又像个胆小鬼般畏畏缩缩。宿管，走下了楼梯。

躺回床上，我脑中有一刹那虚妄苍白的无力与愧疚——我们都是撒谎的人，我们都有错。

“朱秀，”我开口了，我知道她没有睡，我知道在这沉沉的夜里大家都开始担心，谁又睡得着呢？“我们都知道是你开的手电筒，不在宿管面前说穿是为了给你一点面子，你明天自己去和老师讲清楚吧。”我想起她在回答宿管“不知道”时表情是那样的坦然自若，仿佛理所应当。她很可笑，我也是。

未曾料到的是，这件事竟然持续了一个星期之久。朱秀，始终不承认。班主任三次把我们寝室的人留下，然后单独询问，甚至大发雷霆，她一直平静地撒谎。最后，宿管知道了，才和班主任说，她看到是朱秀床位上发出的光。原来宿管一直知道。

班主任对朱秀的惩处我们不得而知，但班上再没有人愿意和她走在一起，我们都不喜欢她。

朱秀其实是个相当爱笑的女生，头发用墨绿色蝴蝶发圈扎起，一张稍显刻薄的倒三角脸，斜刘海掩住扁平的前额，但眼睛称得上灵动。她的体育也十分优秀，运动场上她跑步的模样就像她头上那只翩跹欲飞的蝴蝶，活力张扬。朱秀的成绩虽不够好，但常得老师表扬，在同学面前也随和大方，因而人缘很是不错。但是，在“手电筒事件”之后，班里便议论纷纷。她的微笑被称作矫情，她的积极被看成炫耀，她的任何举动仿佛都是伪饰。甚至，我也开始怀疑，她对我们看似明艳的笑容中，含有几分真心？我们都不喜欢她，她头上的蝴蝶也蔫了。

初一过去，同学们终于开始重新与她相处，一切平平稳稳，直至寝室又一次因她而扣分，她不愿意承担责任，推脱到别人身上。班主任了解情况时，她说："老师，我以前犯过这样的错误，是不敢再犯的。"简直叫人目瞪口呆！一年前的"手电筒事件"竟成了她的借口，是她的一道"免死金牌"？！她这样回答，再辩解又有什么意思呢？于是别人替她担了责罚。

再没有人理她。

高中再看到她，是很久以后了。她和身边友人谈笑，头上蝴蝶又生动起来。她不经意间扫过我，笑容收起，目光在我脸上多停留不过一秒，但就那一秒，也足够让我全身僵直。

我不敢看她的眼睛，我难以面对她眼底的控诉，更害怕看到那天晚上所有千疮百孔的谎言。

（作者学校：明德中学）

专家点评

或许，每个人的成长记忆里面都有这样一件小事。我们害怕权利所带来的伤害，被一种无言的恐怖监视所震慑。我们也因此产生了最初的对某一个人愧疚，这种愧疚感又反过来造成了对自己的伤害。后来，我们长大了。对这样的小事慢慢习以为常，对所谓的“规则”习焉不察。

小作者却将敏锐的目光投到这样一件小事身上，没有轻易放过。从中可以看出作者对生活敏感的感受能力。我相信，一定是小作者生活中真实的经历才能有如此细腻的情感体验。但文章的成功并不仅限于此。本文可以说是从自身经验出发，最终指向了对社会“成规”的某种保留态度，这是十分难能可贵的。

越长大越发现自己喜欢阅读，越长大越觉得从那书的字里行间跳进我脑袋里的人物是那么真实，从诸子百家到现代诗，从评论纪实到散文小说，从黑暗到光明，合上一本书后，仿佛自己已经历过好多种不同的人生，各有各的精彩。书能带我去远方，能让我用别人的眼睛看到更美得风景，然后憧憬，然后努力，然后更加接近书里的梦。最喜欢李碧华的一句话，“墙高万丈，挡的是不来的人。”

蒲素兰

吴花的守望

吴花是村里出了名的手巧，绣花、织衣、剪纸、编竹样儿，熟练掌握各种小技艺，一双纤细灵活的手里仿佛能生出花儿来。当然，要说她最拿手的活计，那一定是捏泥人。不知是谁教与的她，或者是天性罢了，她小时候在路边抓起一把软泥，蘸了些洼畦里脏兮兮的水，捏了三两下，立刻便出了人样，仔细看来竟与几米外老樟树下正纳凉的刘伯一赛一地像，就连刘伯那合上眼休盹的安详神情也被她捏了出来。

长大了的吴花出落得不算漂亮，但把自己整理得干干净净，那一双手却是越发得巧了，捏啥像啥。捏一个小娃娃手掌般大小，让人觉得那真是个刚生下来的活娃娃，小心捧着怕摔了；捏一只螳螂，涂上绿油油的漆，那螳螂好似下一秒就会跳起来吓人一跳；捏一只麻雀小巧玲珑，保不齐就开口叫唤两声，扑哧扑哧飞上了树枝。

但捏泥人算什么呀，村子里没人把吴花的拿手活计当回事，也就是在孩子生日的时候，来吴花家向她要个泥人讨孩子开心，回送她两个鸡蛋算是顶不错的了。

吴花今年18岁了，该嫁人了，要像她的妈妈、外婆，和村子里其他的女孩一样，在这样一个正要盛放的年纪，成为一个老实本分，踏踏实实过日子的女人。

可吴花不乐意嫁个村子里的粗汉，绣绣花，纺纺麻，养一窝鸡种几亩田，生个娃娃再把他带大，每天做饭、喂鸡、扫鸡毛、看日升日沉，每一天都没有什么不同，一辈子就这么过去了。她想捏泥人，想靠自己养活自己，想活出个不一样来，她想出去走走，看看这个世界的其他地方，还会不会有人喜欢她捏的泥人。

于是在一个还算凉快的夏天，吴花带着几件衣服、一些钱和面饼，走出了这个小村子。

吴花原想着在城市里也许会有人喜爱这些玩意，然而没想到的是，城市里没有人喜欢这些玩意。

吴花每天往公园门口一站，准有一窝子小孩围上来，叽叽喳喳地嚷着各种名字。

“迪迦·奥特曼，哔哔哔！”

“妈妈妈妈，我想要一个哆啦A梦！”

“暴龙兽，我要暴龙兽！”

吴花刚来的时候，自然是不懂这些七七八八的人物形象的，别说样子，就是名字也没有听说过。吴花在第一天听到这些陌生名字之后，明白城里的孩子虽是喜爱泥人，但并不满足于螳螂小鸟这样普通的造型。于是她找到了电影院，浏览着海报上的图片和名字，一双手在袖口下暗暗地飞速捏出好几个人物，几下便有了样本。泥人在这里受欢迎得很，孩子们在看完动画片后，自然希望手中能真正地拥有一个活灵活现的卡通人物。

张国荣去世那年，大街上四处点起了暖黄的烛光，挂着哥哥大大小小的照片。吴花不认识张国荣，但那一年她手下捏出的张国荣模样的泥人不下百个。

这几年吴花和着泥和水，认真又开心地捏着泥人，虽然还是没能在北京买上房子，好歹也租了间不大不小的屋子，里外收拾得干干净净，每天自己做饭给自己吃，想吃肉就吃肉，偶尔还在全聚德买一只烤鸭来吃。吴花觉得生活越来越好了，日子过得越来越有希望了，自己的守护和盼望要有个结果了。

但这头几年很快过去了，后来世界真正翻开了一个新的世纪，是真正属于科技的二十一世纪，它在将近十年的缓冲中，苏醒了。

转眼吴花来到北京也有 16 年了，零三年到一六年，18 岁到 33 岁，吴花还没有成家，也没有收过徒弟。这些年在公园门口捏泥人、画糖画、剪剪纸的手艺人，渐渐地变成稀稀拉拉的几个。马路对面开起来的一间间高档玩具店、进口食品店的生意却越来越好，较之吴花手下捏出的泥人，孩子们更喜欢会唱会跳的电动娃娃。生意越来越不好做，房价却一点儿没见降，每个人都在这座城市里削尖了脑袋死命地挤，没有哪个“良人”愿意停下来回头看看这个白净的姑娘，而同在公园门口谋生的手艺人，个个都是一把年纪的老男人，比吴花大了不止一轮。北京迈着匆匆忙忙的脚步，十几年里都没能给吴花一个家。

吴花还在守着，没有回到村子里，也没有像其他离开的手艺人一样找一份钟点工或保姆的工作。她还守在公园门口，守着捏泥人的小摊子，守着这份活计，守着对捏泥人的执着与热爱，守着能够赋予泥人生命一般的喜悦，守着自己心中的念想；那盼望是什么，希望是什么，渴望和愿望是什么，是想要其他人也喜爱它，是泥人能实现它的价值和意义，给人们带来快乐，是这样一份自己所热爱和珍视的事情也能够让自己过得好。

有盼头总是好的，人活着就不该失去变得更好的希望。

如果每日盼望着的生活只是出现在梦里，如果梦是天上的那轮月亮，那皎洁的美好有人一直守护着，把它当作心中的一盏明灯。守护自己心中的那一轮月亮，生活终将变得越来越好。

吴花瘦削的身影立在公园门口的广场上，北京的大风把她宽大的衣衫吹得鼓起来，又瘪了下去。摊前走来一个孩子，兴奋又有些着急地拖着他的妈妈。

“可以帮我捏一只螳螂吗，钳子一定要很大很厉害。”

（作者学校：南雅中学）

专家点评

手工艺者在当今社会的生存状态是值得关注的，因为他们通常代表了一个时代的终结。在时代和时代的交替变化之际，人的生存处境特别值得关注。著名作家汪曾祺先生就很善于描写这类正在消失的手艺人。

同样，小作者也关注到了这个人群中的一个代表“吴花”。作者带着悲悯之心书写了吴花进城后的遭遇。那些看似平凡的故事里，有小作者对于城市和乡村、历史和现实的初步关注和思考，这一点非常值得肯定。

另外，本文的写作技法也流畅自然，结尾处“可以帮我捏一只螳螂吗，钳子一定要很大很厉害”有一种感人的力量。

这是我。

会默默无言地坐下来，关上门，在自己的世界里徜徉。

会将气轻轻地沉进丹田，打开胸怀，深呼吸，尽情地舒张身体，拨弄心扉，在书中恣情嬉笑怒骂。

会用笔记录下一个个故事，记下他的卑微，记下她的贫贱，记下它的渺小，以及他们的悲欢。

嗯，这就是我，也许你早已熟悉，但更多的是你从未谋面的。你能否静下来，听听我的声音。

段小玉

卑　魂

一

我到了小镇后，就觉得离北京不远了，虽然我只是理发师的学徒。

十几年前，小镇的西门路上，一个穿着暴露的年轻女人，摇着一把红色团扇，屁股一扭一扭地，游荡。她不为别的，招揽生意。后来她儿子出生就患了脑积水，我喊他大头。她紧接着又生了女儿，也就是大头的妹妹。几年后，女人耐不住，穿起了先前的衣服，换了一把有吊坠的折扇，擦上口红，出门了。

我是在大头卖肉的爸死了后认识他的，因为大头住进了我们家。说是家，其实就是老板屋子里隔出来的一间房。理发师都有自己的房子，而学徒都住在这，没有钱嘛。我们老板就是大头的姨，大名叫黄放梅。

大头好惨，比不上她妹妹，能住客房，还能搭车上学。我反正和大头蛮像的，爸妈死了很久了，大哥在北京，无依无靠的。所以我就时不时地跟他说说话，可怜可怜他。

二

这天，大头放了学回来告诉我，他想做操。他的同学都可以，只有他不准。今天学校里来了领导，他就只能在教室顶楼看看。秋天的风景确实不怎么样。

我刷着牙，含含糊糊地回了一句："也蛮好的啊。"

大头好像已经不满足于我的一两句答话了，"老师最喜欢用耳朵看我了，怎么都不答应我去做操，"他笑笑，"她好像都不知道她耳朵尖上有疤一样。"

"你要表扬她漂亮，求她有什么用？"我装作很懂行。大头闭上眼又睁开，表示赞同。

"算了，小伢子，哥哥不能教坏你。"我一脚把桌下的烟头踢进柜子底下，爬上床铺准备睡觉。

这个天气，晚上有点凉了，风一吹，就让人打个寒噤。

一阵拖鞋擦过地板的声音过后，大头打了个寒噤说："妹妹在姨妈家怎么能这么放肆。"我长长地吐了一口气，怜悯地说道：

"你妹妹！你姨妈！你不想这些人，不行吗？"

大头傻得很啊，他妹妹住的可是老板家的客房，比我师傅家还干净。大头算什么，让他住空气不大好的"工棚"算好的了。

大头半天才憋出一句："那……那怎么搞啊？"

我说，等我赚够了钱，我就要坐火车找我大哥去，他在北京呢，他现在要穿袄子了吧。嘿，我要在北京买像我师傅那样的房，再找个北京妹子。

其实这话是我睡觉前常跟自己讲的。大头问我，我也就讲了。

大头云里雾里，北京？大哥？听上去好像很不错啊！

三

小镇好像离天很近，夜晚的天美极了，大月亮，大星星，但是总觉得什么东西会掉下来。

大头再和我讲话是几天后了。我每天想的都是赚钱，北京，赚钱，北京，从不像屋里那帮没追求的家伙天天鬼混！但是大头来找我说话了，他好像憋了好久的话都要讲给我听。那时我已经躺在床上了，可也只有我能听一听了。

他说今天晚自习时做了一道题。可是只要一想题，他的头就痛得很，他不懂为什么。

我随便说道：“你脑袋进水了，怎么会不痛？”

他点点头，又说：“看着同学一个个认真做作业的样子，好害怕。”我不耐烦了，“别人脑袋又没进水，你害怕什么？”大头不说话。

突然，大头提到北京，他知道北京。嘿嘿，咱们这里穿单衣的时候，他们一定穿袄子了，北京好冷呢！

我恼羞成怒，傻子能知道北京？！大头算什么东西，居然跟着我讲北京，我想都不想就破口大骂：“傻子，你是在骂我吗？你觉得你这个没人爱的大头能去北京吗？你还知道北京啊，你以为我不知道？我告诉你，北京没有像你这个样子的人！还有，你有钱吗？你怎么去啊！”我一句比一句起得调高，把大头的声音压得很小很小。

我感觉没有劲了。讲的都是实话。大头闷了，坐在那里抽抽搭搭。我直接蒙上头，号啕大哭。

我，不也是他那样吗？我能到北京吗？

四

我好像没有了奔头。但还好，我能逃。我已经领到这个月的工资，收拾好“家当”，打算夜晚就离开这里。

吃完晚饭不多久，老板冲进“工棚”，只有我一个人。她等不及解释，一把抓住我就跑，把我扔上车。

老板的车真舒服啊！

她一个劲地在电话里骂娘。煞风景，我心里暗暗念叨。电话里头传出一个女人懒懒散散的声音，估计是大头的妈。老板无故请我坐车，一定出事了，我想得很清楚。

果然，大头发病了，被送进医院。电话那头的女人要老板先出手术费，说她赶不过来。老板坚决不同意，哪怕在她那里出的事，她也绝对不会出钱。

我心里很急啊！怎么亲妈和亲姨都不救人的？！可老板偏偏又把车开得那么快，我肠子都快要颠出来了，怎么说得出话呢。况且我还是个外人，怎么能管别人家的事？

一个急刹，电话那头妥协了。“要是儿子死了，和他爸一起来索命可怎么办？”

到了医院，护士送了单子来，签完字交好钱，就能立马手术。

老板是视钱如命的守财奴。虽然，大头在她手上出的事，她还是把脸一撇，掏出包芙蓉王，一口一口地吸着，眯着眼睛对护士说：

“我没钱，也不是亲属，等他妈来吧。”

我早就料到她这样说，手术可要出一笔大数字，梅姐这种人怎么会不想想。可我已经太急了，大头是我的朋友啊，沉声道：“老板，这可是一条命啊！要是死了可就败了理发店的风水啦！”

她有点害怕了，深吸一口，吐出个烟圈，又深吸一口，吐出烟圈。把烟屁股朝地下一摔，揉了两脚。她在走道里来回踢踏着，肯定还在想。医院里的白色晃得我眼睛发黑，我急得不行了，嚷嚷着说：“老板你签不签？你要再不签我就签啦！”

“哼，签啊，你签啊，你签了倒好。”老板冷笑两声，“钱全归你出啊！小喽啰！”我不作声，摸了摸瘪瘪的口袋，只有几张钱和一块硬硬的卡片，我怎么可能有钱呢？

时间好像很快就过去了，大头的妈来了。

她穿着一件红色大衣，又宽又大，把她从头到脚都罩住了。她身后跟着一个又矮又黑的胖男人，满脸肥肉。大头的妈头发蓬蓬乱乱的，脸上泛着红晕，不知道她是性急赶过来的，还是……矮黑男人肩膀突然一缩，膝盖软了一下，像是要跪下的样子。显然他被门口突然传来的救护车声惊到了，有点丢面子，他站定在那里就不再往前走。大头的妈走进来，我隐隐约约看得见她脚上的丝袜。她一撩头发，抿下红嘴巴，把眉毛一皱说道：“大姊真是不地道！你外甥要死了都不出钱！”然后她从胸前的口袋里摸出一张新卡来，签了字，对着老板直瞪眼睛。这女人真是个风情种。她突然鼻子一酸，带着哭腔大喊着：“我真是不容易啊！这么多年攒的钱全花了！怎么当时没掐死这个大头杂种！我真命苦啊……”接着放肆地大哭起来，哭出了两行黑色的眼泪。

可好不巧，少了八百块钱。梅姐冷笑一声摔了五百块钱说：“哼！你们一家死了之后的道场钱！”说完就径直走了。

女人又哭着望我，大头是我朋友啊，不出钱怎么说得过去。我算计了这个月的口粮钱，数了一百二给女人。她气得把嘴巴都咬成了白色，但我真是仁至义尽了，女人不可能没钱的。

五

病房里，一切都是白色的。医生说 36 小时醒不过来，就活不了了。

我丧着脸，望着大头，心里不知道是烦躁还是着急，毕竟大头跟我没什么关系，可总觉得有不好的，毕竟是条命啊。但我知道大头这次是不会死的，他还没做成操呢。我握住他的手，试着叫大头："大头啊大头，你造孽啊，偏偏生在这样的家，又偏偏长个大头。唉……我是外人啊，你家的事我不好管，把钱都拿出来吧，又怕没得还了。我还得去找我大哥啊，他在北京呢！我一定要寻个北京堂客，住又好又大的屋……大头啊，你再不醒来，我就要去北京了……"我说着说着，感觉到大头在抖。指甲，碰到我的手了！

大头在阎罗殿打了个转又回家了，不知道还有没有下回。但我是不会在的了，因为我感觉，大头活过来后，北京好像离我远了。

我，得去了……

（作者学校：明德中学）

专家点评

本文以叙事者"我"的目光，打量了小镇青年"大头"的生存处境。从大头的身世、经历的描写中，可以看出作者对社会现实问题的关注。行文也体现出作者对文字一定的驾驭能力。比如"小镇好像离天很近，夜晚的天美极了，大月亮，大星星，但是总觉得什么东西会掉下来"就颇能体现出作者较为独特的观察视角。

稍作提醒的是，所写故事"偶发性"过重。现实主义的关怀如果能够通过具体细微的事情来表现，会更加感人。

我喜爱围棋，常常痴迷于黑白世界的厮杀，但在闲暇之中，我更爱在午后温暖的阳光之下，捧一本书度过闲适的下午。正如川端康成所说，“凌晨四点，看海棠花开。”我向往的，正是这种对美的感受。

黄渝昂

过年夜

一

时针指向了八点，钟楼准时开始报时。天色已经完全暗了下来，刺骨的风一阵一阵地刮着，但兴奋的人们没有丝毫察觉。

整条街上充斥着喧嚣与嘈杂，热闹仿佛掩盖了一切，只留下人们尽情地狂欢。随着广场中央的大舞台逐渐搭好，广场上的人也越聚越多，大多都是些大学生或刚参加工作的年轻男女。他们大多成双成对出现，一般都是女生幸福地依偎在男生怀中。“听说今天著名歌星小赵会来这里开一场演唱会”“是啊是啊，小赵真是太完美了，歌唱得那么好，人又那么帅，而且大过年的他竟然免费来办演唱会”“你知道吗？我已经激动一个月，花了一个月的薪水给小赵买了礼物，不知道我等会冲上去，小赵会不会收下，说不定还可以拥抱他！”

二

时针指向了九点，钟楼的“铛”“铛”声在这里显得格外长。寒风依旧一阵一阵地刮，没有几个人察觉到，这里只偶尔传来一声野猫的叫声。昏暗的路灯无力地打在地上，几只飞蛾奋力地显示着这儿少有的生气。

终于远处出现几个人摇摇晃晃的身影，昏暗的路灯打在他们斑白的头发上，看这样子他们大概都有五六十来岁吧。“老李啊，你儿子今年过年回来没？”“哎，回来了，他七点半到家，提回来两袋水果，刚坐了几分钟，就匆匆地走了，说八点有个重要的聚会。”“我家的也是这样，工作五年了，每次过年拎一些年货回来，没过多久就走了，大年三十的也要应酬。你说我们这么大年纪了要那些礼品干吗？不就是想让他们在家多待些时间吗？”“哎，我们几个老头也可以热闹的过年，只可惜老赵今天不出来，听说是因为他那个明星儿子回来了，算了，干杯！”

一阵寒风刮过，吹动了几个路边的空酒瓶。

三

时针指向了十点，钟声响彻整条黑漆漆的街。街边一个不起眼的小屋里坐着一位老人，屋里很冷，唯一散发热量的是屋中那个不到四十瓦的照明灯。借着灯光可以依稀看清老人的脸，那布满沧桑的脸庞竟与那明星小赵有些相似。

老人双眼直视着前方，似乎是在看着桌上已经热过两次的饭菜，又似乎是看着那桌上摆放的一张小小的合照，照片中的女人已经抛弃他走了好多年了，那个帅气的小伙也远走高飞，成了家喻户晓的歌星，这个家庭曾经的温暖被撕扯得支离破碎，只留下老赵在默默地守护着。老赵看了看手边的电话，颤巍巍地拿起话筒，犹豫了几秒钟，还是一个键一个键用力地按下了那个在心中默念过数遍的号码。“嘟，嘟，嘟，对不起，您拨打的电话无人接听。”老赵轻轻地放下话筒，依旧直视着前方，只是眼中多了一些混浊。

四

时针指向了十一点，钟楼准时报点，但这里的人们依旧察觉不到时间的流逝。已经狂欢了两个多小时的人们没有丝毫疲倦的感受，只是跟着舞台上那位充满着激情的歌手舞动着。歌曲一首接着一首，鲜花一束接着一束，终于，那个歌手好像累了，向主持人示意了一下。主持人连忙出来："下面进入休息时间，让我们的歌手小赵休息一下，等会再让我们重回激情！"

小赵疲倦地走回休息室。"赵哥，您的手机，"小赵一看手机，七个未接来电，其中一个号码出现了六次，一个号码出现一次。他拨打了那个只出现一次的号码，"喂，老婆，我在表演，等会演出完了就回来陪你过年。"聊了十多分钟，小赵不舍地挂断电话。然后他又看了看那个出现六次的号码，迟疑了一下，但还是摇了摇头，将手机丢在一旁的沙发上。助手小心翼翼地问道："您今天真不去看赵叔了？这里离赵叔那里只有十多分钟的车程啊。""哎，算了，今天可能挤不出时间，再说我不能让粉丝知道我是出生在那平凡的地方。你帮我给那老头多打点钱去，告诉他，我今天忙就不回去了。"音乐再次响起，人们又一次进入狂欢。

五

时针指向了零点，在所有人屏息的寂静中，钟楼郑重地报起了时，新的一年开始了。紧接着，粉丝们又陷入了无尽的狂欢，"小赵，我爱你！""小赵，我爱你！"台上的歌手也陷入了无尽的激情，疯狂地舞动着，对粉丝们喊道："我也爱你们，在这温暖的过年夜中，你们每个人都像我家人一样，让我感到亲切，希望我的陪伴，也能像家人一样给予你们温暖。我再唱几首，献给我的这些家人们！”

与此同时，老赵却依旧枯坐在那儿，听着报时声，眼睛里渐渐失去了神采，他低头看看手边的电话，依然没有反应，他无奈地摆了摆头，挺直的背也慢慢弯了起来。他靠在椅背上，双手紧紧地抓着电话，眼睛望着天花板，但那颗浑浊的泪水还是溢了出来，泪水滴落在地板上，那声音很刺耳，很响，至少比钟楼的报时声还要响，不知道那些狂欢的人和那个狂欢的歌手是否听得到。

六

时针指向了一点，报时声提醒着人们狂欢应该结束了。疲惫的歌手告别了他认定的家人们，躺在了车后座上，助手像往常一样开车送他回家，一路上，谁也没说话。

突然，车停了下来。助手说道：“赵哥，真的不去那里看一看吗？”“我现在很累，不要烦我。”说完，他翻了个身，余光瞟到了路边的几个空酒瓶，酒瓶的姿态始终维持着原状，其中有个酒瓶是那么的熟悉。“这不是我爸爱喝的酒吗？你怎么把车开到这里来了？”

虽然心中有些不快，但他还是打开了车门，下了车，捡起酒瓶，冰凉的触感涌上他的心头，伴随着的似乎还有之前那几个老人的孤独与无奈。脑海中浮现出一个画面，二十年前，他上高中的第一天。“小赵啊，你也不小了，今天你上了重点高中，我叫了三个叔叔过来一起庆祝，我们喝了几瓶酒，等你考上名牌大学，我们还要多喝几瓶。老李啊，你儿子也要加油啊！”一阵寒风吹过，深入骨髓的冷。

小赵数着酒瓶，一个，两个，三个，怎么少了一个，怎么少了一个？他望向那个熟悉的方向，那个载着他童年记忆的方向。那间小屋，依旧透出着微弱的灯光。我该不该去看一下父亲？心中不断地问自己，脚却开始迈向了那条熟悉的路，迈向了那熟悉的灯光。站在门前，小赵停住了。寒风依旧，小赵的手心却渗出了一层细密的小汗珠，他站在那里，站在那里。终于，他伸出了手，手却停在了半空。

敲，还是不敲呢？

（作者学校：南雅中学）

专家点评

本文构思颇佳。类似于电影蒙太奇的手法应用，文章以几个场景开头，分别交代了年轻人在过年夜狂欢的场面，和老年人在过年夜期待子女回家的孤独处境。最终，经由“小赵”这一人物的设置，融合在一起。

文章不仅仅体现出小作者对“留守老人”这一社会现象的观察，同时也有对人们遗失的童年的哀悼。体现了作者的同理心。

特别值得一提的是，作者为文章设置了一个开放性的结尾。“敲，还是不敲呢？”作者并没有描写小赵的心理活动，却通过描写他手心细密的小汗珠和“停在了半空”的手对小赵内心活动的复杂进行了暗示，可以看出小作者接受过良好的阅读和写作训练。

在普通朋友眼里，我是个不苟言笑的人；在真正的朋友眼中，我还是个不苟言笑的人。可就是这么个不苟言笑的我，却会打球，会做点儿数学题，会在打游戏的时候，不时抽抽风突然写点儿文章和诗。作为一个标准的理科生，我却心怀对文字的无限憧憬和向往。

这就是我，一个无数矛盾的集合体。我永远会对自己充满信心，因为我始终坚信：追求卓越，成功自然会追着你跑！

姚楚鑫

狮虎兽

一

砰！门被重重地摔上！

“你给我回来！”沉闷的声音从屋内响起就像一串炸雷。男孩却头也不回地走了。

时钟悄悄走过十一点半，距离高考成绩出来还有半个小时。

……

二

外面正下着小雨。

夏天的雨哪怕再细小，打在人身上也让人也觉着沉甸甸的，像一根细长的棉针，从几万米的高空砸下，直扎在脑袋上。男孩留着个平头，一根根头发竖起，像一根根黑色的针，从脑子里长出直刺向天空，仿佛在和正下着的雨抗争着什么。

男孩边走边想着要先到同学家里去避避雨，整个高中时代过去了，男孩只留下了三两个朋友。

走出那群黑压压的建筑，男孩路过一个草坪，他踩在草坪的石子路上，脚步却忽然停顿了下来。他像是忽地想起了什么，直盯着那草坪发愣……

三

“小家伙，你在干吗呢？”

“呀！哥哥，你来了！”

“是啊，家里挺烦的，我出来走走。”

男孩抬头看着即将落下的夕阳，眼神分明有些迷离了。

“哦，哥哥，我在画画呢！你看，你那块大的石头是太阳，旁边的小草是森林，里面有些小的沙砾就是住在森林里的人，他们天天在森林里生火啊，打猎啊，好不快活呢！”

“嗯，是挺好的，可要是下雨了该怎么办呢，总不能都淹死？”

男孩认真思索着。

“哎呀，笨死了，哥哥你看，那草丛里不是还有小叶子嘛，那是他们的船！”

“哦，这就对了。”

男孩郑重其事地点点头。

“小家伙，谢啦！吃糖不？”

“我不会说谢谢的！”

“哈哈哈！”

四

往事历历在目，男孩的眼神又迷离了起来。男孩好恨，好恨自己，也恨那个中年男人，若自己当初好好听话，若那个中年男人没有那么迂腐，大概一切都不会发生。

他又想起那个中年男人的面孔来，眼神或多或少透出些许无奈，他知道，他终究不会对那个中年男人做出什么。

他从草坪里拈起一粒石子，放入自己裤袋里……

时钟指向 11 点 40 分。

五

“回来了？没给你留饭！”

“哦，我吃过了。”

“你……”

“好，我看你这次的考试成绩！要是退步了，别怪我没把丑话说在前头！哼！”

“知道了！”

砰！门又被摔上，想来是男孩回自己的书房了，留下坐在客厅里的男子一脸铁青。

中年男子又怒哼了一声，眼中透出一抹厉色，又不好发作。也难怪，从入学到现在，男孩已经不知道多少次考班上第二了。

中年男人点起一根烟，微眯起双眼。

可以想象，作为一个父亲，他有多么希望自己的孩子能考得第一，他总是跟男孩说“在我眼里第二名和最后一名没有区别。”可是男孩自己却总是不在乎！平日里在家，男孩除了打球就是打游戏，做完作业后几乎很少把时间用来学习。中年男人坚信，只要男孩再多努力一点点，得第一名是探囊取物的事，他也一直想不通，为什么男孩就是不肯再多努力一点点呢？

六

男孩没有去朋友家，而是去学校看了信箱。他并未期待能再收到一封信，他知道曾经给他写信的人大概已经永远地离开他了，虽然他也想不通为什么。

但他还是忍不住伸头向信箱里望去，果然空空如也。

也难怪，毕业了，信都被学校阿姨清走了，他这么想着。

可还是有种莫名其妙的失落感涌上他的心头，男孩的眼睛又有些迷离了。

七

“猴子，学校的信箱里有你封信，有时间去看看。”

“行，谢了！”

男孩在宿舍里的绰号叫猴子，后来别人知道了，也都这么叫他。

男孩飞快地来到了学校的信箱。

信箱里有一个古朴的信封。

不用看了，就是它，男孩儿把它飞快地扔进包里。又飞快地找到一个没人的角落，男孩迫不及待地读起来。

“‘珊瑚长出海面伸向月亮背面，你我盘算来生不注意今天。’小洛先引一首冯唐的诗……”

飞快地扫读完，男孩眼角竟开始有些湿润了，信并不是如何感人，不过一点诗和家常话，可每次拿到信，男孩都会有一种久违的感动，这种感动支撑着他写下一封又一封回信。就像现在，他想提起笔马上回信，可他也知道以他现在的状态，大概连笔都握不稳。他珍重地把信收入包中。

是的，男孩有个笔友。

说起男孩和他笔友的故事，后来男孩自己回想起来都觉得不可思议。男孩能从当年那无限黑暗的低谷里走出来，又一直维持着自身的光明磊落，和那些信绝对分不开的。

八

男孩从口袋里掏出一封信，放入信箱里，随即飞快地走了。

男孩的心情忽然变得放松起来，就算他知道那个人永远也收不到他这封信，他也算是给自己一个交代了。

现在是晚上 11 点 45 分，还有 15 分钟。

现在正无路可去，男孩想了想，就一个人走进了教室。

男孩忽然想起那天来，是啊，他早该有所警觉的。

九

“你这次又只考了第二名？”

“嗯。”

“你觉得很骄傲吗？一直有个人在你前面？”

“没有，只是觉得也没什么不好。”

男孩终于道出了心声。

“可现在的你心思就该放在学习上，高考完了你想干什么我都不会再管你！”

“嗯。”

“哼！我不管，从现在开始，周末你必须出去上课！在家也不许打球！更不许打游戏！高三了！明白？！直到你哪天考到第一为止！”

男孩像是早已预料到了这些，叹了口气。

“哦，那你直说不就行了。”

男孩不愿再争辩什么，匆匆地回到书房。

其实还是有点儿意外，男孩也觉得今天的父亲好像跟平时不太一样。

“哼！”

十

男孩趴在空无一人的教室里，睁着调皮的眼睛。

他才明白那时的自己有多么天真，他竟然缓缓地笑了，伴着自己的泪水笑了，笑得有点儿凄迷。

时钟指向 11 点 50 分。

十一

从那天开始，男孩再没见过那个小孩子。“太阳”、“森林”包括夕阳都还是老样子，男孩却再没有见过那个孩子。

他的笔友也很少给他写信了，即使有，写的内容也尽是劝他多学习。男孩有点失措了，他觉得他的世界有些变了，好像有些东西介入了进来，把一切秩序都给打乱了。他冥思苦想，不知道为什么。

中年男人的眉角终于舒展了，男孩这次真的听了他的话。

从这天开始，男孩不打球了，也不打游戏，乖乖去上了补习班。

可男孩的成绩却仍然定格在第二名。

无论他是否努力，也无关他是否在意。

他始终眼睛空洞，别人叫他的绰号也不理。三点一线的生活让他觉得自己就像台机器，也许现在用这个词形容他更合适吧，他心里的那片空地早已被他所不知道的东西填满了。他现在每天除了吃饭和休息就是学习，他不打球，也不打游戏，他心里只简单地重复着六个字：“要努力，考第一！”

一年很快过去了，他终于成为了和第一名一样的学生。期间，他考过几次第一，只是关于一年前的那件事情他再未提起。

直到高考前几周，中年男人主动和男孩坦白了整件事情。

他早在男孩答应他上补习班之前，就摸清了男孩生活中所有的动静。他看了男孩的信，对于男孩信中所憧憬的世界，他觉得实在是不可思议，他决不允许自己的孩子成为一个诗人般的奇特物种。他甚至找到了男孩的笔友，可对于那个比他矮一个头的小姑娘，他实在说不出什么狠话，于是他找到他父母……

他也找到了那个在草坪上“画画”的小孩子，发现她几乎无人照看，没有上学。他又通知其父母，她父母就把她送到附近的一个精神病院里……

听完了整件事情，男孩闭上眼睛，旋即微微一笑。

“你早说不就行了。”男孩的笑让中年男人心里有些发慌。

“儿子，对不起。可只有一个月了，再坚持一下吧！”中年男人几乎在祈求。

“好！”

男孩留下这句话，若无其事地走了。可中年男人分明听见他在嘀咕：

“这年代，谁没有点神经病？”

十二

成绩终于出来了，男孩和他的同学们一起失去了踪迹。

别人都笑着跟中年男人说：“这孩子，肯定是玩疯了，没事儿。”

中年男人却怎么都笑不起来。七天了，中年男人没见过男孩儿一眼。电话也打不通。

那天凌晨零点，他突然收到一条短信，是男孩的老师发来的。里面的内容大概是祝贺男孩考了年级第一，有很多知名大学打电话来咨询，想要录取他，男孩的电话却老打不通，只好来联系他父亲。

中年男人盯着短信，久久不语。

（作者学校：明德中学）

专家点评

中年男人（即叙事者的父亲）对男孩（叙事者）总考第二名感到不满，并要求男孩周末出去上课，不许打球，不许打游戏。这使得男孩想象中的自我失去了童趣。更令人难过的是，中年男人封锁掉了男孩情感的唯一出口——笔友小洛。最终，高考结束后男孩虽然考了第一名却“失去了踪迹”，中年男人“久久不语”。

这篇文章，写出了小作者在面对高考升学压力时对生活的某种思考。其中有对于父亲不理解的体认，也有对自由心灵的渴望。作者能够从自己的生活体验出发，提炼出对生活的思考，并以生动感人的故事传达出来，是值得肯定的。

生于1999年，来自湖南长沙，一座名冠三湘的老学府，也是一座娱乐产业极其发达的不夜之城。我从小酷爱文学，长于写作，一直坚持写日记，喜欢用文字来描绘生活，表达感情，记录成长，它成了我生命中不可或缺的重要组成部分，伴我走过许多年时光。我也曾拜读过许多大家的文学作品，在他们的字里行间寻觅自己的影子，或产生共鸣，或感触良多，每一处感动都在一定程度上影响了我的生活轨迹，让我成长为今天的模样。文字的力量是无限的，或涓涓如溪流，或滔滔如江海，变幻莫测而奥义无穷，想必这也是我爱它的原因。

谭雨萱

静候花开

周末放学回家，灼热的空气充斥四周，一阵燥热。夏季正盛，尽管已是下午四五点，太阳还是明晃晃的，苍穹之上似有一面聚光镜，照得一切发白。

我和妈妈进入楼层电梯，正要关门之时，听见一阵急促的脚步："等下等下"。电梯门制动一响，缓缓打开。一位母亲拉着一个女孩子走进来了。

四目相对，妈妈一声寒暄："哟，好久没见你啦。"对方点头一笑，却感觉有些勉强，似乎心情不佳："是啊"。我随即开口："王阿姨好。"

王阿姨住我们隔壁，以前常跟我妈晚上一起出去跳舞逛街，两家邻里关系向来不错。自从几年前她有了孩子，两人便很少约着出去了，即使是周末也难得一聚。我妈说她是典型的贤妻良母，相夫教子，心无旁骛。

站在一旁的小姑娘名叫陶陶，4 岁的年纪，齐耳短发，脸庞白净。我冲她一笑，却见她低着头不说话，大概有些羞涩。

简单几句，得知陶陶刚上完古诗课回来。“陶陶，给阿姨和姐姐背背今天学的诗。”王阿姨说着，将陶陶拉到中间。小姑娘忸怩不安地默不作声，腼腆地挪向她妈妈身边，目光低垂，两手纠在一起。阿姨似乎是生气了，一把将她从身后拉出来，一顿数落：“别人家的孩子都是大大方方的，就你这么畏畏缩缩，人前说句话都不会，你怎么就是不如人家呢？”这不满情绪似乎压抑了很久，一刻之间借机倾泻，落在锋芒毕露的言语间。“她呀，今天上午的算术课，同班同学做题目十道可以对八九道，只有她，错了六道，一半都没对！还找尽借口不肯上课。还有刚才的古诗课，点她上台背诗，挨了半天就是不作声，怎么就这么小家子气呢？我花那么多钱来栽培她，怎么就不成才呢？”

我和妈妈愣在那里，被这突如其来的抱怨弄得不知所言。电梯已经到了，这话却还没完。四人先后走出电梯，阿姨继续说：“最近节目里有一个女孩子叫李尚容，你看了没？那是真不错，小小年纪满腹诗书，站在台上讲话有板有眼的，当着那么多大人的面！我们家这个，哼，就是有她的十分之一也行啊。”所幸已经到家门口了，她没再讲下去。气氛微沉，我故作轻松地拍拍陶陶：“来我家玩吗？有好吃的。”她微微抬头，眼中有细微的亮，不只是光芒还有眼泪。没等我辨明那双纯净的眸子，她妈妈答道：“那不行，她晚上还得学钢琴呢。”

回到家，妈妈冲我无奈一笑，她大概知道我在想什么。我也没说话，觉得此刻语言已苍白无力。

夜深，我坐在电脑前查阅资料，屏幕上忽然弹出新闻网页，略微一扫看到“李尚容”三个字，甚为熟悉，点开链接，是一档央视的访谈节目。镜头里，无数耀眼的镁光灯投射在一张稚气的脸上，那是另一双纯净的眸子，同样闪烁光芒。她的确是落落大方，谈吐不凡，出口即成章，孩童的率直与丰富的诗文积累表现得淋漓尽致。屏幕中出现“6岁神童，世间罕有。腹有珠玑，心怀锦绣”的字样，主持人惊呼：“我白活这么多年。”满席观众为她鼓掌，她是所有人赞誉的对象，所有掌声的归属。我也忍不住为她喝彩，但忽然想起那句锋利的话，心下又是一沉。

妈妈在房里催我睡觉了。我抬头瞥见案头的电子时钟，从23：59变成00：00，忽然有一种失重感，好像从高空自由落体。

这个时代真的太快了，人们却还忙着往前冲，拉着孩子一路狂奔，唯恐输在起跑线上。于是有了各色各样的补习班，将许多超前的知识灌输给年纪尚幼的孩子们；有了很多心急的家长，他们面对看似笨拙的孩子满腹牢骚，咬牙切齿，恨铁不成钢。当然也有像李尚容这样优秀的个例，自小便被引上了一条适合自己的路，继而如鱼得水，游刃有余。她可以成为人们惊羡的光芒，却不应成为家长们心中的标杆。要知道每一个孩子都是天使，都是一朵含苞待放的花，或早或晚，但都会有属于自己的季候，都会在好的时候绽放最美的风景。而等待，则是一个必不可少的过程。

躺在床上的时候，想着隔壁的那个小姑娘，她应该睡得很早吧。明天早上，屋子里可以听到隔壁利落的关门声，而在晚上七点，钢琴声会准时响起。

后序：诚然，故事里的主人公不是我，小姑娘陶陶也自然不是我。但他们都或多或少有我的影子。我曾经也是一个胆怯而文弱的女孩，一个学什么都慢半拍的女孩。自信心的匮乏使自己不敢在众人面前说话，不敢对视别人投射的目光。我也曾站在讲台上慌张得不知所措，最后失声痛哭。随着年岁的增长，我底气渐足，胆子渐大，这才开始慢慢尝试，一点点改变。这个过程中，我看到过许多从小就聪敏过人，口齿伶俐的孩子，他们往往是众人关注的焦点，惊羡的对象。也看到过许多和我相似的孩子，他们很迟钝很内向，也会有一个渐渐摸索渐渐认知的阶段。这是时间的积累，成长的历练，必须亲自经历方能领悟。但愿在这个过程中，他们身边的人能多一些耐心，多一些鼓励，告诉他们，慢慢来。

（作者学校：南雅中学）

专家点评

本文作者通过电梯偶遇这一场景起笔，引发了作者关于学生课业压力乃至成长过程的思考。这说明小作者对身边的生活是有所感悟的，也是值得鼓励的。同时，文章对“陶陶”的语言和性格的把握，也较为准确。我们可以通过作者的文字，在脑海中勾勒出这一女孩的形象。

美中不足的是，这种对于生活的体悟略显直白。建议可以省略后序部分。文章贵留白。甚至有时候，文章之意义需要读者参与，共同完成。这样文章才能更有意蕴，更加引人思考。

一直在行走，从未停止过脚步，文学的世界处处是风景。于千万个路口，旁观许多次悲欢离合，只为追寻；一直在思考，从未停止过发现，生活之上再生幻想，幻想之上再生梦境，只为讲述。

雷佳琪

封于岁月　掩于黄土

那是尘封于心灵深处的故土。

那是一方掩于县城边缘的小村庄，绿皮火车慢吞吞地绕过弯曲的旧铁路，勾勒出这南方村落的大致轮廓。一排高矮不一的红砖屋错落于山丘下，山中葱茏的绿影伴着乌青的瓦线，一直延伸向田野的另一边。田埂上的野草在风中微微摇曳，清浅池塘中倒映出一方蓝天。宁静的蓝又偶然被游鱼所搅碎，荡出层层涟漪，留下一池的破碎光影。

清晨总是会被隐约的鸡鸣划破，接着几声低哑的狗吠。在铺了一层棉絮的硬板床上慵懒地翻个身，微微硌痛了背。我费劲地支起身，揉揉惺忪的眼，直到屋里的陈设在眼里渐渐清晰，没有看见那个熟悉的矮小却健壮的身影，才扯着嗓子喊一句："外婆——"

7 岁那年的暑假，我便在这里度过。伴着泥土的清香与夏天的味道，没有了学习与作业的束缚，仿佛一时间自由又成了生命的主导。每天光着脚丫踩过温暖而潮湿的田埂，留下一串小小的脚印，或是坐在溪边将脚丫伸入清凉的溪水中，用鹅卵石打着水漂，便是全部的乐趣所在。

每天中午疯完回家，踏入堂屋便听见后面的锅铲碰撞声和碗碟交叠声响作一团。桌上往往已经备好了外公爱喝的一壶米酒。外婆时常穿着那件深褐色小褂与黑色绣花布鞋，她慈祥的眉目在各种家常菜蒸腾出的香气中晕化。看见我一身泥泞如猴的怪相，她故作责怪地放下菜，拉着我的手到水管下冲净。水凉凉的，外婆的手暖暖的。

夏日的傍晚，外婆则会牵着我走过村里山边的一条缓坡，这是全村的人夜晚纳凉的地方。傍晚时分便有蝉声的阵阵鸣唱，山里隐隐还有鸟鸣应和。缓坡已被村民踩踏得只剩一层枯黄的败草，草底下是毫不修饰的黄土，只有缓坡边缘还有着青绿的草丛和低矮的树木，以及点缀其间的点点繁花。外婆总爱拉着我沿着缓坡边缘走，夕阳的残影被树叶割成零碎的散点，照亮了掩于青草黄土之间的一行脚印。我总是走得稍慢于外婆，她手微微后探，牵紧我的手，我看着她穿的灰鞋绣了一小圈金边。我踩着她的脚印一路走，走进渐浓的暮色中。

暮色中的身影渐渐尘封于记忆里。

几年后再见外婆，她身材依旧健朗。狭小昏黑的屋子里生着一盆炉火，火光给她的脸镀上了一层柔和的暖色。她在织毛衣，白色的绒线团整齐地码在一旁的木椅上，手中的银针上下翻飞。她看得吃力，紧锁着眉，脸上的皱纹更添几道刻痕。“细毛线织的毛衣又软又暖和。”她像是看穿了我的担忧，咧嘴一笑，摸摸我的头顶，“这是外婆给你的今年的生日礼物。”我看了看她手中织了一半的毛衣，那简单大方的花纹式样让我的眼角眉梢都淌出一股欢喜来。我点头说：“那外婆也要注意身体，为了一件毛衣生了病可不好。”她似无奈地摇摇头，半白的头发在额前微晃：“你外婆身体好着呢！”那顿晚饭后，她收拾了碗筷，又擦了擦手，拿起毛衣，留给窗外夜色一个沉默的背影。

那是外婆的谎言。

去年，外婆病重，躺在病床上，早已不复当年的精神。印象中一直健壮厚实的背，像一个饱满的气球，被病痛的魔针一刺，霎时间似乎只余下一层干瘪的躯壳。她老了，我这才意识到她老了。只有她手中的温度还依旧，却平白无故添了碍眼的针眼。她看着我穿着那件她织的毛衣，眉目间似有火星一闪，又忽地灭了。她满是茧的双手微微探进了我的袖子里，摸到了里边已经缩到小臂的衣袖，转而叹了口气："这毛衣短了，让你妈帮你加长一点，这大冬天的，可别冻着。"她脸色黯然："我老眼昏花了，无法再给佳琪织毛衣了。"我含泪摇头，轻晃着她的手，就像小时候时常与她撒娇一样。"不，外婆会好起来的，外婆给我改毛衣。"大人们都低声斥责我不要任性，她却微微一笑说："好，把你毛衣就给外婆，外婆病好了就帮你改。"

我终于没收到加长的白毛衣。

第二年清明时，我独自一人走过那个无数次踩着她的脚印走过的缓坡。老家的后山，一个微微拱起的小土丘，已经覆上一层新绿。

（作者学校：明德中学）

专家点评

老家的后山，一个微微拱起的小土丘，埋葬了祖母，也埋葬了作者记忆中的童年。

那些"封于岁月，掩于黄土"的往事，或许并不会在现实生活中被提及，却是文学所常常表现的母题。鲁迅的《朝花夕拾》、萧红的《呼兰河传》、普鲁斯特的《追忆似水年华》、曹雪芹的《红楼梦》都可以说是这种母题的变体。

同样，这篇文章以优美的文字、细腻的笔触，为我们描绘了老家的生活以及祖母和"我"之间深深的感情。这种情感体验是真挚的，因此也是动人的。追忆，为我们带来忧愁，也带来忧愁的美。

生于湘西这钟灵毓秀之地，自是温婉多情之女。用感性阅读，用理性思考，用文字抒怀是我所偏爱的。我尤爱三毛的浪漫潇洒随心漂泊，崇拜林清玄的简单从容以清欢为乐，期待像王小波那样用最质朴的智慧去发现去批判，即使特立独行，也要怀着一腔勇敢去打破沉默。因为我理解的青春就是我们在一望无际的荒野里面对生活偶尔不怀好意时的勇敢，我理解的文学就是我手写我心传我情，是“合为时而著，合为事而作”的真实。

魏雨欣

她

上有哥哥下有弟弟，小北是家里唯一的女孩，集万千宠爱于一身。但当“哥”和“弟”都与“表”字相连，再加上不小的年龄差距，她确实是个孤单的独生女。

或许是从小有太多的娇惯，小北自我意识很强，很自尊很要强，不希望自己的错误被别人发现甚至被当众指出。她像一只小刺猬，蜷缩在全身的刺中，没有交心的朋友，或者说她从不愿把心交给别人。在小北记忆的开端，她总是需要大人陪伴着睡觉，那是她驱散孤单拥抱安全感的方式。

5 岁时小北由于没达到入学年龄而进入了学前班。她已开始懂得什么是美，会在脑袋上用多彩的发绳编辫子，或是夹上花式的小发夹。

那天她做了一个梦，梦里微光朦胧，她编着小辫，坐在窗台前正期待着下午的文艺会演。透过窗户，她看见一个似曾相识的姐姐站在幼儿园的志愿者队伍中，她志愿帮助小朋友们化妆拍照，做好后勤服务。姐姐比她大许多，已亭亭玉立，穿着粉红色的外套，让她有一种亲切感。

“姐姐，你可以给我讲《海的女儿》的故事吗，我每天中午都要听这个，”小北抱着故事书跑了出去，害羞却直接地对粉衣姐姐说。

“当然可以啊。”她温柔地回复道，“我小时候也很喜欢《海的女儿》呢。”

“在海的远处，水是那么蓝，像最美丽的矢车菊花瓣，同时又是那么清澈，像最明亮的玻璃。然而它是很深很深，深得任何锚链都达不到底……”

她的声音真让人舒服，像天上的云朵一样，小北心想。

故事未完，小北已睁开眼，发现眼前才是真实。她有些失落，又有些庆幸，即使没有联系方式，但她相信会再遇见她，听她把故事讲完。

像每天都要吃饭一样，小北每天盼星星盼月亮，却没盼到她再出现在梦里。或许她出门旅行了吧，小北想。

春天像刚过门的小媳妇，总不敢在第一时间很直接地和凌厉的严冬结实地打个照面，只瑟缩在春风的帘幕后，羞羞答答，畏手畏脚。这样的春天，空气仍然冰冷。

奶奶在初春生了场大病，住院需要陪护，然而爷爷腿脚不便，爸爸在外地出差，只能让妈妈到医院守夜。小北今晚要一个人睡。

漆黑的夜里，路灯和车灯将移动的影子投射到窗帘上，像是成群的蝙蝠。小北慌张地将自己捂在被子里，好让妖魔不发现自己。也许是闷热的二氧化碳使她萌生困意，驱赶走畏惧、惊慌的心理，小北蜷缩在被子里睡着了。

她皱着眉头，用手阻挡着前方刺眼的光。看到远方似曾相识的粉衣姐姐，她的眉头舒展开来，她已经太久没听她讲故事了。

但这次，她讲的不是童话而是自己的故事。

“大学大概是最累也是最好的时光，你可以为研究通宵熬夜，第二天又精神饱满地出现在课堂里，可以为情场失意郁郁寡欢在操场上狂奔几千米，可以为毕业论文以图书馆为家以书为食……但我还是想回到小时候，像你这般大，每天无忧无虑。”

小北望着粉衣姐姐，她还不明白那些听起来疯狂的事。她不明白小时候有什么好，她一直想快点长大，长大了才会自由。

四年级的夏天，小北 9 岁，搬进了新家，这让她兴奋了好一段时间，也让她睡得不踏实。全球气候变暖，天气格外热，但由于从小肠胃不好，小北总要拿被子盖着肚子，然后把小手规矩地叠在肚子上。

听大人们说，这样容易做梦。小北想做梦，想与许久未见的粉衣姐姐分享自己搬了新家的愉悦。想着便睡着了，嘴角带着上扬的弧度。

说不清什么原理，她真的做梦了。她在一条被清晨大雾笼罩的小路上前行，期待偶遇，却只寻得几个匆匆行人。穿越人海，她看到一个背着沉书包的姐姐正快步前行，目光在左手手表和右手单词本之间跳跃。小北激动地追上她，拍拍她的肩膀。

转身，一个熟悉的模样，除了多了一副厚眼镜和几分青涩外，简直是同一个人。

“姐姐。我们是不是见过？”

“嗯，好像。”眼镜姐姐低头望了她一眼，又看了看手表，大脑飞速地运转。她计算着时间，不自觉地加快了步伐。

“我快来不及了，先走了。”她侧过头。

“好，我们还会再见的，”小北将想分享的快乐咽回嗓子里，做了个再见的手势，目送眼镜姐姐跑远。

两个月后的期中考试，小北取得了让人骄傲的成绩。爸妈决定带她去游乐场玩。小北喜欢那里梦幻的旋转木马、摩天轮，刺激的海盗船、过山车……她总是要把那些玩遍，然后再买甜甜的棉花糖。

回来的路上，玩累了的小北躺在妈妈怀里睡着了。她仿佛听见了细细的啜泣声，循声望去，眼镜姐姐拿着成绩单对着校门口的公告栏里的高考倒计时牌湿了眼眶。

“姐姐，给你吃棉花糖。”小北走过去拍拍她，“吃糖就像吃掉烦恼一样，总能带给我快乐。相信它也会给你带来好运的。”

眼镜姐姐望着她，想用自己学习的知识来反驳小北的“谬论”，却又不想破坏这个让她快乐的简单方式。

进初一是秋天，小北在秋风里望着今后三年的“家”瑟瑟发抖。听人说在这个学校每天的作业可以堆成小山，小北有些害怕，害怕自己适应不来。她想到了眼镜姐姐——眼镜姐姐初中在这所学校就读，成绩名列前茅，高中去了省城的重点中学。小北希望眼镜姐姐能帮助她，却不知如何联系。

小北把这一希望寄托在梦里，睡觉前暗暗地许下小心愿。

在梦里，小北走过她们曾相遇的高中、幼儿园校门，却不见她的踪迹。当失落地漫步在回家的公园小径上，她遇到了一个与自己年纪相仿的小姐姐，是个只比她大两岁的初三学姐。小姐姐说她也想考去省城。

“在家里总被大人限制，总是拌嘴争吵，感觉每天和爸妈见面真是一件很尴尬的事。”

小姐姐谈起家里时面无表情，“我一定要考去省城，或者，上个全封闭的寄宿制学校，最好一个学期就放一次假的那种。”

小北心里似乎赞同小姐姐的观点。自打六年级以来，她总是与父母抬杠，把拌嘴当作日常娱乐，因为在她心里父母实在是太啰唆太落伍了，与她认为的时代“潮流”格格不入。

初中真的没有小北想象的那般恐怖，至少没出现六年级那样疯狂地聚众打架事件。三年很平常，每天似乎都是前一天的复制粘贴，和同样的人在同一个地方看同样的几本书，思考近乎同样的问题，完成看似不同的试卷。

被眼镜姐姐去的那所省城重点中学录取后，小北每天都在计算着离开爸妈、离开这个生活了十四年的小城的日子。小北期待着身边将出现的一批新鲜面孔。

这样的幻想在持续了几个月后被阳光照入现实，小北喜欢这所校园的文化气息，却也隐隐有一种压迫感和紧张感。

在寝室里第一个打交道的是个同城的姑娘，本能的亲切感涌上心头。之后的很长一段时间里，两人如影随形。至于其他的新鲜面孔，小北甚至叫不出名字。

入寝的第一周，新鲜感冲去了她的怕生与不安，不像其他同学躲在被子里泪眼迷离地想家，小北总是早早地入睡。

但这样的新鲜感确实只维持了一周，她排斥食堂油重的菜，排斥有蚊虫的寝室，排斥与班上同学互不认识所造成的尴尬气氛。或许是牙套箍住了她的叛逆心，她开始想家，想念爸妈的唠叨，想念离家时狠心抛弃的布娃娃，想念老地方老教室里的盈盈笑脸。

一场秋雨一场寒。

在经历了开学考试的失利后，小北开始有点后悔，开始怀疑自己，她想起初中自己站在领奖台上的自豪，在课堂上演讲时的自信，充当老师得意助手的优秀模样。

想着想着，她看到了一个个头还不高的女孩，似乎是将小学毕业的学生。她站在树荫下安静地看着手机，戴着椭圆形的帽子，浅色的帽带好像芦苇的叶子。她的眼睛在弯弯的长睫毛下直直望着屏幕。她穿着件纯白色的素雅校服，不过上面的涂鸦就像白纸上的斑点，很有个性的样子。

“小妹妹，你在等人吗？”小北走了过去

“嗯，等一个朋友。”小姑娘有点惊讶，拘谨的回答十分乖巧。

“放学不回家吗？”小北似乎已知道答案，却忍不住地问。

“还没到饭点，回家太无聊了，还要像犯人一样被问这问那。”

身在福中不知福。你以后就不会这样想了。小北心里想着，但没有说出来。

高中是一艘快艇，在你回味海水的余温时，它已载你到达彼岸；大学是一辆限时自行车，需要你努力在规定时间里拼尽全力借助风力到达目的地。

转眼又是一年毕业季，小北是这届众多大学毕业生里的一个，她终于体会到实习报告和毕业论文的繁杂，不过经历了沿途的磕绊，看过了与小时候不一样的彩虹。她学会了波澜不惊，她相信人品和能量一样是守恒的。

毕业答辩后，小北和即将分别的室友去了许久未去的游乐园，她们在以前所不敢尝试的大摆锤上尖叫，喊出内心积郁的压力。虽然如新兵上战场一般紧张害怕，但归来时轻松快意。

他们在林荫小道上漫步，路过一处卖棉花糖的地方，小北似乎看到了 5 岁的那个小女孩。她有一种稚嫩之美。她的头发发黄，大约要借点太阳光方才是圣母像里的纯正的金黄。

纯真，大概是上帝给孤单者的恩赐。

（作者学校：明德中学）

专家点评

纯真，大概是上帝给孤单者的恩赐。

这篇文章正是以纯真的笔触抒写了成长中的烦恼。可以看出，文章中的“小北”一定有着小作者本人的影子。“粉衣姐姐”“眼镜姐姐”的影子里也有着小作者对于自身成长困境的担忧。难能可贵的是，小作者以文学的形式来表达这一切，带有一种轻盈的青春文学特质。

希望小作者在今后的写作生涯里，加强对于情节的掌控能力，力戒冗余，写出更多精彩的文章。

我热爱阅读和写作。读书是我难以戒掉的瘾，是空气与阳光。我所写的文章或者阐发个人观点，或者抒发心中志向。不写违心之作，手执之笔只为心灵发声，只为真实正名。平日喜听温和舒缓的民谣，间或欣赏一些古典音乐。音乐是我写作的灵感来源之一，亦是低谷时的灵魂良药。性格较温和，但爱憎分明；少言语，但肯为坚持个人原则而与人辩论。坚持文学，坚持梦想，坚持个性。

廖泓清

春日情

翻开日历，今天是惊蛰，这大概是一年中最有生气的时节。鸟鸣声竟是不断的，这对于城市里长大的孩子来说，实在是惊奇与奢侈。通常都是见不着它们的身体，只听见刺破空气的声音在耳边跑过来跑过去，在红色与嫩黄色的树叶间飞舞，这里一点，那里几缕。鸟是树的精灵。

每一年的春天都像是一样的，又好像都不一样。三四月份的日子，总是被柔和的风吹起，舒缓地飘在那些春雨与春雷里。记忆中的它有使不尽的力量，有化不开的情谊，有看不厌的温柔。可一年又一年的光阴累积着，每次与它相遇都因怀着不同的情感而觉得它变化万千。很小的时候最恨它来，它一来便浑身暖洋洋、金灿灿，前一天好不容易堆好的雪人又要化掉，还要再等上两三年才能等来新雪。可现在又常盼着它来，盼的不只是新鲜的春意，更有年幼时与春同手同脚的纯净友情。

似乎当我刚结识这个世界时，就结识了她。我记得童年头顶上那一片嫩绿的芽，记得我们清泉似的笑，记得她给我的温暖。

五六岁时，我的胆子特别小，而她是一个天不怕高，地不怕厚，走到哪摔到哪的小妞。她总是强行扣住我的手，去踩春雨过后清澈的水洼。我们被春水溅得一身湿，然后我抓着湿透了的衣角哭了，她却蹲在地上笑得起不来。她总是嫌我畏畏缩缩，甚至找来一个三年级的大姐姐，要给我做一次“勇气特训”。我被这两个“教练”逼到一个深不见底的沟壑旁，被要求越过这段“深渊”。她一次又一次地催促我去跨跃它，我一次又一次绝望地望向她，祈求这个小女子饶过我，我甚至能感觉到掌心细细的冷汗冰得刺骨。突然，在我不注意时，大姐姐一把将我推了过去，我难看地摔倒在沟壑的对面，像失了魂一般呆滞地坐在踏实的水泥地上，直到我的意识被她的哭声唤醒。“我……我以为你要……掉下去！”她抽抽搭搭地哭着，那与她年纪不太吻合的内疚与忧虑，和那时刚好拂过我耳边的春风一起，温暖地刻在了我的记忆里。

在大雨倾盆时，有她瘦弱的双手，轻拭我的眼泪，有她单纯而简单的眼神，修补我心野颓圮的篱墙；在我被别的孩子孤立时，她会握住我的手朝前猛奔，她大概觉得，跑快些就能逃出阴郁的角落。她抱紧我的温暖，也许这一生都难以再找到。在我的世界里，春风十里都不如她。

时光似水般冲刷着我们，她曾义无反顾地抓紧我的手猛奔，直到奔跑的人都已长大，我们终是天各一方。我时常在有几丝春风的日子里，想起这如春一般的友情，在有几缕月光的夜里，听见几声关于思念的清远笛声。长大一些的我，已很少再有朋友。我也有了一些泛泛之交，但我实在已厌倦他们用开朗、活泼、话痨来形容我。他们只能理解我看得见的随和，却从来难以忍受我真实的脾气。这常常使我想起她，她走过我走过的路，看过我看过的风景，她最清楚我性格里的细节。

惊蛰天，心里总是痒痒的。我渴望斜躺在柔软的青草尖上，身边依然有你的陪伴，我们的笑声如春日里刚解冻的泉水，一起被嫩黄的风吹得化了去。

（作者学校：周南中学）

专家点评

在这篇文章里，作者回忆了自己小的时候一直帮助“我”、理解“我”的一个好朋友。“五六岁时，我的胆子特别小，而她是一个天不怕高，地不怕厚，走到哪摔到哪的小妞。”因为性格的差异，这个“小妞”总能义无反顾地帮助“我”。但随着时间流转，“我”的身边也出现了一些“泛泛之交”，但是我却始终相信只有她“最为清楚我性格里的细节”。

也许，每个人的生命中都曾出现这样的一个人，但是有些时候我们认识的人越来越多，遇到的事情也越来越多，这个人就被遗忘了。文字，帮我们记住这些。通过写作，小作者记住了这样一个在她的生命中重要的人。

我喜欢白日做梦，看着云朵胡思乱想；我喜欢独自旅行，拥抱雪山亲吻大海；我喜欢文学，夕阳下品诗，案前写作，是我繁忙的学习生活中难得的惬意。书籍为我将真理的世界开出了一个小孔，让我能将其窥探一二。三毛曾说：“自己可能以为许多看过的书籍都成了过眼烟云，不复记忆，其实它们仍是潜在气质里、在谈吐上、在胸襟的无涯。”而我也相信，那些曾被我精心品读过的文字，终将会成为我未来生活中最珍贵的精神指南。

易　亿

烟的舞蹈

晨间清澈的阳光，透过一片轻盈的云，透过鸟儿挂在枝头的音符，再透过无数叶间的缝隙，终于落在了我的脸上。

我随意地躺在床上，眼睛在开与合之间眯成一条线。一缕青烟飘到眼前，在空气中变换着自己的姿态。为了确定它从哪儿来，我开始了思考。我记得当我还在襁褓中时，在那个烛光忽明忽暗的夜晚，母亲已然熟睡。伴着她温柔的呼吸，我眼前忽然一片明亮，空气中的温度也不断上升，热得有些异常，烈焰充斥着我的躯体，我感受到了生命中第一次的安定。接着也不知是谁，浇灭了这一团热烈的橙红，单剩下一大块的浓得化不开的白烟，在夜里找不到一丝藏身的缝隙。

很奇怪，我总是能清楚地记得自己幼时发生的小事。有些能够得到验证，但大多数只是被人看作是我纯粹的臆想。记忆有时就像碎片，一片片散落在我的大脑里，想要记起什么时，它们又如七巧板一般变换着不同的组合，在你眼前呈现。历史就是记忆。而记忆就如同冰箱，你储存什么，它便具有什么。

一只蚊子在我眼前招摇而过，破坏了那烟原有的弧度。我不禁想起古籍中的场景：天真的孩童将三五只蚊虫关于帐内，在烟雾的吞吐中，宛如一只只仙鹤在云间遨游。蚊帐，我至今不能理解这种东西的存在，人类用这把柔软的渔网，自己在梦河里打捞。原意是将自己保护，却成了一种毫无用处的麻烦和禁锢。然而无用的东西却总是有着莫名其妙的广大市场。细细想来，似乎什么东西都不是绝对有用的。音乐，文学，还是艺术？都没有用。而世人闹得熙熙攘攘也要追求的名与利，于我来说，也不过是一文不值。

同样让我想不明白的，还有这缕烟。我发现我从来没有如此认真而又细致地观察过它。它的重心无时无刻不在变换，又或者说，它根本就没有重心。它一会儿像一位肢体表达极为丰富的芭蕾舞者，一会儿又像一张奇特而怪异的西方小丑的脸，它在美与丑之间游离，在真与假之中徘徊。美与丑，真与假，不，我不应该这样说的。这些在本质上并没有明确的定义，我们也无法斩钉截铁地说他们是绝对相对的。用大众的眼光看事物总是不能全面，所以你又能说明白什么是真理？

那烟的变化越来越奇怪，这会儿它又开始以我的瞳孔为中心，向四周无拘无束地散开。这饱满丰富的形态，让我想起昨夜江边的那场焰火。虽是每周都会有的，但每逢这一天，人们总是像庆祝节日般前去观看，乐此不疲。人群中除了形单影只的不同面孔，便只剩下成对的情侣，脸上挂着同样的幸福。他们各自怀揣着复杂的心事又或者是单薄的爱情。在焰火瞬间绽放时，路边的清洁工人居然也抬起了他们极少抬起的脑袋，对着天空会心一笑。笑这一片繁华，也笑无趣的生活。我在高处享受着这独自一人的俯瞰，享受人群是何等的渺小。人们总是愿意相信，他们能像天空中的焰火一般，碰撞自己的生命，换来在世间展现哪怕一瞬间的绚丽。但也许只有江中源源不断的流水看得明白，我们都只不过是焰火绽放后，遗落在夜空中的一粒无处可归的烟尘。

我静静地往下沉，下沉，成了一条江底不会游泳的鱼，越来越深……隔着江水，我隐隐看到了自己在天空中的倒影，漫天的烟尘尽力地想要将那颗空中唯一的星星隐藏，却依旧挡不住它那点微小却又睿智的星光。我多希望我是它。下沉的压力让我有些喘不过气，但那实实在在的压迫至少让我感受到自己准确地存在着。没有比这更令人欣慰的了。

烟渐渐浓了，除了光和一片朦胧我再看不到其他，不过这样也好。我又想起胡须凌乱的鲁迅，我正奇怪着怎么会想起他，他的左手便持起了一只烟斗，右手用一支毛笔在微黄的纸上洋洒。也许是在抒发愁苦，也许是在续写豪情。此时的天微亮，窗外的天空还是一派冷寂的青色。朵朵烟云在空气中凝固，那双眼睛清澈而又深邃。无数文人与艺术家的轮廓在我眼前渐渐清晰，这些灵魂中闪烁的星星火苗啊，过路的人只能看到烟吧。

强烈的光此刻正在拍打着窗户。我并不想放它进来，真希望能安静点儿，甚至不惜一切代价将一切都变成黑色，连我自己也融进那片黑里，仅留那一缕青烟。我真想弄明白，它从哪里来。我知道此刻的我要是站起来，挪动挪动脚步，亲自去看上一眼，远比躺在这儿空想一整个上午效率会高得多。但我就是不想起来，又或者说我根本起不来。除了视觉以外我的其他感官似乎都完全失灵，呼吸都静止了，前所未有的宁静。我成了一具有着立体棱角的标本，或许是死了。若是死后要是能够这样，那死也不失为一件乐事。

现在的我除了这缕烟，不在乎也更不必在乎其他了。我开始变成诡异的绿色，这绿一点点，一点点地变淡，直至透明。我高兴极了，真希望一直这样。出于好奇，我总是有太多太多的东西想去了解和探索，躯体便成了我最大的负担。又也许，这些都只不过是出于我不够成熟的心。记得幼时的我一直错把洋葱当做类似橘子的食物，浪费整个下午，孜孜不倦而又小心翼翼地剥开它们的外皮，尽管眼泪不断往外流，但勇敢依旧教我不要放弃，直到最后发现里面居然什么都没有，我号啕大哭，而这时的眼泪，是真的。啼笑皆非的故事。

这会儿，这烟又开始摆弄她的妖娆了。一会儿变得丰腴，一会儿又显得纤瘦。我的心里在发笑，笑她不仅像极了女人的外形，还具备了女人令人捉摸不透的精髓。女人总是有着微妙又准确的直觉，这直觉让她们既可爱又可怕。又如俗话说的，英雄难过美人关，我不得不佩服上帝造人的智慧。

看着这烟，我想起了它的起源。从最开始火把下原始人神秘而又诡异的脸，到刀耕火种的农耕，再到后来火药的发明，让火以战争的方式传递着文明。直至今日工厂里熊熊燃烧的煤炭依旧以英勇就义的姿态为现代社会贡献者自己的能量。火是历练，是征服。它总以无比热烈和强硬的姿态引领着时代，翻开史册，我们往往无法忽视它。而烟呢？它因火而生，却没有人能够解释，在一切归于平静后，它们又将去哪。

我仿佛置身梦境，洪水般的思绪一股脑儿地像我涌来，世间万物在我的脑海中一片混沌。城市的钢筋水泥也开始碎裂，慢慢化成了沙，而后静静沉淀，接着又是一片混沌。我看见我自己在炸裂，在分解。这缕烟快要将我吞噬。我什么都记不起来了，我越是用力去想，越是无力，越是绝望。

妈妈走进了房间："今天我们还是出去吃饭吧。"我如梦初醒。

"这饭在家没法做了，这该死的老房子，住了这么多年，油烟机都坏了。"

原来，那缕飘忽不定，让我始终抓不着的烟，是从厨房里钻进来的。

（作者学校：周南中学）

专家点评

这篇《烟的舞蹈》是写得较为成熟的作品，可以看出小作者有良好的阅读训练和写作基础。叙事者“我”随意地躺在床上，面对着厨房里钻出来的烟，自己的思绪也和烟一样缥缈起来。“我”忽而想到一些童年的旧事，忽而又对目之所见的物品发生议论。这有些像伍尔夫的《墙上的斑点》，也有点像《追忆似水年华》的开头。这种奇妙的意识流动，带来的是意想不到的对于生活的敏感的感受力。当目之所及在意识的流动中变形，我们似乎可以以慢动作或者是以另外一种方式重新观看生活中的一切。这种“陌生化”的创作方法，为平凡的日常带来了文学的发现。

希望小作者能够在今后的生活和创作中，保留这份难得的感受能力和思考能力，不被平凡的日常所泯灭。

最喜欢聆听雨打屋檐的乐章，一敲一击中都蕴含着自然的力量；喜欢放映一部部老电影，于光影之间经历一段段旧时光；喜欢闲暇时翻阅名著经典，书香墨迹中体会先哲的思想，于史书中开阔视野，小说里体会人生万象。我是夏思瑶，不愿束缚自己的女子，“心中有猛虎，在细嗅蔷薇”；如鸟般自由地在文学天地中遨游，于思想宝藏中拾芳。坚守初心，不失方向。

夏思瑶

月光照不亮沥青路

月光洒落清辉，站定，抬头，看到皎洁的一轮明月。低头，却只有漆黑的一片。这条路，从田间的卵石小径变成现在的沥青铺成的平坦大道。但我却觉得是从明亮踏入了夜的黑暗。

不记得什么时候起，路开始转变。是从第一辆推土车开入村算起，还是从路旁的绿树倒下开始？走在路上的人，面孔变了又似乎未变，可步伐却愈来愈匆忙；然后，双脚与路面隔开四个车轮抬高的距离，仿若一道天堑，隔开了农民与其赖以生存的土地。抹去了脸上的尘土，披上日益精致的面具。时光带来了一些东西，又带走了一些东西。

还记得这条路贯穿一个村庄的时候，每次上学从村尾走到村头，穿过各家各户的农田，我总要点头微笑。遇上吃早饭的人家，总会被问上一句：“吃了吗？要不要来拼桌？”上扬的嘴角是关怀的问候，质朴的眼神中流露信任的目光。太阳落得早的日子，从村头走回村尾，路旁错落的民居为晚归的学子点亮屋外的那盏灯。小路上的卵石在月光的映射下显露出温润的白光。它和错落的灯光一起为学子照亮前行的路。过年时，晶莹如丝絮般的雪花铺满道路，各家各户张灯结彩，大红灯笼为小路披上一层红布。除夕夜，村民们轮流在各家大堂同吃年夜饭，窗外的月光照着屋里的人，《难忘今宵》的旋律又一次回荡在村庄。大年初一，迎着晨光，感受着扑面的寒意，各家的晚辈沿着路从村头走到村尾，挨家挨户地向长辈拜年；长辈们笑着招待，分给每人几粒酥糖作为“回礼”。一趟下来，酥糖装满棉袄口袋。路上留着深浅不一的脚印，空中弥漫着暖暖的甜蜜。

这条小路，是一条丝带，将小家串成大家。它是历史的见证人，看着一代代人在路旁耕作、收获，见着一个个少年从青春到白头，望着一位位游子离家、归还的脚步。它，年久却活力依旧，依旧能在莹莹月光中映射出自己的弧度。

而当开发商带着协议来到村里，村民签订几张文件之后，小路的命运就悄然改变。推土机咔嗒咔嗒地开进村，给小路的身躯带来了从未承受之重。小路是见证者，看着熟悉的脸庞欢笑着离去，它却不知是否还能看见他们回来的脚步；望着原本起伏的山地数月之中被削平了棱角，见着自己的身躯不断变平、展宽，连上了山峰的“棱角”，最终被整压，披上一块黑布，它变成了沥青路，不知不觉中失去了自己的弧度。

渐渐地，路旁又开始有了建造的响动，运输的大货车来回往复，没过多少日子，路旁就出现了一幢幢六层的小楼房，连成几排，整齐排列，取代了路旁错落的小村舍。小路惊喜地发现熟悉的脸庞带着灿烂的笑脸出现，他们依次住进不同的门户。

可是，人们遗忘了一些事，一些小路记得的事。当学子从楼房行列中穿过，不再有关怀的笑容浮现。而到了太阳落得早的日子里，留给学子的那盏灯不再亮——哦，路也忘了，忘了该如何给学子照亮前行的路。过年时分，排列整齐的建筑间，似乎不再存有让人们集聚一团的场地，水泥墙将大家庭分隔成小区域，而新设的路灯也无法给路披上温暖的红布。

逐渐地，无数的脸庞匆匆走过小路，他们在时代的催促下，脚步愈来愈急，心跳愈来愈快。熟悉的、陌生的、年轻的、沧桑的、幸福的、困苦的……有的脸庞小路清晰记得，那是存在于记忆中的质朴微笑；有的脸庞小路感觉无比熟悉，却记不清脂粉下的清晰面庞该是何种模样；有的脸庞则是完全陌生的，完美无缺的面具覆盖着它们，小路无法辨别，也无法记住。可是，随着精致的面具出现的越来越多，在无数次重复的相遇中，小路竟然也记住了千篇一律的面具——那隐隐闪着冷光的千万张脸庞上的同一张面具。小路发现，自己在时光中慢慢失去了活力，身躯不断平整，而内里却渐渐崎岖，它早就不再是原来的田间小径，接触到的人、记忆里的事，也早早偏离了它过去的轨道，它好像突然明白了很多，又好像什么都不太明白；好像依稀间错过了什么，又好像什么都没错过。

乡里人变成了城里人，有了自己的六层楼房，有了政府发放的补助款，有了四轮汽车，他们不再依赖世代依赖的土地，不需要再专注、操心于田间的几亩地，也不用遵循“日出而作，日落而息”的上古定律。有人在一日日地“待闲”中逐渐失去了质朴的面庞，覆盖上靓丽的妆容；有人“转战商场”，一部分满目风光，一部分遍体鳞伤；有人安居于自己的寸土天堂，于屋顶上栽种植物，偶尔回忆回忆旧时光。而更多的居民，从不适应到适应，适应了高楼大厦，适应了车水马龙，却怎么也适应不了心中的空荡。每日围坐闲聊，话题却总脱离不开日里家常；想找点零活干，好好地珍惜时光，却发现似乎只能在麻将桌好好地消磨时光。往日的农民们，由村民变成居民，该如何真正的挥别过去、拥抱未来，该如何在这水泥钢筋筑造的城市里，寻回自己的价值所在？似乎所有人都有迷失感，迷失于快节奏的生活，迷失在灯红酒绿的街头。很少有人会在悠闲时在路上走走，更少有人认出：哦！这条沥青路就是我们原来的那条路。

月光依然如斯，温润、莹亮，疲惫的路披着永恒的黑布，望着月，想着自己曾经的弧度。

又是一年春节，行人来来往往，路旁的路灯突然穿上大红的披风，安置楼群里的过客陆续离去。除夕夜，城市照明一片，小路恍然间发现，大家又欢聚在了一起，酥糖摆在桌面，质朴的笑意温暖了整个空气。窗外的月光照着屋里相互祝愿的人们，《难忘今宵》回荡在整个小区、街面。大雪纷飞的清晨，人们也会早起扫开自己屋前的积雪，于雪白世界扫出一块“青色”，各家的“青色”连城一体，于积雪中造就了一条安全的路，不需月光就可被雪照亮的路。

路恍然醒悟，在迷失的日子里，人们的心并未改变，他们或许遗忘了些什么，但并未丢弃任何不应舍弃的。即使是精致装扮的人，莹莹月光也可直接照透其心底的柔软、心灵本真的善。而它，于时光变迁中，丢失了自己的弧度，却可以找回心中的活力与善意。如此，月光照不亮它的身体，却可照亮它的心路。

月光扬扬洒落，站定，街边灯火霎那熄灭，脚下的沥青路隐隐透出莹润的光亮。

（作者学校：湖南省长沙县第一中学）

专家点评

夏思瑶同学的这篇作品，从一条小路的变迁出发，折射出的是在乡村城市化进程中人们生存状态的“变”与“不变”。改变的是“他们在时代的催促下，脚步愈来愈急，心跳愈来愈快。”而不变的是“迷失的日子里，人们的心并未改变，他们或许遗忘了些什么，但并未丢弃任何不应舍弃的。”正是在这“常”与“变”中，文字的张力得以彰显。

这篇文章是一篇“以小见大”的作品。宏大的关怀只有落实为具体的细节，文章才不会架空。在本文中，比如《难忘今宵》的设置，月亮的设置等都可以看到小作者的用心。

希望小作者今后更加注意语言的凝练，从而提高自己的写作水平。

我像一个在海边玩耍的孩子，偶尔拾起一些美丽的诗句与轻灵的微思。我爱读《诗经》，爱读小说，爱读杂文，并且为这些文字背后那个广阔的世界深深折服。我愿做一个无拘无束的船夫，在文学的海洋上随性而游。我是邓婧，简简单单，但决不平凡。

邓　婧

创　业

我是小明，大四理科男一枚。

大四，意味着即将毕业，离开平静似水的校园，去往风急浪高的社会。眼看同学们都已经有了实习机会，有的甚至早早和用人单位签下了协议，我心里不免暗暗着急。

一日正冥思苦想，忽然灵光乍现，同学们差不多都是在外面的公司找工作，我为什么不自己创业呢？当个小老板的滋味应该不错吧!

哎，我真是太聪明了！人生前途一片光明，我喜从心上，屁颠屁颠地跑去找我的死党小 A，准备一吐我的宏伟计划。

“什么？！”我刚刚说完“我想创业”四个字，小 A 就给我翻一个巨大的白眼，本来就是一条线的眼睛只剩下了眼白。“我的亲哥呀！你不会真以为创业那么容易，打拼个几年就房子车子都有了吧？你知不知道现在大学生创业的失败率有 95% 啊！你千万慎重考虑，别拿前途做赌注啊！”

听了小 A 的话，我不是很开心，原以为会收获一大堆“哇哦！你太有胆了！”之类的赞美呢！哎，好哥们就应该在关键时刻鼎力支持嘛，你那个大白眼算怎么回事？

算了，把这个不识泰山的小A暂且扔一边，我继续构思我的创业计划。不过，95%的失败率，真那么吓人吗？没关系，人生难得几回搏，万一我失败了，就安心去上班呗！

鉴于我平常对美食有比较深的研究，我决定先在学校里试试手，先用批发价买进零食，再在学校里用市场价销售。

千万不要以为这是倒卖，我是在为市场流通做贡献。

摊子摆那儿呢？我绝不会摆在学校小卖部和食堂边的，自寻死路。摆在教学楼附近也不太好，哎，摆哪儿都不好，总觉得会被校长抓。再有，我一个大帅哥，被学妹们看见在摆摊卖零食，有点儿自损形象。

于是，我再一次突发奇想，为什么不弄个“送货到班”服务呢？嘻嘻，我是最帅零食快递员！马上我就在朋友圈中打了广告：“不想下楼买零食的同学们注意啦！学长为你们送福利，一路而来，只为你！”

这招果然很奏效，我一天就能接到百来个订单，每个订单两块，一天下来就有两百多。只是可怜了我的腿，哎，就当你们帮我减肥吧！不久，我就练就了爬楼梯技能，环顾整个大学，谁敢跟我比爬楼！

时间一晃而过，我马上要毕业了，手机里都是学妹们的留恋：“学长，你走了就再也人帮我们送零食了！”其实，我也很舍不得你们啊！再也没人出钱帮我健身了……

有了在学校里一帆风顺的经历，我对未来的创业之路充满了信心。我坚信所有人都会像我的学妹们那样，对我十分捧场，像小A那样不理解梦想，不理解激情的人毕竟是少数。

毕业之后，我计划自己租一个小店面，就卖卖家常菜，我的厨艺不赖，也许别人吃惯了快餐、西餐，倒还会怀念起这种平平淡淡的口味。

然而，真实的生活却给我泼了一瓢冷水。

我开始发现，人们的偏爱依旧如初，浸润了自己汗水的成果，最终只能以一个自己几乎接受不了的低价售出，那个开始说着“看你是大学生创业我才给你便宜点”的老板其实暗地里把租金抬得比周围都高。

我开始彷徨了，觉得自己就是浩浩荡荡创业大军的浪潮里一朵小小的浪花，指不定什么时候就被拍得粉身碎骨。

当初，一头扎进创业的决定是对的吗？我反复问自己。我的同学们差不多都已经有了稳定的工作，而小 A，现在是一家房地产公司的销售，月收入过万。如果自己当初选择进入职场，是不是现在生活会有很大不同呢？难道，我该就此放弃？

晚上，我借着月光，端详着自己的手，经过几个月，上面已经沾上了一层洗不掉的油腻，我突然意识到，我全部拥有的，就是这双手，不论未来如何，我都不会失去。

那么，就继续坚持下去试试看吧，至少，我不会永远一无所有。

第二天，中午过后，已经没什么客人了，我就把剩下的饭和菜都混着炒给自己吃。看着眼前这碗丰富的炒饭，忽然觉得生活很神奇。我的生活不也像是一碗炒饭吗？得意与失意，希望与失望，生活的各种情绪都混杂在一起，成为许多种不同的滋味。原来，一碗炒饭里也有一个我不曾发现的世界。埋头吃着时，一个灵感一闪而过：何不只卖炒饭？既然炒饭有这么强大的兼容功能，那么每个顾客都可以自己搭配，这样，成本降下去了，不用再买那么多菜，只要多煮些饭就行，而且顾客也觉得新奇，就叫“百味炒饭”吧！

在新的方式推出之后，顾客的数量果然一天天多了起来，有时候，有些顾客的创意之多也让我感叹，比如，你见过把牛、羊、猪肉一起混着吃的吗？你见过土豆炒鸡丁吗？你见过喜欢吃芥末炒饭的吗？你见过往炒饭里加水果的吗？真是世界之大，无奇不有。

随着生意越来越好，我开始忙不过来，不仅要做饭，还得自己当财务、当后勤、当采购，我想招个年轻人帮忙。可是，招来之后发现他们很少能踏踏实实地做事，有时候我还不得不处理他们造成的烂摊子，无奈之下，只能把他们都辞退了。

几天后，小 A 来了。

我们都变了很多，我不再是那个只凭着一股傻劲往前冲的大男孩，他也不再是那个骄傲的白眼少年。

“来吃饭吗？你想要哪种搭配？”

“胖子，我想来帮你。”

“什么？”我怀疑我没听清。“你不怕我成为那 95%？而且你工资那么高，我可出不起。”

“卖饭和卖房不是差不多嘛，再说，给别人打工哪里能体现得出我的价值所在？”

“哎，好吧，鉴于我现在资金周转有困难，一天三餐饭就当你的工资吧！”我装作“勉为其难”地答应了。然后，就又看到了一个巨大的白眼……

五年后，这座城市已经有了十几家“百味炒饭”的连锁店，老板是我和小 A。也许，我们卖出的炒饭早已不仅仅是“百味”。在这些连锁店里，都有一句大写的话：“生活的百味，由自己搭配。”

我不知道现在我算不算那余下的 5%，但是我会一直感谢那个零食快递员和那个炒饭专家，还有小 A 的白眼。是你们让我走上一条由自己走出来的路，让我感受到真实的生活，让我明白，生活不仅是活出来的，也是创出来的。因为你们，我才感受到了生活的千滋百味和生活的真实本味。

我是小明，一个白手起家的创业者。

（作者学校：湖南省长沙县第一中学）

专家点评

或许，文学是一场白日梦。这篇文章就是写作者的一个白日梦。

文章写作了一个叫“小明”的男生，在大四毕业以后，不甘心做“上班狗”而自主创业的故事。大学生自主创业的失败率是95%，而小明希望自己是那5%。通过坚持不懈的努力，小明最终成为了那5%。金钱并不是生活中的唯一目的，但是通过自己的努力赚到金钱，并且最终选择自己喜欢的事业，不能不说是一种正确的价值观念的体现。

文章语言也较为本色。但希望作者在保留自己本色的同时，注意凝练和规范自己的语言，以进一步提高写作能力。

“沅有芷兮澧有兰，思公子兮未敢言”，“岸芷汀兰，郁郁青青”。我的名字来自于以上诗句，从名字便知我的祖籍和出生地。我是个文理兼备的学生，理化生是我的特长，曾参与相关竞赛并取得不错的成绩。但我更喜欢旅行、阅读和美食，最爱是三者结合。坐上火车捧一本好书，在历史的长河中遨游，品味人间百态，走遍一座城寻一味美食，当然还有边旅行边和周围的陌生人聊天，用心倾听他们的想法，分享他们的喜怒哀乐。

谢芷兰

幸福地留守

夜色灰灰，记忆沉沉。

新闻报道中总有记者煽情地诱导着问那些留守儿童想不想爸爸妈妈。满身是泥的小孩往往会眨巴眨巴眼睛，怯生生地回答：“想。”

曾经的我也算得上广义上的留守儿童吧。父母在外地工作，一年回一次家，我和爷爷奶奶相依为命。村里的小孩大多如此，也许这是件很普遍的事，因为普遍，所以没有人觉得有什么不好。小孩子对父母这个概念是陌生的，甚至超不过过年时礼物的多少，这的确是个麻烦事，因为有了礼物就要和同村小孩对比，比不过是件很难过的事。一直到后来到城市里读书，我才被告知，你们那群人是个特殊群体，叫留守儿童。

因为有都见不到父母这个共同点，而爷爷奶奶们要种地、嗑瓜子、唠家常，于是大家便野在一起。从早到晚，从村这头到那头，从西家到东家，从树上到田间，处处都有我们的身影。

最幸福的是挖藕的季节。家门口一池子莲花虽谢了，但有更实在的藕，藕是陷在泥中的。按理挖藕是大人的事，但事实上平常被家长警告不准靠近的池塘，却因为藕而变得亲切了。与小伙伴们相约沿着池塘边缘滑下池子，在淤泥中拔不动腿，便拿泥巴去扔别人，不一会儿泥印和水印便装饰了整件衣服。有次我穿了件奶奶新给的白衣，上面点缀着小花，我很喜欢，不想换掉。结果这件衣服就只穿了这一次。回家以后，奶奶拿着从乡下惯用的竹扫帚上抽下的竹条，追杀了我大半个村子。可小孩子不会因为挨打长记性。

最倒霉的事便是遇到大人聊天了，如果不小心被嗑瓜子的大人抓住，运气好的会被问“在学校学了什么，跳支舞，唱首歌听听。”运气更差的，就不得不直面那个尴尬的问题了，“你想不想爸爸妈妈啊？”倔强的我当然回答“不想”，然后大人们都笑了：“你这个小没良心的。”这时候，被不知道什么意味的笑声包围，我只能着急地回答：“想想想，很想很想。”话还没说完脚底已经准备开溜了。

爷爷奶奶则从不主动提起父母的事，我若真的问起便只说他们在外地工作，然后用糖果转移我的注意力。

什么时候开始有父母的概念呢？

也许是到镇上读书时发现不是所有人和村里的小孩一样只有爷爷奶奶陪；也许是亲子游戏时，只有我和一起长大的朋友手拉着手站在一旁；也许是头发没人梳，只能被老师带着去剪短发，而其他小女孩炫耀自己头发上的发珠时。

印象最深的是有段时间不知道什么流行病袭击了这个小学校，我也得了这种病，被通知单独隔离起来，后来我才知道其他人都回家了，爷爷奶奶不知道该怎么办，就只能把我留在学校里。一个月不难熬，关键是病好后回来上学，听那些小伙伴说她们在家如何如何享受父母全心全意地照顾，并扬着头像高傲的孔雀。这段时间真是难熬。

不得不说，我很羡慕她们，但却也没有嫉妒。

一年级时，父母把我寄居在一对不认识的老师夫妇家读书。他们是真的把我当自家女儿宠。我开始穿所谓公主裙，梳好看的各式头发，和同龄女孩一起为了让裙摆飘起来转圈圈，为一个好看的发型在出门前梳半小时头。

哦，还有那对夫妇在小学门口卖一块钱六个饺子的夫妇也在提醒着我。丈夫总是在油锅前张罗着，妻子照顾生意。可能是我去吃早餐的次数太多了，一个清闲的早晨，她突然拉着我这个小屁孩说："我一年的收入差不多就是学校老师一月的工资，女儿在别的城市读大学，还是要供她读大学的。"我脑子里突然想到自己的父母。他们在哪？他们是不是也在我不知道的很远很远的地方努力打拼供着我读书？是有什么很复杂的原因一定要离开吗？

后来我终于想明白了。我年幼时，父亲母亲刚刚在大城市开始打拼立足，没办法照顾我，也没办法给我打造出一片成长的天空，只好把我留在乡下。

而当他们有能力时，我的童年也结束了。

童年时的伙伴，大半已经叫不出名字。他们中大部分早早去外省打工，连是不是自别后又见过面都不能确定。但我相信他们会过得很好。

记忆真是一个奇怪的系统，那段时光虽隔得远却一直留在我心间，难以被岁月洗去上面的花纹。特别是那一块钱六个的饺子，依然是最好吃的大锅煎饺。究其原因可能是我很喜欢那段生活，所以忍不住怀念，忍不住把很多片段拿出来晒一晒品一品。

那些不美好的回忆，教会我成长。世界上有不平等，有灰暗也有歧视，有把宠溺当资本的人，也有无聊戏弄小孩的人，有人会装作善意地帮助你，其实是嫌你麻烦，有人会拥有很多你想拥有而无法拥有的东西……

那些美好的回忆，教会我生活。就算一无所有，就算悲伤到无法言喻，也要去追逐生活中一丝快乐；就算他人只认为这是一段无聊而可悲的经历，不自怨自艾的人依然是强者。毕竟透过记忆我看到的不是一个哭着要爸爸妈妈的我，而是一个幸福留守的我。

（作者学校：南雅中学）

专家点评

同样是写留守，谢芷兰同学的这篇文章写得角度很不一样。

“幸福地留守”并不是说父母不在身边的时候是幸福的，而是说童年的记忆经过岁月的洗刷和过滤转变了一种样态。“记忆真是一个奇怪的系统，那段时光虽隔得远却一直留在我心间，难以被岁月洗去上面的花纹。”更为难得的是，小作者把这种有喜悦又有痛感的童年经历，沉淀为一种丰富的人生感受，并以此作为自己继续生活的动力。

这的确与新闻报道中的煽情不同，是更有质地的文学的表达。

面朝湘江北去之方向，倚书院下爱晚亭而坐，赏橘子洲头毛公之俊容。昔饮白沙水，今食洞庭鱼。好读书不求甚解，好写作任随心性，好藏书可惜没钱，好绘画偏爱抽象，好旅行胡拍乱照。

彭思翔

傍晚的朝阳

落日的余辉从窗子外边猫进来，将花边地砖劈成了一半黑一半红，从这边走到那边，仿佛是从黑暗走向了光明，从死亡走向了诞生。那光辉和着远处稚鸟的呦呦以及窗下老人们的低语，顺着空气里飘荡的细小尘埃，直直地打在我的办公桌上，酱色的沉木桌面好似镀上了一层金。

同事们早已走了，屋子里空荡荡的。我不得不清了清喉嗓以打破周围凝固的静谧。我是为了整理完这些琐碎的文件才留到这么晚的。现在战事刚刚结束，整个国家都处在准备和整理的过渡阶段。军队当然也不例外。军队这东西，战时才有价值，不战时只是人家家里养的龇牙咧嘴的大狗——你又不能放它出去咬，又要花大力气来养它。目前又加上国库空虚，军队里的官兵如想有一口饭吃，就必须得自己开荒种田去。我眼前码放整齐的文件便是为了安排军队生产而起草的。顺着纸边尖尖角所指的方向望去，立着的是我爱人的照片。照片中那可爱的人儿留着短发，头戴一顶军帽。她那目光有神而又不失柔美。她似乎是在望向远方。她是如此的可爱，而如此可爱的她正和我们的儿子在家中等着我的归来。

我的家在桃源巷的深处，那里离闹市很远，但是生活设施齐全。我们家的门用红漆漆成了朱丹色，门两边有两头小小的石狮子像是在驱邪避妖。绿油油的藤萝像美女柔顺的头发从青瓦上垂下，使门顶横梁上的山水画若隐若现。从门外向里望，沿着短短地一截台阶上去是一块大院。院内架了一溜葡萄藤，其余的地方除了通向房门的路以外，都是些生机勃勃的草尖儿。院子周围绕着被爬山虎包裹的四合院式样的低矮房屋——正房的是客厅，两旁有卧房和厨房。我仿佛已经闻到了厨房里的菜香飘带着青草气，听到了锅铲相碰的叮叮当当，看见了妻子满头是汗地在锅前忙碌，年幼的儿子在一旁正缠着妈妈要先尝一口小片肉。

我已经迫不及待地想要回家从背后去拥抱那照片中的美人了。这办公室里静得出奇，竟透出一股寒气。没有人说话，没有人的生气。可越是寂静，就越想回家。我连忙将文件收入档案袋中，线封好准备回家。当我打开抽屉准备将档案袋放入的时候，我突然看见陪伴我多年的盒子枪静静地睡在那里。

这把枪曾经属于敌方的一个将军。当时的情况还很危急，若不是我用了些计谋让那将军犯了糊涂，恐怕我是再不能见到我的爱人了。幸好，我们胜利了，收获的当然不仅仅是这把枪，还有总司令的职位。

突然，一阵寒意从脚底一路沿着脊椎涌上顶骨。我打了一个喷嚏才意识到时间真的不早了。这该死的房间冷得出奇，明明是炎炎夏日，屋内却冷得很不自然。我临走前看看我美丽妻子的照片，凑上前去吻了吻。亲爱的，我马上就可以见到你了，我又可以感受你那发髻的清香、那芬芳的拥抱以及那轻柔的吻了。

可是，出了门，眼前的一切惊愕得我说不出话。路还是那条路，我却不记得这路边几时有过这么高的楼了。我昨晚真不该熬夜，现在脑袋昏昏沉沉地像是被装上了个秤砣，弄得记性不好了。路上造型奇特的车来来往往，各具特色的人走走停停。红日还是那样熟悉，它依旧是如此得暖心；鸟鸣还是那样熟悉，它依旧是如此得迷人。我想快些走却感觉有点力不从心。

我跌跌撞撞找到了桃源巷，你看，它还是那么的亲切，它还是它。我兴奋地向前走，近了，近了，我就要看到她那娇滴滴的笑容了。妻子看到我会不会热情地一边拥抱一边给我一个热切而久违的吻，她会不会拉拉我的衣襟，孩子气地问我今天的工作怎么样，儿子会不会拧着我给他在吃饭的时候讲战争的故事。可是不知为何，我越是想，越是急，就越找不到那扇朱丹色的门，找不到那股迎风飘扬的绿藤，找不到那两只气宇轩昂的狮子。我干巴巴地着急，又如世界末日将至般地无助。我傻站在街口，周围来来往往的行人瞥了我一眼便一个个擦肩而过。绝望淹没了大脑。静谧，又是静谧，该死的静谧……

不知过了多久，一个男人向我走近，似乎是呼了一口气，说："我就知道你在这里。"旁边跟了个女人好像在咒骂着些什么。仔细端详，发现情况不太对，为何觉得眼前的男人如此像我。他们俩窃窃私语了一通，然后告诉我要领我去一个什么地方。我只好跟他们走。我的枪放在了办公室的抽屉里，他们有两个人，何况这男的虽然长得像我，却比我高壮得多，我自知是斗不过他们俩的。不过我有智慧，我有勇有谋，这点事情一定是应付得过来的。想我曾多少次逃出了敌人的魔爪。

路过路边的一个商店的时候，玻璃擦得发亮。我从玻璃上看到了我自己，不，不对，这不是我。玻璃反射的人根本就不是我。我何曾长得是这个样子的？我哪里有过这样猥琐的身姿，哪里有过这样扭曲的脸庞？再看一眼前面的男人，他长得那么像我。噢，我明白了，他一定是想代替我活在这个世界上，他一定是想毁灭真实的我。我不能让他把魔爪伸向我的妻儿，我需要一个契机来扭转现在的局面。我是有勇有谋的，我先按兵不动，看他们想怎么样，等到时机成熟再来行动。

没想到我是如此幸运，那一男一女就像当年敌军的糊涂将军，竟将我带到了我的办公室。他们将我安放在我办公桌前的椅子上。我的目光紧紧地盯着那个放了枪的抽屉。好机会！那一男一女开始吵起来，根本没有注意我。我俯下身子，拉开抽屉，抽出枪来，将准星瞄着那不怀好意的正在只顾争吵的男人。奇怪，我的手为什么抖得这么厉害？我是害怕了吗？

突然，那男的转身了，他的目光盯着我的枪。我想开枪，可是手抖得凶，根本扣不下扳机。他向我走近，一步，一步。我的心也跟着一跳，一跳。时间仿佛在快速流动，刀子般的割得人心里发慌。他一把夺过我的枪，俯身凑近了我，说："爸，您别再出去乱跑了。"

儿子？我什么时候有这么大的儿子了？我瞪着眼睛，张着嘴，不说话。儿子不想让我看见泪水，连忙站起身转过背去自言自语："我可怜的爹，妈走了以后就更加严重了。老年痴呆这病，哎，太痛苦了！"我微微侧过头去瞟了眼桌上立着的照片，呵，原来照片里的人已经不在了啊，我的爱人，原来那些温馨的期望，只不过是远处缥缈的海上幻影啊。心里曾经衍射出五彩斑斓的肥皂泡被戳破以后，留下的只有散发着苦涩久久不能散去的皂液。一旁的女人一边咒骂着："你看你有个这么麻烦的爹，真是活受罪！你以为这敬老院能关得住这个老东西？我看你怎么办。哎呀呀，你看，口水又流出来了。"一边用纸巾擦干我滴下的口水。儿子将玩具手枪放在一边，又低下头来一片恳求："爸，不知道你还听不听得懂，我求你别再乱跑出去了。我知道你对那地方感情深，以后有时间我带你去啊。你别乱跑了。"女人听得不耐烦："去去去，等你有时间了，这老东西也差不多了。还不如把他最爱不释手的玩具枪给他。"说完她伸手递给我。我张着嘴，禁不住用手去接。空中，手依旧在颤抖。

"砰"地一声，门关上了。他们又离开了。只剩下我和立在桌边的老照片混迹到这满屋子的空寂和寒肃之中。我知道，儿子工作忙得很，40多岁，正是事业的上升阶段，怎么能因为我这又老又不中用的东西来麻烦了我们儿子的大好前程呢？是不是呀，娴？你也一定是这么想的吧。

大概是要到早上了吧，朝阳却照不进屋子里面来。但是淡得像橙汁里兑了水，冲淡了颜色的天却昭示着新一天的来临。啊，身心疲惫，昨晚似乎是又熬了夜然后不知不觉就睡下了呢。同事们还没有来，屋子里空荡荡的，周围一片静谧，冷清得可怕。桌上立着一张照片，那是个可爱的人，今天办完公就回家去亲一亲我那可爱的人吧。嗯，早些开始工作早些回去。我正准备开始整理文件的时候，偷瞄了一眼窗外。朝阳染得天深沉而诗意，仿佛可以化腐朽为青春，化破落为繁荣。我心中诧异：这朝阳为何如此像是发生在傍晚呢？

（作者学校：南雅中学）

专家点评

这篇文字构思奇特，文风成熟。文章的开头似乎带我们走进了战时年代，叙事者在战时的办公室工作到傍晚，想像着自己就要回到桃源巷，见到妻子和儿子。然而情节急转，叙事者被一名男子和一名女子带走。在读者开始担心叙事者有生命危险的时候，谜底揭开：这一切都出于一个老年痴呆症患者的幻想。那个男子是老年人的儿子。

对于这篇文章我们可以做多种解读。比如，我们可以想象这个老人年轻的时候确实参加过战争，甚至他的痴呆症也和战争相关。我们还可以想象他的妻子死亡的时候发生的故事。

这样的故事是好的故事。

我住在古时的楚地，住在洞庭的南岸，住在群山环绕处，长于舞水河畔。这儿离沈从文笔下的少女很近，与曾国藩先生的故居为邻。绵延的远处的青山总是带着浓浓的雾气，细细的高高的柳树栽剪得一点也不整齐，这儿总让人感觉有一股书卷味儿，又拥有着旷达的民风。这是我成长的土地。

何妮谦

急湍清流

“走！你跟我去接她！”二姑豪气地一挥手，对着我吼了一嗓子，人已走到过厅，甩掉了拖鞋。我不敢多说，抓起手机，拔腿跟上二姑，出了门。楼梯间昏暗的灯光笼着她匆匆又别扭的背影。

隔着流水的哗哗声，我洗澡时也能听见二姑和爸爸用家族特有的大嗓门跟姐姐讲电话的声音。她肯定是不知道怎样回家了。二姑所住的小区有许多大门，路线复杂，再加上治安混乱，常常坐在家中就能听到楼底有人用粤语喊着“抢也！抢也！”即使我来这住过多回，也是不敢自己走夜路的。何况姐姐又是第一次来到广州。

我站在花洒下无言地闭了闭眼，怎么偏偏又迷路了呢？

今晚，我陪姐姐去见一位她分别多年的朋友。饭后我便独自回来，哪想坐错了巴士。直到二姑带着爸爸辗转见到我之前，我都没想过爸爸会那样生气。车子在公路上行驶得缓慢，来自爸爸的训斥如暴雨直下。这样的情节在我身上显得着实突兀。爸爸平常很少在家，管我管得少，我也习惯了，习惯了一个人在一座陌生的城市拿着地图盯着导航迈开脚步。如果说爸爸的训斥突兀又天经地义，那么二姑此时则是想骂又不好开口，最后只是无奈道了句“你们不晓得其中的利害”，便说起了广州的近况。

错的确在我，忘了想想极少现身却心疼我的父亲，忘了考虑相距甚远、交往甚少却关心我的二姑。但我实在害怕他们怪姐姐。论年龄，论事情本末，他们都更容易生姐姐的气。姐姐与二姑并无亲缘关系，从前几乎没有来往，来到这儿本来就压抑。

回家后爸爸再谈起这事，带着怒火朝我吼道：“你姐姐回来我还要说她的！”不想二姑却脱口而出：“她今晚还回来住？！”听到这话，我只答“是啊，”就再忍不住眼泪。二姑像是看不下去，不断打发我先去洗澡，我还想为姐姐说些话，却不好开口。

关上淋浴，抖开睡衣，啪啪踏出盥洗室，我连忙点开手机跟姐姐联系。这地方，导航也不起作用，正不知该怎么办的时候，我就看见了二姑干脆地一挥手。

她似乎比我还急，扭动着身躯，不拿手电筒就跑下了昏暗的八楼，穿过一条有一条潮湿阴暗的小巷。我从未见过二姑用如此怪异的姿势行走。

姐姐笑了，或许是因为看见了盘着杂乱的短发，穿着幼稚的睡衣，用拖鞋溅起污水的我。

往回走时，二姑终于放慢了脚步，跟我们讲着这条我一个人都不敢走的路上发生过的故事，原来她自己的女儿曾在这儿遭到抢劫。二姑声音很大，尽管对她而言那已是非常温柔的语气。

这来回的路，明明平淡得很，我却总揣着心。我的灵魂飘啊飘，路灯将这一片的砖瓦变成躁动的昏黄，点点滴滴地浸染着思绪。一个恍神，我猛然想起，前几年二姑曾被查出肺癌，一直听说没什么事，我便没放在心上，哪怕癌症说起来是那样的吓人。

或许我一直害怕的就是这个吧。怕爸爸介意姐姐麻烦了身体不好的二姑，怕爸爸介意姐姐的“实在不懂事”，怕姐姐偶尔的“回家”也变得尴尬又不合时宜。思绪又回到我的眼里，专注于二姑拖拉着的影子，上面带着本不该属于她的操心所带来的疲累。上一秒还四处飘着的思绪，只消顷刻，便尽数归回这别扭的影子里，一路高悬着的忐忑，在这看不见棱角的影子面前终于败退了。

再走一段，二姑的速度变得更慢了，姐姐走到了前面，这一次我压住了脚步，选择跟在二姑身后挪动。这是件困难的事，二姑已经走得太慢了。上楼梯了，她开始用一只手扶着腰，另一只手扒着栏杆。我听见厚重又急促的呼吸声。

喉咙好像变得有些干，我很想说点什么，却只是在二姑背后机械地重复着慢动作。抬头时才发现，一直挡在眼前的大块阴影不见了踪迹。在家门口，二姑的胸腔突然起伏得更加剧烈，她似乎想像出门时一样用吼一嗓子的方式叫爸爸开门。我噌噌地跑完余下的阶梯，听她喊道：“弟啊！开门！”抬头时，我看见二姑的手从腰上举起，随意地一摆，嗓子倒仍是扯着的，声音却实在小。抬头时，我看见满天星光洒落在我脸上。

（作者学校：湖南省怀化市铁路第一中学）

专家点评

这篇文字是从生活中截取的一小节。写了我跟着生病的二姑去接姐姐的一件小事，其中对我的心理变化的描写尤为细腻，值得关注。

现代中国的小说的兴起，正是从短篇开始的。鲁迅的很多短篇小说都是截取生活中一个很小的片段，进行白描般的勾勒，从而写出人物的性格。古典的现实主义文论强调，艺术是对生活的模仿。但是我们知道，生活的宏大为镜像式的模仿带来重重困难。那么，这种横断面的描写就不失为一种有效的选择。正是通过小作者为我们选取的这一片段，我们看到了生活的辛苦和亲情的温暖。

父母给我起了个简单的名字，但期望值却不低。“上”者，“好好学习，天天向上”也，一个人要做到“好好学习”不难，要做到“天天向上”实在不容易。我正在朝着“品”求“上品”、“学”求“上进”的方向而努力前行！相貌帅气，性格阳光，爱好广泛：旅游、骑行、爬山、打球、玩游戏是我的至爱，书法、读书、写作、交友次之。诚心让我交友受益，粗心让我学习吃亏。愿抛“粗心”换“细心”，愿减“帅气”增“才气”。“山高自有客行路，水深自有渡船人”，愿乘生命之舟，中流击水；愿为展翅雄鹰，翱翔蓝天！

黄　上

盼　盼

太阳落山了，西天只留下一抹残阳。白色的雾气在山腰飘荡，山谷的岚风挟着凉意，三三两两的鸟儿都在急急忙忙归巢。此时，眼含泪花的盼盼依偎在村前那棵古老的槐树下，默默无语地望着远方……

三年前，盼盼的父母决定离开贫穷的村庄，外出打工。临行前一天，爸爸妈妈带他到县城的游乐场奢侈了一回，盼盼平生第一次坐了玩具飞机和碰碰车，这是他童年的记忆中最快乐的一天。第二天，就在这条马路上，就在这棵槐树下，爸爸妈妈就要离他而去，上车前，盼盼终于忍不住号啕大哭，“我要爸爸妈妈！爸爸妈妈别走！”妈妈紧紧抱住他，哭得像个泪人，爸爸反复跟他说道理，并答应过年就回来看他，懂事的盼盼才慢慢松开手，依依不舍地目送着爸爸妈妈乘坐的中巴车消失在村庄马路的尽头。车子不见了，还在挥着手不肯回家。

爸妈走后，盼盼和70岁的老奶奶相依为命。奶奶为他洗衣做饭，他为奶奶洗脚捶背。他在奶奶指导下学会了洗脸刷牙、穿衣服、叠被子、喂鸡、拣菜等事务。他常常会想念父母，他最常问奶奶的一句话是“奶奶，还有多久过年”。每当想念爸爸妈妈，他就会不自觉地跑到那棵老槐树下去，自言自语地和老槐树说说话，久而久之，就把老槐树当成了爸爸妈妈，有什么开心事和烦恼事都会向老槐树诉说。在家找不到盼盼的时候，奶奶就会到槐树下来找他。

等呀等，盼呀盼，过年的炮仗终于炸响，盼盼却大失所望，爸爸妈妈没有回来，只寄来了一个包裹和一封信。祖孙俩都不识字，信是奶奶请村里的王会计读的，大意是：因为过年回家的人太多，他们没有买到车票，加上厂里过年期间缺人手，所以他们就在厂里加班不回家了。他们给奶奶寄来一双棉鞋，给盼盼寄来一套衣服和一个书包。盼盼呆呆地望着父母亲从远方寄来的礼物，怎么也高兴不起来。他觉得爸爸妈妈骗了他，他还不能体味，在他乡打工的父母同样受着思乡思子之痛的煎熬。他更不会想到，这份礼物是他的父母在人世间留给他的最后一份亲情，最后一份关爱。

托尔斯泰说过：“幸福的家庭大都是相似的，不幸的家庭各有各的不幸。”无情的命运带给奶奶和盼盼的，不仅仅是分离的守望和思念，更有永别的酸楚和疼痛！就在过完春节不久的一个阴雨绵绵的下午，奶奶得到一个确切消息，她的儿子儿媳（盼盼的爸爸妈妈）被泥石流掩埋了，永远不能回家了。古槐树下的分别竟成永诀！哭过痛过之后，白发苍苍的奶奶坚强地站起来了，为了年幼的孙子，她不能倒下。她清醒地意识到，这一噩耗不能告诉孙子，他稚嫩的心灵难以承受如此沉重的打击。只能让他继续去老槐树守望父母的归来，守望那份血浓于水的亲情。

可怜的盼盼还不知道他与父母已经阴阳两隔，他依然在遥遥无期地等待，依然在魂牵梦萦地期盼。盼盼经常梦见爸爸妈妈，只要做了梦，他就会来到槐树下，看看那辆从县城返回的中巴车上有没有他的爸爸妈妈。可是，奇迹并没有发生，他的梦像肥皂泡一样一个一个破灭了。

盼盼今年 8 岁了，在村小读二年级。因为明天是儿童节，今天下午学校提前放假，在放学回家的路上，小朋友都在谈节日礼物的事，小牛说："我爸要给我买把玩具手枪。"菲菲说："我妈答应给我买一把口琴。"小石头更是得意洋洋地说："我明天要去县城儿童乐园坐飞机！"只有盼盼沉默无语。小石头看见盼盼垂头丧气的样子，就嘲笑说："盼盼好可怜！他爸爸妈妈不要他了。奶奶又没钱给他买礼物。"盼盼说了一句"我奶奶会给我准备礼物的"，就生气地跑开了。

盼盼没有跑回家，又一次来到熟悉的老槐树下，眼泪簌簌地往下掉，伤心地自言自语：爸爸妈妈，你们真的不要我了吗？我多么希望您们少赚点钱，多回来抱抱我，多么希望您们再带我去一次游乐场！

"盼盼，盼盼！这么晚了还不回家？"奶奶踉踉跄跄地找来了，手里拿着一个她花了两天工夫自制的弹弓。

"又在想爸爸妈妈了？"

"嗯。奶奶，你的手怎么受伤了？"

"不要紧，做弹弓时奶奶不小心被刀子划破了。"

"疼不疼？"

"不疼！奶奶知道明天是你的节日，就给你做了这只弹弓，盼盼喜欢奶奶送的礼物吗？"

盼盼含泪抱住奶奶说："喜欢！谢谢奶奶！小石头欺骗我，说我爸爸妈妈不要我了，还说我好可怜，没有节日礼物。"奶奶抚摸着盼盼的头，说："好孩子，奶奶这不是给你准备礼物了嘛。天很凉了，咱们回家吧！”

祖孙俩相互搀扶着走在回家的路上，一高一矮两个羸弱的身影慢慢消失在浓浓的暮色中……

（作者学校：湖南省双峰县第一中学）

专家点评

留守儿童是当下农村的普遍现象，对于盼盼来说，他不仅是留守儿童，而且还成了孤儿。父母已然不在，对于奶奶来说，该如何保守这个秘密，就成了一个难题。

六一儿童节，所有的孩子都在谈论爹妈的节日礼物的事情，只有盼盼处于一种不可名状的盼望之中。面对着老槐树，蒙在鼓中的盼盼还在企盼父母的归来，令人心酸。好在还有个白发人——奶奶来承担培养孩子成长的义务，孩子渴盼的心灵，还有最后的寄托。

本文贵在对生活有细致观察，通过六一儿童节这个时间点，突出文章的主旨，颇有悲悯之心。如能在语言上再清新自然些就更好了。

第三篇 天堂草

天堂草

我是一个平凡的女孩，2000年夏天出生于一个军人家庭，现就读于周南中学，任学校学生会主席。爱好国际动漫，10岁时获该专业国家十级殊荣，多幅作品获国内外少儿美术赛事金奖。酷爱阅读和写作，把倚窗品读作为应试之余最美休闲项目。

周楚懿

负书归南

从北大的校园踏出，我的心是平静的，没有不舍，没有愉悦，没有失落，没有留恋，仿佛大雁南迁后依然会朝北飞。我背过身往前走，上车，默默地念道：北大，再会。

行李较来时重了三分之二，“罪魁祸首”自然是那些书。我带了一本书来，却带了十本书回去。不过，我不后悔，这些都是果实，北大的果实。

其中一本是让我最有成就感的。我仍记得黄怒波先生和我们分享他的登山经历与生命感悟。他用他的诗记录了登山时一点一滴的感动，我听得入神。他就坐在我的面前，相隔不过四尺。我看到，他老旧的直板式手机安静地躺在他手边，他的双眼微微眯敛，深邃得像两口古井。他时而站起来，高大伟岸的身躯挺得笔直，一如北大里的白皮松。我有些不敢相信，这就是曾三次登上珠穆朗玛峰的最高中国人？这就是曾征服过南北两极寒雪烈风的史诗级诗人？这就是事业与文学两相兼顾的爱心企业家？一种强烈的敬佩之感从我心头升起。于是，演讲之后我第一个举手向他提问。

他果然将我的疑问打消："诗是生活的泪水，我把我在感受生活乃至生命时的体悟镌刻进了我的诗里，因为诗是不会说谎的，诗的情感就是诗人的情感，这应该就是诗的灵魂所在。"

他答完，两只手分别拿起他的两本诗集，放到我面前，问："你喜欢哪一本？"震惊伴着狂喜，我指了指他右手上的那本。他笑着递给了我。

这就是《登山日记 7+2》的由来。厚实精致，不过是这本书的外表。沉重朴实，才是它的内涵。

另外两本书是我不经思考买下的。离开北大前一天，我找到了北大的一个地下书店，这里的书不仅丰富，还很便宜。但书海茫茫，我翻看了很多书，想买却又不想买。我转了一圈又一圈，挑了一遍又一遍，我的目光终于停下来了。

《洗冤集录》。旁边那本是《古文字学》。

买！这个念头不可遏制地出现并定格，我甚至没有丝毫的犹豫。那两本书是用塑料膜密封的，我根本没有翻开看就买下了。后来我拆开了，事实证明"冲动是魔鬼"，前者是一本法医学著作，专门讲验尸，后者是用繁体字编写的。罢了，书是无辜的，我既然买下了，自然不能辜负它们。

还有三本书是让我在文学上获益最多的。这三本书是我在听了程郁缀教授的诗歌课后迫不及待地去买的。《一日看尽长安花》《缀玉小词》《唐诗宋词》所写皆是对中国古代诗歌的解读与鉴赏。才翻开一页，我心已醉。脑海中仿佛又浮现了程教授慷慨激昂、指点江山的模样。他指点的，是两千年来无数诗人与词人勾画挥洒而成的诗词江山。他亲自板书，草书遒劲，我虽看不太懂，但依旧能体会到其中的意境。他脸上的肉，因为他有些咬牙切齿的表情而微微抖动，眉毛也是一颤一颤，我忽然笑了。

程老师是严肃的，不，是可爱的。

程老师书中对诗词的讲解让我有种茅塞顿开的感觉。比如，"满地黄花堆积”这一句并非我原以为的形容菊花衰败，“堆积”反而意味着菊花的繁盛，以此衬托词人的“憔悴损”。原来蕴含在古诗里的奥秘，如此丰富。

除此之外，我还带回了四本书，我将它们称为“十五讲”系列，是有关西方美术史和中国美学的。我最向往的“美”。在应试教育的体制下，我只能学习应试性的知识，“美”近在咫尺却遥不可及。如今我逮到她的裙角，哪怕只有一缕余香，我也要尽情感受。

想着不自量力的我将享用这席饕餮大餐，我嘴角的笑意爬到眉梢，眼前仿佛出现自家书桌前那盆含苞的粉白色太阳花。

陌上花开，可缓缓归矣。

（作者学校：周南中学）

专家点评

负书南归，这是作者北上求学之后满载而归的成就感，而每一本书的获得，都有自己的故事。

登上珠峰的企业家、诗人黄怒波震撼了我。在《登山日记 7+2》中，我看到了登山者的灵魂与诗的灵魂的融合，一个心灵飞扬的人所拥那种踏遍天涯的勇气，这种沉重朴实暗暗增添了“我”日后前行的坚定。

不求甚解地买下《洗冤集录》是一个美丽的教训。不过，能催促自己通过阅读进入它的世界，对自己也是一种能力的提升，毕竟，好书只要走进去，你就不可能没有收获。

程郁缀教授古典诗歌的讲解，让“我”进入了古人的审美世界。在《缀玉小词》《唐诗宋词》中，在与古人心灵交合的刹那，体会风雨江山春花秋月的诗词世界，感受中华文明之深厚与广阔。

读书让“我”的世界更加开阔。

本文的优点在于跟随内心，情真意切，行文如流水，使人与作者一起分享南归的喜悦之情。如能写出北上求学和读书对自己能力的具体提升，将会使文章更有现实感和力量感。但是，作者告诉我们：读书不是增添“颜值”的化妆品，而是滋养心灵的浩然之气。这已经足够了。

负书南归，可慢慢读，可细细品。八月陌上花正开，可缓缓安放心灵。

我是星城长沙的女生。岳麓山赐予我山的坚韧与沉着，湘江水滋养我水的灵动与婉约。热爱旅游，涉足大江南北，看过万山红遍；充满理想，每一个天马行空的愿望，都是内心深处的灵感宝藏；畅游书海，只为让心灵找到一个投奔的方向；乐于写作，渴望用激情触摸自己的未来，但愿在甜而稳妥的快乐、酸而迷惘的忧愁间，把握青春的节奏，走向成熟的自我。

周子霖

倾听历史的声音

当我终于踏上汉白玉拱桥，越过气势磅礴的午门，立足在庄严肃立的紫禁城前。殿宇巍峨，宫阙重叠，画栋雕梁，皇家的气派扑面而来。

我静静地站在青石地砖上，仰望雄伟庄严的太和殿。这里就是万民可望而不可即的“金銮宝殿”。乾隆皇帝御笔亲书的“建极绥猷”的匾额在蓝天的映衬下无比神圣。殿中间的金銮宝座，正是明清两朝的权利巅峰之所，如今空空荡荡了，寥落在历史的红尘之中。

游客们驻足在殿前，导游用千篇一律的声音讲述着往事：历代皇帝就是在这里批改奏折处理政事。晚清，皇帝在这里接见外国使臣，甚至是商谈各种丧权辱国的谈判底线。

我伫立在汉白玉石台基之上，古旧的宫墙，沧桑的殿宇，甚至一砖一瓦，一草一木都让我产生了穿越百年的错觉，分不清什么是传说，什么是真实，什么是历史。时间的流水推动着历史的年轮，让时光的隧道不断地延伸，仿佛远处传来了历史的声音……

我似乎看见太和殿内，文武百官像石头似的齐整整地跪在金龙宝座之下，每个人的脸上，写满了焦虑和惶恐。宝座上的少年天子目光空洞又无可奈何，历史赋予他太多与年龄不相称的重任。先是鸦片战争，后是八国联军，让这紫禁城内一直弥漫着死亡的气息。

金銮宝座后面的帘子微微的颤动了一下，一个老女人枯黄的脸映在帘子上。这个老女人不断抚摸着花帕，杀气腾腾的目光掠过面前的君臣。君臣面面相觑，争吵声戛然而止。她苍老而又嘶哑的声音穿过帘子徐徐漂浮在空中："我朝——如今国内暴民四起，国外列强挑衅，战，则断送大清帝国；和，才能保我君臣荣华富贵。依哀家之计，尔等切不可以战误国，议和方为上策。区区寸土，可换我大清长治久安！"

底下有人愤然不平，扼腕叹息。有人痛哭流涕。有人面露喜色，连连点头，高呼："老佛爷英明！"

突然，殿外传来太监高亢的喊声："文武睿哲恭俭宽裕孝敬诚信中和功德大成仁皇帝驾到！"话音落下，只见一人身着九龙黄袍，头戴高顶吉服冠，满面怒容大步跨进殿来。众大臣见状，瞪大眼睛，急忙跪倒在地，不敢抬头仰视，少年天子滚下宝座跪在旁边，面色苍白，西太后也惊慌失措，颤颤巍巍地走出帘子，摇摇晃晃地双膝着地，浑身哆嗦，口中嗫嚅道："恭请清圣祖上座……"

他稳步跨过趴在地上的群臣，径直坐到宝座上。他居高临下，将君臣细细地扫视一遍，然后一字一句地厉声责问："议和？想我当年御驾亲征，三次征番，平定噶尔丹，北伐蒙古，南收台湾，才有大清的辽阔疆域，如今你们不顾羞耻，割地赔款，你们这些不肖子孙！"他目视前方，仿佛看到曾经的沙场上的辉煌。

他的声音如雷声一般，响彻紫禁城，向四面八方散去。慈禧太后和少年天子，以头叩地，不敢言语。

他用眼睛狠狠地瞪了一眼慈禧，最后用毋庸置疑的口吻道："我泱泱中华，疆域辽阔，但是没有尺寸之地多余，尔等子孙务必为朕守住江山！"铿锵有力的声音回荡在太和殿内，久久没有散去，像给了这个摇摇欲坠的王朝打了一剂强心针。

底下群情振奋，慈禧连忙叩头谢罪。康熙忽地站起身来，甩甩衣袖，跨过群臣，朝门口大步走去，将一个并不高大的但是却无比伟岸的背影留在了后人的眼中……

突然，远处导游声嘶力竭的催促声把我从梦幻中叫醒，我的思绪又从时光的隧道里回来，回到这太和殿上。

我环顾四周，大殿旁边古树参天，绿树成荫，红墙黄瓦，金碧辉煌。夕阳静静地覆盖着紫禁城，晕染出神圣而又庄严的金光，先人已经随着时间年轮远离我们而去，但是这沉默的太和殿，则变成了会说话的艺术品，向后人述说着那一段段历史。有人说，历史是过去传到将来的回声，是将来对过去的反映。当我穿过这个世界上最大的建筑群时，康熙大帝的声音还在故宫袅绕。

每一次现实的纷争都成了历史的新话题，我依稀听到了历史的声音，在每一个游客的心中久久不能平静……

（作者学校：周南中学）

专家点评

意大利历史学家克罗齐说过："一切历史都是当代史。"人们回顾历史不过是为了烛照当下，回忆过去只为倾吐当前心中之块垒。

小作者站在紫禁城上，听到导游讲起晚清慈禧赔款割地的历史，忆起了康熙金戈铁马的年代。幻想康熙如在晚清，当会如何训导慈禧。这幻想是当下心境的反应。

历史的功效在于更新我们对当下的认识。小作者应该注意的是：语言的更新也会刷新我们的认识方式。在今后的写作中，注意文章结构手法的自然和语言表达的文学性，将会取得更大的进步。

一个不正经的却用正经手法写作的人

一个无趣的却写有趣故事的人

一个感性无比却假装理性的人

一个爱好女性却有心无胆的人

一个用无关风月的文字却写出青春挑逗的人

一个想出风头却懒散不愿行动的人

一个热衷写作却未受过专业培训的人

一个不拔尖却笑得最欢的人

周祎源

我与文字的不解缘

书页翻动的声音，像一首轻快的童谣，伴随我走过了难忘的孩提时代，或许正因为如此，此生我便和文字结下了不解缘。

我一直敬信缘分和因果。寺庙里小和尚和道观里老道士所念叨的那些缘分论，我都是有所涉猎的。所以，我常常以为我和文字的缘分开始于我的孩提时代——无忧无虑的时代。

我记得小时候，别家孩子过生日，父母都会准备一些玩具作为礼物，而我的父亲给我买回来了一套书——《三字经》和一些早教书籍。我父亲那个时候工作压力很大，他会布置一些背诵的作业让我自主完成，等他回家后，再检查。如果说，对一个成年人来说，最大的恐惧是生老病死，那么对一个孩子来说，最大的恐惧就是失去了玩耍的时间。当时的我不知道会发生什么，也不知道现在的我与文字的缘分多么深厚，那时仅仅是讨厌，而我想这也是因果开始的征兆。

对一个孩子来说，正因为年纪小，接触社会少，内心世界单一，所以每一件事情都不是小事。我没有勇气和父亲争吵，所以只能默默地对抗，经常偷偷地往外公家里跑。外公家里有很多的闲书。我那时爱看的是《西游记》，我爱悟空一开始的不羁和之后的对三藏的忠诚，我爱悟能的可爱和孩子般的渴望，我爱悟净的沉默和穿插整本书的奉献，我爱三藏对欲望的对抗和一直追寻梦想的坚持。现在想来，正是这一个个文字组成的形象给我现在提供莫大的力量，让我去对抗红尘俗世，保持内心的一片净土。这些文字，一直是我心头的大事，不论童年还是现在。

如果说在每一个人的生命中总会遇到一两个改变自己生命轨迹或者对事物看法的人的话，我想，对于我来说，改变了我对于阅读和文字的看法的人就是我的小学班主任——杨老师。在我小学的时候，因为自己的人缘好而且较普通小孩大一半的身材，自然而然地成为了“孩子王”，常常有很多人跟在身后。我想如果没有杨老师的教导，我的人生轨迹可能会不一样吧。杨老师一直很照顾我的，每当过节的时候，总是会送我一两本书，我至今依然记得的一本就是《草房子》。也正是这本书让我接受到了最初的启蒙教育，让我对文字产生了不同的理解。现在的我依然说不清文字是什么，但是我能模糊地感受到每一个字里面的力量和情感，这也是我一直热爱写作的原因。

几次雪落，几次蝉鸣，几次书页开合，十年很快地过去。书外的人生很快地变化，父亲渐渐地把生活重心移回家中，我开始念高二，学习压力渐渐地加大，身边的面孔一个个变化，从陌生到熟悉又到陌生。我身旁的一切都在变化，唯一不变的就是一直坚持的阅读和写作。我爱看着电脑屏幕，不看键盘，就敲字，然后自己内心的东西就会顺着手指蹦出来，像小鱼小虾似的就啪啪开始跳。现在，我可以写作，终究还是要感谢我童年时的叛逆和我父亲的坚持教育，我感谢叛逆是因为我没有局限在三个字成一句的固定形式里，我感谢父亲的教育是因为父亲培养了我的用功，让我在有东西可写的时候，能够风轻云淡地带着一点艺术色彩写出来。我想，我这辈子，和文字的纠缠，很难解开。

和父亲聊天的时候经常会说起曾经，父亲说我小的时候其实很好动，初中的时候的我眉眼还有着丝丝戾气。父亲疑惑的是，不知现在怎么的，我变得很温和，而且没有青春期的叛逆举动。我和父亲一致认定是读书改变了我的心境，让我的眼界高于同龄人许多。我很爱读冯唐的文字，他的文字里满是辛辣，细细读来却有点点的感伤。我始终相信好的文字可以让年轻人少走很多弯路。冯唐的文字让我提前领略到了尘世风景，让我对象牙塔外的世界有了一些了解，这是让我能够少走弯路的东西。

“我不要天上的星星，我要尘世的幸福”，冯唐写下的这句话对我造成的影响是最大的。我喜欢和父母在一起静静地吃饭，我喜欢那个长发飘飘的女孩，我喜欢华灯初上时与朋友在篮球场肆虐我们的青春。虽然日复一日的上学放学，如厕吃饭，感觉自己在原地转圈，但是总有这些事情提醒你，尘世间的这些幸福，会让我们长成自己想要的模样。

就像我童年时相信所有的东西都有自己的生命一样，我相信文字有着自己的生命，可能在某个平行时空，我和她是前世情人，互相缠绵，世世不休。我看着她，用眼睛穿透所有的距离。风住了，风又起。

这辈子，不要分手。

（作者学校：湖南省长沙县一中）

专家点评

这是一篇情真意切的文字，它将阅读和自己的成长紧密相连，《三字经》和父亲的管束，《西游记》和叛逆的童年，《草房子》和情感的化育，这些阅读和经历共同构成了“我”的成长。

与其他励志类的作文不同，本文的可贵之处就在于把阅读和个人的体验结合在了一起——阅读如果不能和个人体验结合，将不能化为个人知识构成，这也是大多青少年阅读时所欠缺的能力。文字会改变人的性格、气质甚至生命，它不仅能增加人认识世界的视野，还会有助于自己成为一个更好的人。

孔子曰：“言而无文，行之不远。”文章如能在叙述语句和行文层次上再多下一点功夫，将会更加出彩。好在小作者还很年轻，正来日方长。

纯种文科生，对一切具有古老气息的东西感兴趣。喜爱古风发簪的制作，对古典服饰颇有了解。热衷于民国乱世的才子佳人故事。喜爱三毛的“流浪文学”，因而对撒哈拉充满向往！

蒋璐阳

北大记忆

这是离开北大的第 12 天，我提起笔，努力追忆那八天的北大生活，我问自己：北大带给我最深的记忆是什么？

北大未名湖、博雅塔、石舫、翻尾石鱼呈现出淡雅、清新的美，北大的百年纪念讲堂、光华楼透着恢弘的现代气息。北大的每一条路都延展着文化的久远，每一棵树都镌刻着历史的沧桑，北大的每一个学子，都流着自由包容的血液。这是我向往的北大的模样。但回忆北大，首先冒出来的却不是这些，而是，那些渗透于生活中最细微的感动。

我很喜欢程郁缀老师的课，老先生 80 余岁了，可精神矍铄，目光如炬，在他的眼里，你总是能看到闪烁的智慧之光。从他的言谈中，你总是能感受到他对生活的热爱。我记得他给我们讲《诗经》，拿着笔在屏幕上洋洋洒洒写下遒劲大字，记得他坚持 4 个小时不休息还能饱含深情地朗诵，千年风雅从他口中娓娓道来，让你不经意就遁入了一个古典的充满诗意的世界。我也惊异于老先生的记忆力：孔子、屈原、杜甫这些哲人的出生、死亡时间他都记得清清楚楚。我总在想，如果没有对于文化的热爱，没有对古哲人发自内心的敬仰，又如何能做得到呢？我更喜爱他身上的大气和风骨，他告诉我们，在生活中，要始终有知恩、感恩、报恩的心，要用博大的胸怀看待世界和人生。而在最后一堂课上，他激动地说："土乃华夏热，月是故乡明，万里人生路，一颗中国心。"时间的流逝虽然使程先生的容颜苍白了，可那颗赤子之心却鲜活如旧。

李迪老师也是一个特别可爱的"老小孩"，对他最初的印象是一个戴着墨镜、正襟危坐的老人。可他一开口，我们全场所有人都陷入了他的故事里，被他带到了严冬的寒晨、荒寂的郊外，看守所的铁门里面的黯淡的世界。在丹东看守所里，他目睹了很多不幸走上犯罪道路的囚犯，从被关押到最后走上刑场的真实故事。我们头一次知晓了那些死囚们不全是罪恶和堕落，他们也有血有肉甚至有血性。我们头一次了解到他们背后种种不为人知的艰辛，也被看守所里管教者的人性关怀深深震撼。在这样的叙述里，你会感觉到自己的灵魂开始升华，对人性有了更多的理解，对于关怀有了更深的认知。

还有黄怒波老师的课也深深吸引着我，黄老师是一位优秀的企业家，也是一位优秀的诗人。丰富的生活经验和极度敏感的诗人嗅觉让他的故事充满了传奇色彩。他用他的经历告诉我们这个世界的广阔：珠峰的生死一线，南极的冰天雪地，原始部落的神秘色彩……那是我从未接触到的精妙和神奇。他那种淡然自若地谈起生死之事的姿态，让我羡慕，更让我钦佩。

我深深喜爱北大精彩纷呈的课程，喜爱那些有热度、有深度、有广度的先生们。但我更爱的还是北大学术氛围下的人间烟火儿味。

北大的食堂诠释了北大自由包容的精神：甜的、辣的，油炸的、清蒸的，西餐、中餐样样俱全，南来北往的人都能很快在这里找到熟悉的味道。我喜欢从食堂里拿出一杯热豆浆和一个鳕鱼饼走在清晨的校园里，感受着微风轻拂脸庞，听树荫下的欢快笑声，还有去上自习的学长们骑自行车驶过时车轮的微响。我爱着那些安排我们组住宿、陪伴了我们八天的学长学姐，他们带我们一起细数北大的楼阁亭台，和我们一起欣赏电影，一起徜徉在"未名湖是个海洋”的歌声里。也爱着那个食堂阿姨，她生怕我吃不了辣，会在打菜时提醒我菜很辣。还有那个在澡堂偶然遇见我的老奶奶，她亲切地跟我拉起了家常。一楼慈祥的宿舍阿姨总是在我归来时给我一个微笑……

印象很深的一件事发生在我们去北大的第 2 天。那天我们一行人在纪念品店闲逛，不经意间，同学碰掉了货架上一个精美的礼品盒，一个阿姨听到声音就匆忙赶了过来，我们很有些慌乱，正胡思乱想时，没想到阿姨开口却是：“孩子们，小心点，别撞到脑袋了！”我觉得，正是生活里这些细微的地方构成了我在北大最真实的生活。

记得来到北大的第 1 天，我还狠狠吐槽了北大的澡堂：这真的就是罕见的澡堂！没有独立空间，设施陈旧，空气里充斥着各种牌子洗发水的味道，还有南腔北调的喧闹，让有洁癖的人无处遁形。

离开北大前的一晚，我穿着不合脚的拖鞋，顶着一头湿发，从澡堂回宿舍。路上，夜风习习。我回头看，一路是八天点点滴滴的生活，我突然意识到这是在这儿最后一晚了，周围还是那些踏着夜色的学长学姐。我对旁边的人说：“我好像已经习惯了这里。”甚至幼稚地想再回澡堂去闻一闻混搭洗发水的味道。

李迪老师说：“一切杜撰面对生活都是苍白的。”这八天便是如此，它带给我最真实的富有人情味儿的感受。面对它，一切最初的抱怨都变得苍白无力的。我不敢说，来过一次北大，就接受了一次灵魂的洗礼，但是在白雾中沉默的未名湖，却真实地存在于那个书声琅琅的早晨。“未名湖是个海洋，鸟儿飞来这个地方”的歌声一直回荡于那个百年讲堂的帷幕之下。同学们灿烂的笑脸也曾绽放在北大西门的骄阳里。

“我从远方来，恰好你也在”。

这是命运的巧妙，是生活的感动，是北大的记忆。

（作者学校：周南中学）

专家点评

记忆是个人情感的表露，也是个人历史的记录。北大，这所流淌人文气息的大学，给作者留下了不可磨灭的印象。它对于“我”来说，不再是想象中的书本形象，而是变为生命中细微的感动。

这感动来自于何方？来自于老教授的文学情怀，来自于拒绝杜撰的作家，来自于勇于攀登的诗人，来自于在北大生活的点点滴滴，它塑造了我对北大的理解。北大不再是一个文字符号，而是生命的图腾。

文中洋溢着生活气息，但是在叙述过程中层次感略有欠缺，情感的表达不够精练，这是作者在以后的写作中需要注意的。

我曾经是一个内向、胆小而懵懂的男孩，喜欢安静地蜷缩在无人的角落，待在自己的小世界里任凭风吹雨打，自我陶醉。自从与文学结缘后，我就积极投身于学校各项活动：担任过“星声歌手大赛”“争做优等生”“声辩言语之峰，决战思维之巅”等大型活动的主持；在“晓家风，知礼仪”演讲比赛中荣获特等奖；被评为学校“十佳雷锋式优秀志愿者”。在第四届全国中小学语文素养大赛湖南省决赛中，有本人参加的南雅中学辩论团队荣获团体辩论赛第三名。在“北大培文杯”颁奖典礼上，我荣幸地站上了北大百周年纪念讲堂的舞台，朗诵了谢冕先生的名篇《永远的校园》。

龚　洲

云南面容

我从未去过云南。

我甚至都无法在梦中和她邂逅，因为我对云南的印象，永远都只是停留在地理书上那些干巴巴的描述上：云贵高原千沟万壑；喀斯特地貌遍布全省；省会昆明四季如春，被称为春城；云南省简称云或滇……

可是偶然间一个人的出现，让我能够一窥云南浓雾般薄纱背后的面容了。

这个夏天，我参加了北大培文·文学讲习所精英夏令营。我荣幸地被选中站上北大的百年讲堂，去朗诵著名作家谢冕先生的名篇《永远的校园》。正是在这个机缘巧合里，我在后台遇见了一位来自云南的白族姑娘。

虽然是白族，可她一点儿也不白，皮肤是健康的小麦色，浑身散发着泥土的清香。我是个很拘谨的人，一直静静地站在后台一个角落，默默背诵着一会儿就要朗诵的文稿。可她不是这样，就像一只活泼好动的小兔子，在后台上蹦来蹦去，和每个忙忙碌碌的工作人员都相谈甚欢，仿佛每一个人都是她久别重逢的老友。但我敢打包票，他们和我一样，肯定也是初次相逢。

突然她转向了我，眼睛散发出一种奇异的神采，直射人心。那洁净如水的目光就像一根纽带，一下子就消除了我们之间的那种隔阂，我们的心也不由自主就连在了一起。她不可抗拒的魔力让我们三言两语后就成了无话不谈的好友。

其实我有些忐忑，因为我从未在这座中国最高学府里，在如此重要的场合里朗诵过。台下就座的可都是重量级的嘉宾呀，甚至还包括作者谢冕先生本人。要是我忘词了、卡壳了，那……我都不敢想象后果会有多严重。

可她一直在给我加油打气，尽管我知道一会她也有歌唱节目《隐形的翅膀》。她就是这阴冷舞台背后最明媚的暖色，就好像云贵高原上永不被乌云遮挡的太阳一样，有着温暖人心的力量，我紧张得狂跳不止的心，在她的鼓励下也逐渐归于平静。轮到我上台时，尽管台下人头攒动，但我的内心却出奇镇定，波澜不惊。

表演结束后，我并没有马上去往观众席，而是返回了后台。在那里，我像凯旋的勇士一样受到了她的热情迎接。我不无遗憾地对她说："刚刚在台上朗诵的时候，我做得还不够完美……"可是她一脸灿烂地对我说："没有呀，我觉得你的声音很好听，好有磁性啊！"

我有点讶异。印象里并不是有人第一次这么评价我，但从来没有人在刚听完我的朗诵后就这么说。南方人表达情感向来都很含蓄，从来不会这样直接。但就是她这个例外，让我的心头好像贴上了"暖宝宝"一样，热乎乎的。她就是这么一个天真无邪的小姑娘，藏不住任何小心思，总是那么直率，那么爱憎分明。

她突然对我说："你多大啦，看起来像是'高——四'啦！"我险些晕倒在台上，就算我长得，嗯，是有点沧桑，但也不至于"高四"吧。况且"高四"不就是复读嘛。我又气又急，对她说："我要是'高四'，那你等会在台上就会唱破音！"她的反应实在出乎我的意料，不仅没生气，还对我做了一个鬼脸："你这么说，意思就是只要我唱破音，你就读'高四'？那我一会儿一定如你所愿，肯定唱破音啦。"当时我的心像秤砣一样沉到了谷底。妹子，你也太狠了吧！

几句闲谈之后，马上轮到她出场了。走之前，她还不忘对我伸出了四根手指。啊喂，妹子，我可不要读"高四"呀！

一束追光灯打在舞台中央的她身上，她身上的银饰反射出夺目的光芒。此刻的她，就像舞台上盛开的一朵雪莲——不，不仅是雪莲，雪莲虽然美丽，但总有一股透着决绝的阴寒之气。她应该是太阳，在舞台上燃烧着强烈光芒，竭尽所能释放出全部光和热。音乐响起，歌声悠扬，她的音色干净、纯美，使我想起那些最质朴的童谣和山歌。她高高扬起双手，踮起脚尖，我仿佛真的看到她背后长出了翅膀，在所有观众的心头翱翔……

一曲终了，我还如痴如醉，沉浸在其中不能自拔。我差点就要冲上台去和她庆祝了，不仅是因为她唱得好，更因为她没有破音呀！

我们一同从后台走向观众席，她又给我讲了许许多多的事情：她头饰上的"风花雪月"是怎么回事；她这几天认识的许多热心朋友；她在 CCTV 的演讲经历……她的话仿佛盘古开天辟地，我眼前的混沌突然散开了。一直以来，我都是一个很自卑的人，因为我好像实在没有什么值得夸耀的地方：成绩中等，不善于打篮球，作文水平一般，没有竞赛背景，无艺体特长……唯一还算不错的就是朗诵和演讲，但每次比赛都要提心吊胆，生怕忘词。我唯一记住的只有失败，阴雨霏霏的湖南又给了我忧郁的气质，所以缠绕在我心头的乌云越来越厚。但那些都是我自己强加的，其实从来没有人嘲笑我，相反，很多人会为我鼓掌。如果我能像她一样，用一种积极的态度去面对人生，那么，也许我的人生会精彩很多吧！

我的眼前忽然浮现出一个模糊的印象，然后越来越清晰。她仿佛是云南的精灵，带着我领略这片瑰丽热土的神韵。云南四季如春，太阳从来不吝把光和热无私地赠给她的子民，因而这里的人才会拥有阳光般的微笑；那里聚居着中国最多的少数民族，所有民族都能和谐相处；这里的人有广阔的胸襟，可以结交五湖四海的朋友；这里群山环绕，人们好奇山另一边的模样，一旦走出来，就再不会有任何阻挡，神州大地都会留下他们的足迹；这里千沟万壑，闻声而不见人，所以他们对声音极为珍视，从不吝惜由衷的赞美……和她对话，使我仿佛置身在那一块春光明媚、鸟语花香的圣地。

她告诉我，虽然她才初三，但她已经有了自己心仪的大学。而我呢？每天都浑浑噩噩，从来没有想过要上哪所大学。我犹豫着告诉她我想学法律，她马上说："那这里最适合你啦！"我苦笑着摇摇头说："北大？以我的水平，就是真上个'高四'也考不上啦。"

可她却坚定地说："我相信你一定可以！"

在这个奇妙的夏日，看着她洁净如雪的眼睛，于是我就稀里糊涂地承诺了三件事：第一，我不要读"高四"；第二，我要考北大；第三，我要去云南看她。

三杯吐然诺，五岳倒为轻。不管前路有多坎坷，我都只能出发了！

总之，我不会忘记，有那么一颗白色星星，划破我 17 岁的夜空，照亮在黑暗中踽踽独行的我。她留下的光弧，一边连着云南，一边连着北京，那便是我梦中的彩虹！

（作者学校：南雅中学）

专家点评

这是一篇颇有创意的作品，它在生动有趣中诉说励志情怀，所以，能贴近人心，令人如沐春风。

作品要写的是云南印象，但是开篇就说自己“从未去过云南”，就给人留下一种悬念，随着作者笔触的展开，读者才发现原来他要写的是云南面容——一位美丽可人的大理白族姑娘。这个开头是颇为引人入胜的。

作者通过三件事描写了这位姑娘活泼开朗的性格。通过她对自己朗诵的鼓励表现她的善解人意，通过她对自己“高四”形象的调侃表现她的幽默大方，通过她激发自己高考以北大为目标表现她的积极向上。这种表现，文笔生动，轻松活泼，在不经意之间影响着“我”的人生观，也让读者在阅读中获得愉悦感。

由此，云南面容明丽可爱清新可人的形象跃然纸上。

“编筐编篓，重在收口。”一篇生动可人的文章应该在结尾处理上更加注重表达的独特性，不然文章还只能算一半好文章，这是小作者在今后的写作中需要格外注意的。

闲暇时喜欢看书，于是便能周游世界；沮丧时飞笔疾书，在心情记录中寻找自我；无论心情怎样都喜欢找人听我唱歌，唱到声嘶力竭；内心触动了，会因为一首歌而潸然泪下。此刻，月影婆娑，我只想扬起舞姿，演绎精彩人生。

蒲静思

北大长廊

骑着自行车，缓缓享受长廊的安宁
路口的街灯，点亮了灯下的世界
浪漫了花瓣对风的伴舞
好似给长廊的一个亲吻
晚安，北大
晚安，全世界
我的心，如同沉入大海
再舍不得回来

（作者学校：明德中学）

专家点评

在一个独特的情境中植入个人的情感，这是诗歌写作的一个小小的基本功。

在众多学子的梦想中，北大是独特的一个梦，而“我”现在正行走在这个现实中，在“自行车”、“街灯”和“长廊”的意象衔接之间，一个新的梦正在飞舞，这个梦是什么？作者没有明说，但是，“我的心，如同沉入大海/再舍不得回来”却给了一个深沉的暗示，这个暗示，像一个不轻易许下的诺言，等待它践诺的那一天。这是对世界的承诺，更是对自己的期许。

需要指出的是，一首诗的情感还需要一个精神的支撑，特别对北大这样的地方，不然这个梦想的起飞就缺少一个跑道。但是，对于一个中学生，这也许是苛刻了，小作者正年轻，只要坚持这样写下去，不断锤炼文字，定会有更大的收获。

邀月而饮，友山而叹，泠然世间，寄雅书卷。博观诸子百家，探寻陌上繁花。一介书生，三尺微命，尘世中策马扬鞭的过客，喧嚣里书写文章的少年。行走汉唐文采，挥毫魏晋风骨，志往管仲乐毅，赋向相如子云。徜徉山水，清谈庄周一蝶；漫卷诗书，淡看红尘百转。唯愿，墨染四方纸砚，书尽一世江南。始信，乘风破浪会有时，直挂云帆济沧海。

黄元泽

饮湘江之水

“湖湘气韵，半出明德。”故湘江之畔育人，唯明德是也！

吾求学于明德足月矣，常以鸿鹄志自居，因月考失利而倍感同学压力之巨也。惧南风不竞，遂以囊萤映雪，悬梁刺股自勉，虽不足废寝忘食，亦有披星戴月之行，只为决胜期中一役，逐鹿前五十。亦不为无源之水，无本之木，忌趋之若鹜而急功近利，以按部就班为旨，求之以水到而渠成，闻五更鸡鸣起，谨遵“天道酬勤”之箴，故至若辰夜，所见之光景蚤与常人大相径庭矣。

晴初霜旦，北斗高挂，不得出寝，又恐惊同寝之人，故读于厕，以待门开而遁入寒夜。

一日遂始。

兆始于晨

迎着乃是昨日伴我入睡的月亮，我得以第一个走出宿舍大门。夜色朦胧，东方刚刚泛出鱼肚白，辽阔的夜空除了渐渐隐去的月，只剩一颗北极星孤独地闪烁着，而我倍感腹中空虚，便先奔至食堂，食堂的大叔大妈们手忙脚乱地搬着食材、吃着早饭，负责在第一窗口卖“武大郎烧饼”的那位阿姨，似乎早已习惯我的提早光顾，不慌不忙带上手套，做着今晨第一笔“开张生意”。而后我则手捧课本，提着早饭在晨光与灯光交织下赶至田径场。

吃罢早饭，又能成为第一个踏上被露水沾湿的草坪的征服者了，朝霞已将半边天染为紫红色，有席卷之气，成紫气东来之势。而东方金光乍现，红日破晓，犹如怒放之菊，原本乳白之云尽染泉涌般溢出的橘黄日光，犹如身披金鳞甲胄，五彩之祥瑞浑然天成。几只孤雁飞至，大概是敬畏着自然，浑厚的生机，亦或是不愿惊扰这观景之人吧。此时已零碎来了许多人，大约五成是我们班的同学。相视一笑，默无一语，唯有书声相伴——这就是我们达成的默契了。

终末于夜

月考终了，晚自习的喧闹被安静取代。也正如此，明德的魅力才得于在寂静中无声绽放。

明德的夜晚，除了明亮的教室，整个校园鲜有灯光，只能在教学楼灯光下依稀望见田径场。田径场外是湘江之畔，江岸上烟火璀璨，万家灯火阑珊。江面上也是灯光点点，江水映射着光影在波光中荡漾，又揉捏在繁荣之中，随江水北去。与之对比鲜明，我于高处凭栏，欣赏着北岸河畔亦或更北处的华美，享受着独有的寂寞凄清。繁华是他们的，热闹也是他们的。我独自追寻着“危楼高百尺，手可摘星辰”的境界，而月夜，越发寂寥起来。

明德的夜，是静的。

戴上眼镜是清晰的万物，取下眼镜为模糊的光影，闭上眼便沉入大海般深沉的暗影里，睁开眼又笼罩在夜色中。向着梦想进发，昨天便又被翻过一页。但我不能回首往昔，我还在人潮中前行，有无数只手在逆流中拉扯着我的逆鳞，想要将我一同带入那无翻身之地的浅潭之中——我只能向前，因为光芒就在眼前，因为希望就在眼前，已是黎明前的破晓，北上之日指日可待！

三年里风雨兼程；三年里千锤百炼铸；三年里咬紧牙关！饮湘江之水，汇江南之才，等有朝一日学有所成，定当夜步明德，回顾这“鸡鸣而起，月落而出，日出而习”的日子，再话湘江夜雨时！

（作者学校：明德中学）

专家点评

中学的学习生活是充满压力的，甚至是枯燥的，但小作者却以自己的方式写出自己的“苦中取乐”。

小作者模仿古之求学学子的口吻，诉说了一日苦读之辛苦，虽有戏仿之意而不甚工整，也有况味有知、甘苦自尝之心。晴初霜旦，披星戴月；红日破晓，书声相伴；夜深苦读，筑梦明德。这是“如鱼饮水，冷暖自知”的求学生活。

然而，携着湖湘气韵，这“鸡鸣而起，月落而出，日出而习”的日子就有了梦想的色彩，小作者期待蛰伏潜读之后，会有光芒万丈的日子到来。大有“立志当拿云，不负少年时”的气概。

不过，在戏仿式写作时，特别是仿古，对作者的古代文化功底有一定的要求，如果没有这个功底，写作的语调会流于油滑，影响文章之中真情的表达，这是小作者应该特别注意的事情。

我热爱旅行，当然不只是为了追寻那《迷路的云》和《萤火虫的小巷》，收获不一样的迷人的灿烂星空。文学的沃土，永远往返循环地生长着美不胜收、回味无穷的春夏秋冬。我要去寻找一片心灵的沃土，播种一直在内心深处萌动着的渴望和悸动。如果有一天，你经过一片原野，郁郁葱葱地长满真与善，爱和美，请你稍作停留，让我为你唱一首生命的赞歌。

胡婧祎

最美的风景

这是一次追逐美景的旅程。

翻越蜀道的崇山峻岭，过天险，穿越云海，涉水行车，当然有“险”的惊心动魄。本该是炎炎夏日，而我们驾车在一座又一座皑皑雪山间穿行，时不时还有呼啸着横飞的雪花铺天盖地而至，顿时天地苍茫，更是称得上“奇”了。青藏高原的天空圣洁的蓝，蓝得无边无际，蓝得深不可测，仿佛整个磅礴宏远、姿态万千的大地在这茫茫浩宇中陨落式地航行。白云总是萦绕着高耸于头顶的山峰，如仙女的衣裙轻盈地飘拂，仙女们是在欢乐地嬉戏，还是在优雅地舞蹈？仿佛有悠扬的歌声在山峰间荡漾……不知不觉中我也开始轻盈缦妙地飘飞，在无垠的天地间飘飞，惬意而悠远。追逐夕阳，幻想着在山的那一边，一定有一座很大的湖，每天都深情地等待美丽的夕阳沉入湖底。那座湖一定很美。而太阳从湖水中升起的时侯——那一定是最美的日出！

挥手间岿然屹立于中华大地的巍巍昆仑已远在千里。它从眼眸中飞驰而去，却一直在脑海中隐隐浮现。越过一座山峰，湖水共长天一色的青海湖欣然映入眼帘，我欣喜得尖叫，手舞足蹈，有如盛大的节日燃放着漫天的焰火，澎湃而持久，顷刻间就将这有些任性的暮色幻化成壮美而令人神往黎明。

“快快快，快起床！迟了就赶不上看日出了。”妈妈边喊边将我从被子里拖出来，我一惊而起，一骨碌跳下床，胡乱洗漱完，套上棉衣，冲进爸爸早已发动的车中，直奔青海湖边而去。

一行十人约好去看日出，他们却都没影了。爸爸了解，我如果错过了这个难得的机会会很不开心，所以精心为我准备好一切。车在静寂空旷的道路上急驰。车窗外，东方的天空开始微微泛起白光。还好，应该不会太迟，总算松了口气，回想起一路十几天奔波曲折的旅程，总是在惊诧心跳、欣喜和惋惜中切换心情……东边的天际被抹上愈来愈浓的粉红，心情也随之亮丽起来。

离青海湖越来越近了，我用相机不时地拍摄东方不断变化的晨光，日出的征兆越发明显。车突然停了下来，爸爸说：“通往湖边的路挤满了车，看样子开不到下面的湖边了。”我顿时紧张起来，瞬间跳下车，“跑过去！”说话间我已冲进了和晨昏一样无边的草地。脚下的柔软的青草在依稀的晨光中摇曳，青海湖的清晨是很湿润的，寒风中也透着湖水的沁凉，无数清露在青草叶片间微微闪烁。可是我无暇理睬它们，我不停地奔跑，一心想快点到达湖边，欣赏最美的日出。

偶尔抬头，只见天空中的白又侵蚀了大片的蔚蓝，我焦急地皱起眉头，眼里只有前方可望而无法触及的霞红的天际，瞳孔一动不动地盯着。可眼前的草地像海市蜃楼中的沙漠，任凭我怎样拼命地奔跑，就是到不了边缘。实在太累了，跑不动了，我只好强撑着，拖着疲惫的双腿，缓步向前，气喘吁吁，沉重又焦急。

脚下突然绊了一下，我差点摔倒，下意识地回头望了望。忽然发现了一个隐没在小草下，足足有十厘米的洞口，旁边角落里有一只肥嘟嘟的小鼠（后来查资料才知道是鼠兔）。它在颤抖地蹲着，看来它是被这个陌生的人类的疯狂的举动给吓着了吧。

小鼠和我互视了几秒钟，我看见它乌黑的小眼珠在灵澈地闪动。它稍稍地放松，小心翼翼地转过头，又突然转了回来，不动声色，若无其事中也显着谨慎，头来来回回、窸窸窣窣地在草丛中嗅着。它的两只小爪朝后，拨弄着身前的小土堆，挤开身边的青草。它遛进黑乎乎的洞穴，转瞬又趴在洞口张望，继而跳出洞穴，跑跑停停。我静静地蹲下，守在青海湖边这个小小的角落，看一只可爱的小鼠扭着银灰色的鼓鼓的腰，慢慢开始一天的生活。

再抬头，北面无垠的草地上吹来的晨风，让角落里的草尖儿翩翩起舞，和着晶滢剔透的露珠，缓缓舞出一段静谧的属于这片草丘的故事，还有不知名的类似蝴蝶的昆虫在尖叶中嬉戏——一切都那样恬静、美好。

我没有再去关注霞光中的日出，背着正在升起的太阳踡蹲着，只想简单地、安静地看着角落里无拘无束扒土的小鼠，看着阳光蹦出第一缕金色，看着丝丝金色攀上柔软的小鼠的灰毛，看着角落被笼罩在暖意里。

一个人，一片绿，一只小鼠，一抹阳光，一个角落，就是整个世界。

爸爸赶来跟我说："路上车通了，挤挤还是可以去拍青海湖上初日"。

我挥挥手："不去了，挤过去拍照又有什么意思呢？"起身往回走，扭头看了看初升的朝阳——最美的风景。一定会有许多人一个劲地想将它记录下来，不惜拼得气喘吁吁。但旅行或是生活的美好在于拾起那不曾被人注意的角落。一天甚至一生的快乐与惬意，也不过如此吧！

（作者学校：周南中学）

专家点评

旅行能让人看到不一样的风景，更是一个人眼界的伸展。当然，这只是对于有心的人，无心的人眼中是没有风景的。

去青海湖看日出！这是许多人向往的事情。然而为了看到这美丽的日出，“我”需要穿山越岭，需要与时间赛跑，需要与拥挤的人群竞争……在沉重而焦急之间，一个新的风景出现在我的眼前——在我摔倒在地的那一刻，发现了一只洞中的小鼠兔，便与之凝视，静静体会到自然的美好，感受到每一个角落都有暖意。

这是大自然最美不过的馈赠：风景不过是心境。心有多大，世界就有多大。文章的优点在于观察仔细，体验真切，使文章充满情感的静美。如能在此基础之上，把文章的层次感和情感的提炼功夫再提高一下，文章将会更加凝炼出彩。

一副黑框眼镜，是我的标志，爱历史，爱音乐，爱科学，爱自然，我兴趣广泛，一切的未知就像一个个的果实，那么诱人，迷惑着我。你问我爱不爱学习？呃……或许吧！本人更加明显的属性就是我是个死宅！同时也玩各种运动（虽然都不太精）。作为一个文科男，我的综合能力不是太好。但我还是渴望着未知，它的一切令我着迷。

李鹭星

北京印象："时间开始了"

一

这是我第一次来到北京。我在感受着这座无比巨大的城市的时候，脑海中出现的是胡风的诗——《时间开始了》。

时间开始于宇宙混沌之际，乃至宇宙混沌之前。"天地浑沌如鸡子，盘古生在其中。万八千岁，天地开辟。"此后从山顶洞人到元大都，岁月流逝，一座城池在渐渐成形。值得注意的是元大都。因了马可波罗的记载，这座城市似乎仍然在纸墨之间栩栩如生。大都在马可·波罗笔下称作"汗八里"（蒙语，意为"大汗之城"）。它与旧城（金中都遗址）隔河相望。元灭金，随着元大都的兴起，曾经各领风骚的辽南京、金中都消失了——但元大都最终也重蹈其覆辙。朝代的更迭宛如秋日的风，不变的是封建制度下的草民。1950年代初，老舍在著名的《龙须沟》中回顾新中国之前的北京，他这样写道：

> 地点龙须沟。这是北京天桥东边的一条有名的臭沟，沟里全是红红绿绿的稠泥浆，夹杂着垃圾、破布、死老鼠、死猫、死狗和偶尔发现的死孩子。……沟的两岸，密密层层地住满了卖力气的、耍手艺的，各色穷苦劳动人民。他们终日终年乃至终生，都挣扎在那肮脏腥臭的空气里。

翻开正史，有的是帝王将相们的呼风唤雨、悲剧喜剧。但那是“帝王将相们的家谱”。在这家谱之下，几千年来的人民，就是这么生活着的。老舍这么概括“北京人”：

> 遇到六月下连阴雨的时候，臭水甚至带着死猫、死狗、死孩子冲到土炕上面，大蛆在满屋里蠕动着，人就仿佛是其中的一个蛆虫，也凄惨地蠕动着。

“人就仿佛是其中的一个蛆虫。”时间，等待着新的开始。人是一种时间的动物，新的时间的开始，才能获得新的重生。

二

时间的开始，比什么都艰难。

西周时期，这座城市就开始成为了这个国家的权力象征；在明、清二朝，这座城市更是辉煌无比。那些君王豪杰们在这里开辟了属于他们自己的帝国荣光，书写了属于他们自己的建国霸业。

正是由于拥有如此丰富的历史底蕴，这座城市拥有着如此巨大的魅力，这种魅力使得这座城市时刻都焕发出无限的生机。

那威武的紫禁城啊，作为北京这几百年的日记本，让我们不禁回忆起从前：大明帝国强盛于此地；郑和在这里接受了明成祖的册封，那伟大的航路由此开始；魏忠贤于此地作乱，袁崇焕于此地出征；“闯王”的长剑敲击于此……在这之后，满族入关，大明覆亡。在康熙、乾隆等伟大的帝王的努力之下，紫禁城所看到的是帝国进入了雄伟的盛世。

无论是多么强大的帝国，总有她颓废的一天。一百多年前开始，这座城市，迎来了她作为帝国都城的历史上最为羞耻、最为惨烈的一页。

清末，鸦片横行，政治腐败，民不聊生。随着虎门销烟的进行，列强们用坚船利炮轰开了帝国的大门。天朝上国的美梦破灭了。紧接着，他们再次向国家发动了进攻，把枪口对准了这座美丽的城市。当城门被轰开时，曾经风光无限的天朝上国的皇帝，落魄狼狈地逃出北京。而之后，北京遭遇了近代史上的一次空前的浩劫。满城皆闻哭啼声，宫中皇帝已弃城。被称为“万园之园”的圆明园，被英法联军点起的参天大火烧毁，如今只剩下废墟供后人凭吊。曾经令中国人民引以为豪的杰作，就这样化为灰烬。作为一国之都，北京，她头一次体会到了羞耻，体会到了无尽的痛苦。但这还不算完！1900年，八国联军侵华，这一次侵略者们不仅在城内大肆掠夺，甚至还坐上了清朝皇帝的宝座。整个北京城浸泡在冲天的火光与绝望的哭喊声中，令人窒息……

三

在这令人窒息的痛苦之中，这所伟大的城市，一片萧瑟。

是的，这萧瑟之中依然保留了令人惊异的美，保留了重生的底蕴与精神。

那种美来自环境，来自一种生活方式。郁达夫在《故都的秋》中写道：

> 总要想起陶然亭的芦花，钓鱼台的柳影，西山的虫唱，玉泉的夜月，潭柘寺的钟声。在北平即使不出门去罢，就是在皇城人海之中，租人家一椽破屋来住着，早晨起来，泡一碗浓茶、向院子一坐，你也能看得到很高很高的碧绿的天色，听得到青天下驯鸽的飞声。从槐树叶底，朝东细数着一丝一丝漏下来的日光，或在破壁腰中，静对着象喇叭似的牵牛花（朝荣）的蓝朵，自然而然地也能够感觉到十分的秋意。说到了牵牛花，我以为以蓝色或白色者为佳，紫黑色次之，淡红色最下。最好，还要在牵牛花底，教长着几根疏疏落落的尖细且长的秋草，使作陪衬。

这是几千年古国文明荟萃之地的诗意，是从一种文明内部提炼出来的生活方式和生存态度。当历史变得比秋天还要萧瑟、比冬天还要冷酷的时候，这一抹文明的诗意，像一道最后的夕阳，温暖着眺望者的目光，点亮了这座城市萧瑟的秋天。

古老的文明，保留着属于自己的灿烂。那是一个民族内在的精魂。沈从文在《20年代的中国新文学》中，回忆自己1920年代初到北京：

> 我从会馆出门向西15分钟就到达中国古代文化集中之地，就是琉璃厂。那里除了有两条十字形的街，然后还有十几家大小古董店，小胡同里还有许多不标店名分门别类的、包罗万象的古董店，完全是一个中国文化博物馆的模样。然后再往东20分钟来到前门大街，那里是一个北京繁华的街市，还保留了明清六百年的市容和规模。在那里看见许多大铺子，各具特色，金碧辉煌，斑驳陆离，令人眩目，这使我这个来自六千里以外小小山城里的乡巴佬无一处不深感兴趣……

时间依然在沈从文眼前“金碧辉煌，斑驳陆离，令人眩目”的北京城中游走，在艰难的等待着新生。那是古国人民曾经深压地底的力量，有一天，会像火山爆发时的熔浆一样，喷出历史的地表，重新铸造历史，重新开启时间。

四

时间的开始，是一个奇迹。

当这座城市在经受战火摧残而几乎成为废墟后，当人们终于从近百年的苦难中解脱出来时，这个在世界东方的，几千年文明从未中断的民族，再一次向世人展现了她那强大的生命力。人们创造了奇迹，在短短的几十年内，这个民族，这个国家，从废弃的瓦砾堆中慢慢地站起，慢慢地抖去了自己身上的灰尘，然后，面对着这已经满目疮痍的世界，大声地，庄严地，宣告了一个伟大民族的重新崛起。随即，她用那伤痕累累的双手，将这个四分五裂的国家，一块块拼起……作为一座都城，北京也被重新打造。几十年内，仿佛用魔法把砖石重新拼成城市一样，一座废墟，成为了一座现代化的国际大都市。如今，废墟不再，取代而之的是高楼耸立，直入云端。这座城市再也不会被他人所踩在脚下，正如这个民族一样。所以关于北京我们还有一句诗——“野火烧不尽，春风吹又生。”

春风带来了桃红柳绿、燕语莺啼，更带来了万象更新、天空海阔。当我初次与这座城市相遇的时候，我便觉得这座城市像大海，像无边的大海。容纳着过去与未来，融汇着东方与西方，联结着古典与现代，甚至，她还沟通了城市与村庄。

时间将从这里开始。我想把胡风的《时间开始了》赠给这座伟大的城市：

我是海
我要大
大到能够
环抱世界
大到能够
流贯永远
我是海
要容纳应该容纳的一切
能澄清应该澄清的一切
我这晶莹无际的碧蓝
永远地
永远地
要用它纯洁的幸福光波
映照在这个大宇宙中间

（作者学校：雅礼中学）

专家点评

本文从《时间开始了》一诗进入对北京历史的回溯，切题立意可谓精到。作者从宇宙洪荒鸿蒙初辟到北京山顶洞人及至新中国，对北京的历史作了俯瞰式的概括，为整个文章设置了纵深视野。

作者在抚今追昔的过程中，着笔的重点回到王朝的衰落而导致的屈辱的近代被欺侮的历史。然而，文脉自然流转到具体的历史，无论是老舍的《龙须沟》，郁达夫《故都的秋》，还是沈从文的《20年代的中国新文学》，都给历史注入了人文的温度，这正是文学对历史的贴补。

应当提醒的是，北京这座古老的都市在时间里获得重生，应当把它与当下的现实及个人的体验之间建立关联，让历史与社会实现具体的连接，否则会陷入空洞的抒情，让情感落入无所依傍之中，这是作者在今后的写作中需要特别注意的。

给我一缕光，我也能灿烂！这就是我，一个阳光开朗，活泼上进的大男孩。我热爱文学，喜欢阅读，我用心灵感知世界，用纸笔记录内心所感，曾先后参加全国作文大赛，并获奖。课余时间我热爱打篮球、拉小提琴、唱歌……我的生活因此变得更加精彩！

肖文铉

凤凰古城景瞰

流动的沱江养育这片土地的过去、现在和未来，造出了一方美景，并以山为障，慕名前来的人们得驱车颠簸数十小时方可见识这份隐没于大山中的灵动。

在还未到达古城时，车辆伴着两边的山急速飞驰，眼睛透过车窗便能一览目的地的大致轮廓了。一望无际的绵延的群山，从横向上形成恰到好处的波浪，从纵向上造就出深深浅浅的绿色。透过被热气笼罩的车窗望去，那从上而下倾泻着流水的沟壑，以及更远处缭绕于雾气中的层层山峦，仿佛一幅巨大雄伟的水墨画，你甚至觉得这里面应该住着类似仙风道骨的隐世高人才合得上这极致画风。偶尔见有零星的蓝色或黑色屋顶错落山涧两边，有的还冒出徐徐炊烟，与山间雾气相融，缓缓上升，这样的景致与常见的水泥钢筋相比，实在新鲜有趣得多。

终于踏进了古城，刚被雨洗刷过的石板路亲切又缠绵地引着你穿行在迂回狭窄、幽长又热闹的小巷，最终一条撑开着无数红色油纸伞的小巷映入眼帘，放眼望去，那撑开的纸伞在小巷的上空安静地悬挂着，或优美地打着旋儿，或安静地滴着水，一路开到小巷尽头。由于刚下过雨，那撑开在头顶的朵朵红云不时滴下几滴雨水，“啪嗒啪嗒”敲击在脚下的石板上。灰色的天和红色的油纸伞交相辉映，仿佛梦境一般，而两边的客栈和面馆里朦胧的光亮又为这景色增添着尘世的生气，让你不至于穿越回戴望舒的《雨巷》，真给人一种奇异而安稳的感觉。我们有幸入住了这条小巷中的一家客栈，木质的挂着苗家刺绣的房间干净整洁，那挂着吊床的阳台古朴清新，凭栏而立，随处可见的红色油纸伞和黑瓦屋顶仿佛依偎着在说悄悄话呢。小巷的窄也殷勤地为我们送来了邻居，对面客栈入住的旅客仿佛近到可以和我们毫不费力地打招呼，穿过小巷上空互相传递东西，而这种奇妙的亲近感，竟因为古镇巧妙有序的布置而一点都不显得局促紧张，也不会有侵犯之感。

待稍作安顿，便准备出去走走，顺便填填肚子。能在大城市中发挥作用的百度地图到了古镇也无法施展其精准的定位了，你觉得奇妙的是，明明就那么大块地方，竟然被各羊肠小巷和黑瓦飞檐的建筑迂回出那么多路程，让你深陷其中，这种对称的建筑设计和各种珍禽样式的飞檐让你不得不对中国传统建筑智慧和审美大发感叹。傍晚的古城阴着天，路上的行人并不多，偶有几个孩童在放学后欢呼雀跃，还有身着苗家传统服饰、背着大背篓的当地阿婆矫健地走动，更多的是两边店铺老板的闲话家常。干净的石板路并不见一点脏污秽物，作为一个旅游景点实属难得。两边的店铺里陈设着的皆是当地的特色产品：腊肉、姜糖、木锤酥、银饰、苗服、木鼓等等，而卖饭的店铺皆打出血粑鸭、黄牛肉米粉、腊肉、米酒等湘西特色，招揽辘辘饥肠。等我们找到客栈老板推荐的饭店时，夜色几乎全黑，点了耳闻已久的血粑鸭和其它两个小菜。五分钟不到，三个菜就一起上桌了，这也让我有点惊喜，毕竟以前点菜都是一个一个上，很少有所有菜同时上桌的情况。鸭肉跟鸭血混合并与糍粑炒在一起，加上大葱和辣椒，便是湘西著名的血粑鸭，别有一番风味。等吃完饭要离去时，天空下起了小雨，忘记带伞的我们只能淋着小雨走回去了。古镇隐没在淅淅沥沥的小雨中，隐没在越来越黑的天幕中。

古城的夜景也许是凤凰的一绝，不同于大城市里的五光十色，古城的光亮并没有遮住天空中星星的眼睛。漆黑的夜空，一弯朦胧的月挂在山上，天际线与周围的群山线条相接，似乎将这里与外界隔绝了，山的外面是漆黑黑一片，但远处矗立在山上的高高的灯塔扫射出的光线拂过这静谧的古城，那流淌了千年的河流瞬间成了光亮亮的一片。河流两边对称分布的错落有致的客栈酒家，通过巨大的虹桥完成了巧妙的对接。随着河流的弯曲，两岸的光亮也绵延开来，水影、山影、屋影自然交错，荡漾在这迷人的夜色里。古镇的光亮并不像城市里的那般犀利，柔和的沱江水和近在咫尺的青山树木将这些光亮综合成令人赞叹的精致。如果你是一位正在赶路的夜行者，在遭遇漆黑和绝望后，翻过山头，见此情景，应仿佛遇见世外桃源般心花怒放，你终于从无法掌控的空旷地来到了有包围的安全地带，你不是被围墙被建筑被铁门包围，你的安全感来自那些天然的大山，来自大自然，你的头上明明有雨滴在降落，但淋不到你，你的周围明明是长满了树木的漆黑的大山，但你却处于光亮之中。

第二天，天朗气清，古镇换上了明丽的色调，树木在阳光下越发葱郁，沱江里开始有多只木船流动，游客明显增多，霎时变得热闹起来了。在阳光下，沱江水是最美的主角。巨大的水轮风车屹立在江边，将水流顺势带上去又洒下来，横江而过的石墩快被涨起的水漫过，人们小心翼翼地跨过一个又一个石墩，石墩表面已经快与江水齐平，一个个路人仿佛直立在水上，稍有不慎就会落入江中。沱江边还有浣洗衣服的当地阿嫂正在捶打衣服，船夫们正在用瓢舀出因前晚下雨而积在船内的雨水，来来往往的游客与当地的卖花环的、扎小辫的、卖照片的阿婆周旋着，而好多已经卖完了花环的阿婆则从篓子里拿出鲜花和草坐在石头上一边闲聊一边“补货”，更多有固定点摊位的阿嫂阿婆们则正在制作苗家鞋垫、制作苗家手包，现做现卖……沱江中心的木船以缓慢的速度穿梭于这一片熙攘，船尾撑船篙的船夫用清亮的嗓子唱着湘西民歌，声音响彻两岸，淳朴而有力。随着前进的木船拐个弯，船便隐入到了你看不见的地方，但歌声犹在。你举目远眺，只看见青葱一片，仿佛这是片还没人来过的大山，而你环顾四周，却发现这里生机勃勃，优美和谐。这种巨大的反差满足了我们作为自然人和社会人的双重需要，我们需要自然的滋润，也向往现代的便捷，而古镇居然都能提供。

古镇的生活也许是人类最合适的生活方式，它是矛盾的统一体，既有山的沉稳，也有水的灵动，有炽热的火把，也有炫目的灯光，有江上的号子，也有酒吧的摇滚，有鸟叫，也有车鸣，有隔山喊话，也有极速 WIFI，有香醇的米酒，也有神秘的赶尸……

岁月静好，今夕何夕？

（作者学校：南雅中学）

专家点评

对于写作的人来说，山水是心灵的山水。对于居民来说，山水是生活的山水。所以山水不仅是人们眼中的水墨五彩，还是当地人的吃穿住行。山光水色，都是为人而设。山川与民风，饮食与民生，歌哭与民俗，无一不与生于斯长于斯的人民有关——凤凰的黑瓦飞檐、腊肉米酒、苗服山歌……共同构成凤凰人美丽的生活画卷。

而“我”是打沱江经过的过客，携带城市的喧嚣气息在这里稍歇灵魂。城市与乡村如何在现代生活中和谐共存？这是作者在静思中产生的疑问，也是现代生活留给人们不解之谜。

小作者笔法细腻，思维灵动，使整篇文章充满流动感。如能在表达上再凝炼些，文章会更加精致优雅。这是小作者将来努力的方向。

爱好读书、书法、摄影和旅游的我，有一颗天使的心，勤奋、阳光、善良，仁爱。除了长得帅点以外，也没什么缺点了！通过老师和家长的教诲，也通过自己孜孜不倦的努力，一路跨过了一道道门坎，正朝着人生的梦想——北大迈进！人生就是一场马拉松，很多时候需要熬，需要坚持！熬得住出众，熬不过出局！我相信自己一定能成为熬得住的意志坚定的人，实现自己的人生理想。

蒋哲宇

牛犊不应怕虎

我向来很爱关注一档传播脑科学知识和脑力竞技的节目《最强大脑》。其中我很佩服一位与我同龄的选手陈智强。他个子不高，其貌不扬。在节目收官之际，面对着评委们的质疑、怀疑，他的内心并没有泛起涟漪，反而愈发平静。最后，他凭借着超人的记忆量、坚毅执着的意志、良好的心理素质和稳健的发挥成功完成了极限挑战，并以总得分最高的排名战胜了其他三位挑战者。“小孩不能小瞧，我会用努力得到所有人的承认。”这是他在捧得桂冠时的慷慨陈词。我在电视机前看着陈智强的优异表现，心中不禁感慨万千。智强，如同他的名字，智慧与勇敢并存。不服输又略带些倔强的他，用成绩回应了所有的争议和质疑，用行动驳斥了那些视年轻为弱势的人，证明了人只要有梦想，敢于拼搏和挑战，就一定能成功。

虎，凶而猛。它是百兽之王。罗贯中道：“初生牛犊不惧虎。”其实，牛犊与老虎相比完全处于不利地位，可牛犊凭着不屈、勇敢和无畏让老虎也对它产生敬畏，不敢轻易冒犯。其实，我们青少年也应与牛犊一样，不应怕虎，才能成就天下。

追溯汉朝，沙场之中，一位坚勇之士在尖刀寒剑中穿梭。在他的身边或许只有稀疏的荒草和刺得令人发慌的烈日做伴。他——霍去病，承载着极浓的爱国情怀，不顾一切抵御匈奴。虽然他倒在了血泊之中，可是千年滚滚的历史长河永远抹不去这位英雄之名。我们缅怀他是因为他那种不惧生死、不畏强敌的英雄气概。那时他将青春年华埋葬于荒漠之下，今天那种初生牛犊不怕虎的气节，仍彰显永恒的光芒。

沉浸在对陈、霍的钦佩之余，我不禁转向现实。不少中国的青少年在父母亲的庇护下，缺乏一种敢闯敢为的精神。他们循规蹈矩，按部就班，甚至畏难、胆怯。简单的自我介绍，有的同学迟迟张不了嘴；学校组织的校运会，主动报名参赛的同学少之又少；做题目时，只要难度大一点，有的同学不会积极寻求解题思路，一味念叨“太难”；学习欠缺方法，思维缺乏创新。而国外的青少年在某些方面显然是做得比我们要好，他们从小就非常独立，十几岁成年后靠打工，自己赚取学费和生活费。而国外的孩子所擅长的体育项目也足以证明这一点。据资料显示，像搏击、攀岩、潜水和探险都是他们所擅长的，而我国的青少年擅长的是一些安全性较高的项目。存在这么大区别的根本原因还是因为青少年的性格、精神特质存在差异。青少年时期是决定自己人生道路走向的关键时期。唯有不怕虎的思想，才有可能在将来成为一只猛虎。

今年夏天，在属于我的花季，我有幸与一些同学前往学子们的神圣殿堂——北京大学体验。伫立在燕园石舫遗址和未名湖畔，好像瞥见的一幕幕中国顶级文化的剪影。我憧憬着，心中泛起阵阵涟漪。在课堂聆听着诸多教授的热情洋溢的文学宣讲，我无时不在洗礼着自己稚幼浅薄的内心。怀抱着对诸如蔡元培、胡适这类有识之士的无限敬畏，我们以青年人的心感触着厚重的历史，一同在教室做激情澎湃的演讲，一齐在讲堂里唱着青春的歌。我不禁想起了田晓菲的一篇文章《13 岁的际遇》，小姑娘从未怀疑过她会成为北大的学生，正是凭着不懈的努力、执着的追求，在 13 岁那年就成为一名北大人。之前我一直以为田晓菲是个纯粹的天才，自己无法和她相比。现在回过头来看，她就是有梦想，并勇敢地为之努力奋斗罢了。田晓菲能做到，我们又有何不可呢？或许北大并不遥远，遥远是因为我们内心的种种阻碍。只要坚定不移，努力走下去，那么一定会通向灿烂美好的前方。临别之时，我沿着小径慢慢行走，凝望北大校园里的参天古木，阵阵清风似乎将我同这片土地凝聚，立志考上北大的想法在我心中已经生根发芽。

偌大中国，从古至今都不缺少牛犊。古代的霍去病如此，现代人亦是如此。跳水运动员伏明霞年仅 14 岁就拿到了奥运冠军。郭敬明，既是畅销书作家、杂志主编、导演，更是一名成功的文化传播公司董事长。他们从小就志存高远，后来功成名就，立足于前列。牛犊不应怕虎，我们作为初生牛犊，现在所历经的一切，都将使我们在生命的长河中璀璨生辉。要知道，不怕虎的牛犊比老虎更强。

在浩渺无边的世界上，有一群人，他们如同新兴的火炬在高塔上徐徐燃放，又如一粒简单的种子在土地中崭露头角。他们处于人生赛道上的初始阶段，正欣赏着两岸如花似锦的风景。云层飘散，一束光洒来，我们，正值青春年少。

（作者学校：周南中学）

专家点评

通过观看一个电视节目《最强大脑》而想到了古语："初生牛犊不怕虎。"这首先体现了小作者丰富的联想能力。通过对牛犊品格——不屈、勇敢和无畏——的界定，作者自然联想到了历史英雄人物霍去病，同时又能联想到当今社会，这是颇为开阔的思维。

更为难得的是，小作者能将历史、社会与个人相联系，通过自己在北大的一段生活体验，激发了自己内心"初生牛犊不怕虎"的情怀，这是一个中学生在成长道路上必须经历的一关，只有形成独立的人格，才能踏上通向梦想的道路。

值得提醒的是，一篇好的文章，除了要有好的立意，清晰的逻辑之外，还要有精彩的表达，小作者需要在这方面继续努力。

来自于湖南长沙的我喜欢思考，因为这是人类之所以被称为人类的原因。我关心天下大事，对新闻事件进行深入思考；我崇尚哲学，认为哲学是人类思考的巅峰；我善于发现生活，挖掘出其中的道理。有人说我很内向，但我的内心其实很外向。我喜欢看电影，发表自己的见解；我喜欢看球，时刻关心着中国足球的发展。我想成为一位政治家，但不是政客，做真正对国家有利的事。为了我的理想，我将不懈奋斗。

王文轩

明日太阳会照样升起

今天本是期中考试，我却要出发前往安徽，代表学校参加全国中学生地理奥林匹克竞赛。

说实话，我们学校是第一次派学生参加地理竞赛，在这方面的经验几乎为零，加上参赛队组建的时间太晚了，别的学校都培训了一个学期，我们还不到一个月。老师说不要有思想包袱，重在参与，没有得奖也不要内疚。

但是我怎能不抱有希望？没有得奖怎能不内疚？我翘掉了期中考试的，不考出点成绩怎么面对老师和同学？

进入车厢，找位置坐下，坐在我右边的是孙宇轩同学，他拿出电脑，而我继续看小说。高铁电视中循环地播放着公益广告，我看书看得无聊，便和孙宇轩说话。他是个见多识广的人，几乎什么事情都知道，很多时候我只能不懂装懂。午餐时间到了，我高兴地拿出食物跟他分享，他也不客气，我们三下五除二解决完之后，开始看起电视。高铁到站后已经是下午五点，我们一行人走出车站，肚子却开始叫起来，经过两个小时的车途，我们才到酒店，这时我们已是饥肠辘辘。我们放下行李，二话不说就杀向了餐厅。方老师、费老师已经开始大块朵颐。晚餐是在一片欢声笑语中结束的。

夜晚，我静静躺在床上，回忆着今天发生的事。下午等车时，看见一个学校的学生一个个手里拿着大学的地理教材，心中的压力瞬间上升。在我的心中有两种思想在不断碰撞，一方面是对获奖的渴望，另一方面是对自己实力的质疑。

第二天上午 8 点，我来到考场，在沙沙地试卷声中，我开始了答题。前面的题目还好，基本上都写出来了，可是最后一大题是纯英文的，这让我很是头疼。这时时间也不够了，我只好随便写几句完事。然后是景观题部分，有四十道选择题。还是选择题好，只要写 ABCD，还有优美的图片欣赏。写完之后，还剩下 10 分钟，我开始想象着下午的野外考察题。

考试时间到，我随着人流走出考场，只见方老师、费老师早已在门口迎接我们。方老师笑着，双眼眯成了两条缝。其他的同学陆续来到，大家相互询问情况，罗应潮同学看起来很兴奋，昨天晚上他一直在幻想自己进入国家队，还说："等我进了国家队以后，211 随我挑！"从今天的情况来看，他的自我感觉还是很好，一路上一直在说这题选什么，那题选什么。

吃完中饭，我们不作休息，直接去往野外考察地点。在车上，监考老师分发了考察的问题。第一次看到这种题目，还是有些不知所措。下车之后，所有人四散开来，而我却不知干什么。我看到第一题：写出这条街上有多少家店铺，并分类。这么麻烦，我心想。这时罗应潮走了过来，提出合作，我爽快地答应了。于是我们分工合作，我数街道左边的店铺，他数右边的。但是在数的过程中又出现了问题——宾馆算不算店铺？我一时不知道答案，只好将宾馆单独记数。数完之后一分类，发现这个街上建材类和电动车的店铺特别多，这其中必有隐情。于是我看到第二题：写出这些店铺的服务范围和服务对象。这就正好印证了我的想法。为了解决这个问题，我使出了杀手锏——直接问当地人。我朝一位大妈走去，面带微笑，叫声“阿姨好！”然后问道：“您知道……”这似乎很奏效，我对当地有了一个初步的了解。这时罗应潮跑了过来，兴奋地叫道：“我有一个大发现！”我听了之后暗自得意，这个我也发现了。我们俩交流了一下意见，然后直奔下一个地点。

我们来到一座小桥上，题目里有一个表格，上面要填水质、流速、气味、漂浮物等。我朝桥下一看，只见桥下是一潭死水，散发出恶臭味，除了浮萍和水草外，没有发现其他生物，河边一根水管正源源不断地排出废水，看来罪魁祸首就是它了。旁边一位老人语重心长地说：“唉，从前这条河是干净的，我还经常在河里游泳，可是现在……”我对此也感到遗憾，但是我更多的是感到愤懑。

最后，我们来到一个风光互济发电场，在这里，我们八个学生恰好相遇。经过简单寒暄后，我们开始一起考察，孙宇轩不知什么时候拉了一位工程师过来，我们立刻将他团团围住。“这个发电场的工作原理是什么？”“太阳能发电板与地面呈的角度为多少？”一连串的问题脱口而出，而工程师也耐心地为我们一一解答。

写完最后一个字，我长舒了一口气，将试卷上交。这时我心想：今晚可以好好放松一下了。

第二天，就到了惊心动魄的时刻，因为要公布获奖名单。所有参赛的师生都聚集在酒店礼堂，先是安徽省秘书长发言，然后是宿州二中校长致辞，最后是大家熟悉的王民教授发表感言。他们的话，我一个字也没听进去，我所关心的事在后头。“现在宣布获奖名单。”我的神经立刻绷紧了，我只求一个铜奖，真的，拿一个铜奖我就心满意足了。但是拿一个铜奖又谈何容易，至少要击败一半的参赛选手才行。幻灯片一页页切换着，我努力地寻找着我的名字，可是“王文轩”这三个字就是不出现。在铜奖中没有找到我的名字，莫非我得了银奖？一丝喜悦从我的脑海中闪过，可是现实无情地打破了我的美好幻想，在银奖中也没有我的名字，这次我不敢再妄想，果不其然，金奖里也找不到“王文轩”三个字。

我长叹了一口气，难道这一个月来的努力就白费了吗？难道没参加期中考试值得吗？难道我注定要失败吗？无数个“难道”涌现在我的脑海里。别人的确是比我努力，是比我知道得多，别人都开始学大学地理了，而我才培训了一个月。命运对于每一个人都是公平的，没有人能在命运之神面前钻牛角尖。

我回头看向其他人，大家都是一副愁眉苦脸的样子，看来我们学校是全军覆没了。再看看罗应潮，我的心里好受些。俗话说得好：爬得越高，摔得越惨。估计罗应潮是心里最郁闷的人。我们慢慢走出礼堂，沉默不语，这时费老师走了过来，原来还有个安慰奖，一张参赛证明，然而这只能增加我的羞愧感。

回去坐火车，要在火车上过夜，这注定是个不眠之夜。我一个人坐在床上，忽然，我听见其他人的笑声，原来他们又在打牌，亏他们还笑得出来。一个人实在无聊，我也加入到了打牌组。说来也奇怪，今天晚上，我的手气极差，几乎盘盘都输。在一次次的失败中，我的心情却变得舒畅起来，失败了又怎样？我还有下次，只要努力把握一次次的机会，成功是不会抛弃你的。最后，我终于赢了，而且赢得很痛快。

回学校已是第二天下午，别校三日，恍如隔年。红日西沉，落日的余晖洒满校园，路旁的樟树舒服地伸着懒腰，我凝视着红日渐渐落下，我想，明日太阳还是会照样升起的。

（作者学校：周南中学）

专家点评

这是一篇参赛记略。对于一个中学生来说，这不仅是增加获奖的机会，更是增长见识提升自我的时机。因此，不仅是成功，失败更能让人得到成长。这对于成长是颇难的，对于写作，写出这一点，也是不容易的。

虽然“太阳明天照常升起”，但每天升起的太阳都不同。小作者应该在参加比赛这一过程中，捕捉提炼让自己成长的事情，所谓人做难事，必有一得。这不仅能使文章在立意上清楚明了，更能在叙述上达到主次分明。

太阳每天都是新的，长期坚持这样的写作，自我也可以每天都是新的。

第四篇

湖畔的第一朵花

湖畔的第一朵花

我，一个新世纪的“四好女子”：好读书，不求甚解；好美食，不问酸甜；好运动，不畏艰苦；好旅行，不论远近。可静可动，此乃真女子也。

李雅彤

舌尖上的乡愁

食物约摸是最能勾起我们记忆深处那柔软一角的东西吧。乡愁，就如同萦绕在舌尖的氤氲香气，挥之不去，在岁月里慢慢发酵，沉淀为心中最为纯粹的那一壶酒，愈久愈醇。

中国幅员辽阔，民族众多。十里不同音，百里不同俗，即便是在饮食上也是如此。苏、浙菜好比清秀素丽的江南美女；鲁菜犹如古拙朴实的北方健汉；粤、闽菜宛若风流儒雅的公子；川、湘菜就像内涵丰富充实、才艺满身的名士；每个菜系都有着独特风味。各具迥异的风味造就了中国饮食文化的繁盛，却也让离家的游子越发思家了。离家数载，容颜皆改，门前镜湖已干，乡中儿童不识，于时空之上，我们与故乡渐行渐远。可行走在异乡的街头，周围的店铺中，总有那么几家特色的小吃店。熟悉的字眼呈现眼前，熟悉的味道萦绕鼻尖，熟悉的记忆便如汹涌的波涛一般翻滚而来。食物，缩短了他乡与故乡的距离。

不仅是远在他乡的游子有此感受，饶是经历过几天旅程的我，也有所体会。

都说旅游，只是从自己待腻的地方，到一个别人待腻的地方。虽说如此，可看惯了江南的小桥流水，忽见漠北的莽莽黄沙，内心的悸动却也是无法忘怀；看惯了南方的冬日艳阳，忽见北方的银装素裹，内心的喜悦却也是不可遗忘。读万卷书，不如行万里路。行走于大江南北间，感怀于各色民俗中。迥异的风景带来的乐不思蜀的情绪，一遇上食物，那坚实的城墙便土崩瓦解了。素来好辛辣的我，初尝那或清淡，或甜腻的菜肴时，略感好奇。可数餐之后，却有些食不下咽，深感何为归心似箭，只愿再次吃到熟悉的菜肴。

如同传授母语，母亲从小就把味觉深植在我们的记忆中，这是不自觉的本能。无论我们的脚步走多远，故乡的味道熟悉而顽固，就像牵动着飘离在空中的风筝的线一般，一端是漂泊的游子，一端是永远牵绊着的记忆深处的故乡。

酸甜苦辣咸，这不仅是食物的风味，更是人生的滋味。人们之所以懂得用五味杂陈来形容人生，是因为懂得味道是每个人心中固守的乡愁。

有人说，乡愁是歌，回转起合之间勾起记忆；有人说，乡愁如月，阴晴圆缺之间变化思念；有人说，乡愁似水，奔逝东流之间牵动想恋；而我要说，乡愁是跳动于舌尖上的那一缕，无法忘怀的挂念。

（作者学校：明德中学）

专家点评

篇幅短小的文章，相当于高考作文的体量。本文体现了小作者相当好的基本功：文章虽短，但是结构完整，叙述流畅，逻辑清晰，表达也比较明确——食物与人类之间的紧密联系，不仅仅是果腹之需要，它还塑造一方水土的乡情和民风，从这方面讲，味蕾就是我们和故乡的精神脐带，难以割断。

清代阮福认为："有情辞声韵者为文"，"直言无文采者为笔"。那么，对于本文来说，在"笔"上功夫做得较为到位，所要表达之事和情，均有清楚的交代；所要指出的在"文"上略有欠缺，"言而无文，行之不远"，在表达上如能更有个性和文采，文章将更加溢彩流光夺人耳目。当然，这是我们对小作者现有能力的基础上，提出的更高一点的要求。

琐碎无味生活的救主就要降临了罢，我也觉得有写一点东西的必要了。我于文学是老友，文学于我是新客；文学品类之多，让我感动的少之又少，而令我感动的无不是我生活中的明灯，写作上的导师。我，曾环宇，一位文学初客。

曾环宇

便引诗情到一生

大概是在小学吧，那个懵懂又可爱的年纪，我就信誓旦旦要做一名诗人，成为名留青史的大文豪。想到这点我就莫名地兴奋。

原因可能有些诙谐，可又是诗存在于世的意义。语文老师把课本上的诗讲得神乎其神，不过百字的诗怎么都得要载着诗人的一段感情；每一个词都要讲述诗人一段艰辛的苦旅，哪怕是“举头望明月”单独拿出来也可以评得头头是道——象征着团圆的明月，诗人无奈地举头，“望”更是表达诗人远在他乡看不到家人的愁苦……而我每当烦闷的时候，只能独自一人重复“好烦啊”，开心的时候只能高声欢呼，这样总是让我有一股气压抑在心里，于是，我要寻找一个可以让我通气的穴位。

是，没错，它是诗。

我那时候还不知道短小精悍这个词，只是想诗越短越厉害，我边喝水边钻研着书上的“有一句话说出就是火”，虽然水打湿了一身，还是写完了一首诗，写完了我的第一首诗——《无题》。现在看来，那首诗肯定是入不了群众雪亮的眼睛，但是在当时的我的心里我可是大文豪，大诗人了。

看了志同道合的同桌和我写的几首打油诗，和闻一多相对比，才知道写诗不是一天两天的事情，不过我还是看着短诗，想着：“诗人写诗的时候就是‘便引诗情到碧霄’，有感觉就可以写了！”不过很快，这种幼稚的想法就在王安石“春风又绿江南岸”的启示之下破碎，我知道了诗的血液是推敲和炼字。

我看了很多诗，每天早上都要读几首诗，久而久之，我认为我心里的那个大文豪可以回归了，提笔就作了一首诗，叫《乡愁》，写完后急匆匆地拿去给老师炫耀，老师给我欣赏了余光中的《乡愁》，很含蓄地批评了我。我有些失落，不过又想啊，中国有千千万万篇乡愁，为什么只有一个余光中？因为他有故事，他把自己和家人、国家和家乡写入诗，让那芦花丛中的一叶寒舟垂泪涕泣。而我呢，最远不过去京城玩耍几天，甚至离去还有些恋恋不舍，又怎么写得出乡愁！

于是我又捧起读过很多遍的诗集，端坐着，学着语文老师一样，决眦呲牙地找出归雁身后的背井离乡，柳树代表着不舍分离，莲花象征着高洁傲岸……发现这些情感的背后的靠山，还是诗人的故事。

如同一条逃不开的铁链，我不得不拿起《史记》，去探索诗人的背后有什么故事。

读了这么久，学了这么久，写诗没学会，但是不虚此行的是，我懂得了诗。诗仅仅是一种文体，它很抽象，像诗人捉摸不定的情感……诗不仅是一种文体，每一首诗有一个故事，每个故事有一段感情。每一首好诗里的故事，肯定精彩。

诗可以做到“借他人之酒杯，浇自己之块垒”，又可以做到“一切景语皆情语”。总之，诗将一个抽象而又真实的自我反映出来。

这辈子写好了诗，就是过好了一段人生。诗意，便是让你的人生价值几何倍增长的基础。

（作者学校：湖南省怀化市铁路第一中学）

专家点评

诗是什么？小作者的疑问一直贯穿整篇文章。诗是感觉吗？闻一多告诉我还有气概；诗是气概吗？王安石告诉我还炼字；诗是字句吗？余光中告诉我，它还是家国情怀。于是，“我”明白了，每一首诗都是一个故事，里面沉淀了不同的情感。而对于自己来说，首要的是要把真实的自我呈现出来。

必须要出的是，“功夫在诗外”，这不仅是指要苦读苦炼，更要求作者要在生活之火中淬炼诗歌的灵魂，这才是“诗意地栖居”的真意。另外，文章中许多口语化的用词，还需要锤炼一下，作文虽然可以在对话上使用口语，但是在行文上还是以书面语言为主。

我是一个性格开朗而且善于表达的大男孩，我的兴趣爱好很广泛。在我闲暇的时候喜欢打篮球，乒乓球，排球，溜冰。一个人在家的时候喜欢上网，或者听歌。不太喜欢太长时间的沉浸在书的世界里，家人曾经告诉过我，劳逸结合是最好的。我对文学充满自信和希望，只要努力，就会有收获，这是我的座右铭。既然我选择了文科，就会沿着我这条路，努力的，坚持不懈地走下去。

赖顺意

登仙人岭记

时值腊月，岁在甲午，予于腊月三十，归于桑梓，拜祖父祖母，叔伯婶姨二十余人，与饮列坐于席；觥筹交错，荤素交陈，计十余碟，家圆人和，共享天伦，其乐融融。饮毕，欲启程往仙人岭。祖母劝曰："仙人岭久无人登，尔来数十年矣，道生杂草，荆棘载途。其间人迹罕至。唯闻稚走鸟飞，他人莫登，以其乃此间之最高也，况尔等乎！休矣。"父闻之，谓我曰："吾儿莫因此而怯，吾父子同心，必能攀此岭而登顶，听山间之鸟鸣，览山顶之美景，他人未能至顶以其无志也，吾志坚，必克之！"父之言坚余之志也。余弟年十之有一，闻之欣然曰："吾与兄同去。"祖母见此遂从也，嘱之："慎之，慎之。"遂发。

始至祖屋前，祭拜祖上，遥望仙人岭，云雾重重，不可见也，其中若有仙人所居，愈羡慕。

余与父、弟三人，望仙人岭进发，忽遇竹林一片，竹叶翠绿，其间多人迹，土地平而荆棘，竹林翠却无鸟鸣，见樵夫二人，问之，其赖此处觅冬笋也，余四顾此地，多掘地之人所遗迹也。

始登山，如祖母所言，杂草满满而不见其道。父挥刀斩荆而行，余始见其道，狭窄如羊肠，一足而可覆之。余与弟缓缓而行，折腰缩首，如鼠窜，穿梭于丛树之际，辗转于荆棘之间，忽低头以躲横荆，时侧身以避突棘。横条蔽日，望此间唯有密林杂草并无他物。

愈向前，则草愈深而林愈密，道愈窄，而余知此间去峰不远矣，遂欲趋走，然不得也，仅可缓缓而行，从长而计。

忽父呼："可望峰矣！"余抬头，见峰在前而不盈尺，顾而望弟，问曰："可否攀夫？"弟拂汗答曰："可也！"遂复进，至此地，则罕见人迹，而闻山间飞鸟鸣声。

忽豁然开朗，杂草荆棘尽无，而又高树繁枝，及至顶，顾山之四面，惊余甚矣，此景若此：头顶悬一暖日，往下则山接天际，雾绕群山，似美人青丝绸素锦，又似雾海之仙岛，愈下则可见水田相交，阡陌交通，屋舍俨然，此非天府之国，人间美景乎！然山间鸟鸣，清泉出山，桑树鸡鸣，深巷犬吠，此非元亮隐居之南山呼！黄发垂髫，怡然自乐，男耕女炊，不知饥馑，民丰足而安乐，何乐如此之悦心乎！

于仙人岭望之，眺群山飞连，见层雾笼罩，听山间清流，闻百鸟而鸣，闻山花欲放之清香，休矣！美矣！同天地之规量兮，齐日月之辉光，愿此景之永存兮，乐终古而未央。

忽忆竹林掘笋之事，是以其地平而不险，而游者众也，殊不知，奇观常在此险远之地也，使余忆临川先生之言："夫夷以近刚游者众，险以远，则至者少。而世之奇伟、瑰怪、非常之观，常在于险远，而人之所罕至焉，故非有志者不能至也。"今余与父，弟三人；登此峰，览此美景所凭者何物哉？唯余之坚志也，始知有志者，事竟成。欲成事必先有坚志，然后施行。须循循渐进而不可操之过急，欲速则不达也，披荆斩棘，不畏险途，不怯艰难，努力向前，相互勉励，父子同心，兄弟齐力，方可达也。

此余登山所得也，值归途，见一株欲放之花，如美人遮面，含羞而立，髣髴兮若轻云之遮月，飘飖兮若流风之回雪，始知春风将归也。

此行安能无记？同游者，父辉，表弟姓黎，名蒙瑶，余顺意，记于乙未年三月。

（作者学校：湖南省浏阳市第一中学）

专家点评

近几年，中学生中涌现用古文写作的取向，这是一件好事，也是一件难事。因为，古文写作对中学生来说，不仅考验他的叙述功底，更要考验他古文功底如何。

《登仙人岭记》是一篇模仿古人游记之作。从登山之由、游览之境及登山之悟，整体结构完整，叙述脉络清晰，其点睛之笔“奇观常在险远之地”颇为精到，鼓舞人心。

尤其值得称道的是，在“文以载道”之外，结尾看似闲笔的一段：“值归途，见一株欲放之花，如美人遮面，含羞而立，髣髴兮若轻云之遮月，飘飖兮若流风之回雪，始知春风将归也。”寄寓了“历尽风霜，春风终至”的感喟，十分动人。

古文写作并非易事，小作者尚需在音韵、节奏及词语精到方面再下一些功夫，会获得更大提高。

我热爱运动，“只有运动可以除去各种各样的疑虑。”每次迷茫的时候，我会通过运动放松自己。阅读是我的习惯，或是在短暂的课间，或是在宁静的午后，我总会捧着一本书，徜徉其间，也会品味村上的细腻，也会惊叹卡夫卡的荒诞，也会折服于康德的严谨。“生活不止有眼前的苟且，还有诗和远方。”愿你我都能到达自己心灵的远方。

刘子杰

蛹与蝶

引　子

我是一只善良的毛虫，所以，我从不敢在人前出现。我只想待在安全的树枝上。你说我苟且偷生也好，随波逐流也罢。

夜晚来临，我爬上枝头。远方，森林淹没在潮水般的黑暗中，寂静笼罩着。

突然有一天，我发现自己在结蛹。像是一间白色的小窝。我不知道这是什么，但为了结蛹，我消耗了更多的体力，于是，我开始打破原则。

有时，人们会被我吓一大跳。我有点内疚，但我不后悔。我也问过自己，这样值吗？坦白说，我也不知道，但我觉得这就是我的使命，我应该完成。

偶尔，我也会停下来休息一会，躺在枝头上。阳光透过疏密不齐的绿叶，在地上形成大小不一的光斑，如同夜晚时天空中的点点繁星闪烁。

蝶

随着工作逐渐进展，我的休息时间越来越少。偶然听到的人们的惊呼，我不去理会；间或遭遇的天敌的袭击，我娴熟避开。

严寒将至，我总算结好了蛹。来不及欣赏，我便一头钻了进去。外面呼啸的寒风让我心惊胆战，同时也有一丝庆幸。我开始感谢蛹，感谢自己的努力。

漫长的冬季，在我和蛹的对话间悄然流逝。

蛹

他创造了我，我诞生时看到的他的笑容，灿若夏花。就算只是为了这一笑，也值得我用一生来保护。

他开始和我生活在一起，外面呼啸的寒风没有动摇我的决心，刺骨的冰冷没有摧垮我的信念。

和他谈话时，我从没提到过受到的伤痛，我不想让他担心。

蝶

春天到了，偶尔飘进蛹中的花香刺激着我的感官，按捺不住冲动，我准备离开蛹。

蛹舍不得我，她苦苦哀求着。我有些心软。

环顾四周，应让我感到温暖的小窝却让我如芒在背。此时此刻，如同身在牢笼。

我决意要走，我向着出口爬去，缕缕阳光洒在出口，增添了几分神圣。可本应轻易通过的出口此时却显得如此狭窄。身后传来蛹撕心裂肺的呼喊，我没能离开。

就这么不想让我走吗？我在心里暗骂着。

努力以失败告终，不甘心地缩回蛹中。蛹苦口婆心的劝说，但增添的不舍更加坚定了信念。

我要离开，我要自由。

蛹

蝶还是没有离开，可他眼里的落寞和不甘掩藏不了。

我该不该让他离开？我这么想着。

我不求他有飞鸟矫健的形体，只求他活得安定；我不求他有游鱼灵巧的身姿，只求他过得舒适。

外面的世界是如此的危险，我宁愿他在我的庇护下度过一生。

忽然，我注意到他身上的变化：背上展开的双翼是如此绚烂，臃肿的身体也变幻出优美的曲线。于是，我决定放手。

让他离开，给他自由。

蝶

我冲破牢笼，乘风翱翔。四周，斑斓的花丛在微风下跃动，仿佛在庆祝着。森林沉浸在温暖的阳光之中。

绚烂的舞姿在我不经意间跳出，我开始享受这无拘无束的生活。

也许过了很久，也许没过多久，我想起了蛹。我回到原地，蛹还在，只是苍老了许多。她原本光洁的脸颊开始发黄，紧致的身材开始松散。

我问她有没有后悔让我离开。

她悄然一笑，并不言语。

蛹

蝶走了，不知怎的，看到他欢笑着离去的背影，我的欣慰却胜过了悲伤。

我每天都会想，不是想以前一起生活的日子，而是他现在过着的日子。他现在或许快乐得多吧，我经常这样想。

就这样，日子不经意间溜走。

蝶又来了，他问我后悔吗。

不后悔，我想这么说。却哽咽难言。

到底是蛹囚着蝶，还是蝶恋着蛹？

（作者学校：周南中学）

专家点评

本文以拟人化的视角进入蛹与蝶的世界，描写了它们的心理，试图探讨它们的情感关系，并阐明某种哲理。这种诗化的想象与追求，可以说正是小作者的野心，也正是作者的抱负所在。特别值得肯定的是，小作者这种万物有灵、众生平等的观点，体现出作者对于生命的关注和理解。

建议小作者可以将这样的思考落实为具体的细节，使得文章更加真实可感，不流于架空。

我生于松雅湖畔，却并不像碧波般宁静，只因有一份对世界的好奇。

我爱独坐在银杏树下反复翻看有着“梦的破碎，美的凋零”之称的《红楼梦》。在这个“幽微灵秀地”中，贾府中繁华落尽，众花朵们“无可奈何天”，但仍在美好的花样年华中演绎着纯粹的艺术。我喜欢执笔表达心中之感。当然，我也爱和家人共游大千世界。爱好游览名胜古迹，透过那些砖瓦与先人对话，爱与朋友吃遍美食街，嗨翻游乐场。

李芊慧

宝钗扑蝶

吟成荳蔻才犹艳，睡足酴醾梦也香。

——题记

“轻纨笑自捻，扑蝶鸳鸯径”，举止娴雅，温文尔雅的你竟会“意欲扑了来玩耍，遂向袖中取出扇子来，向草地下来扑”。这实与世人之评相违，都道你生来便有不折不扣的冷美人气质，孰不知那是因为追求无果，所以才散发出如蘅芜苑中奇草一般的异香。

贾府上下人等望穿秋水，终等到了从远在千里赶来的你。你们薛家说是避避风头，可谁又不知薛蟠是个“人命官司他却视为儿戏”的主。“送妹待选”便是千里迢迢进京的原因所在。《柳絮词》中你写道：“好风凭借力，送我上青云。”那又何尝不是你高远的志向，为家族争光，替自己打算。面若满月，色若丹霞的你，把进宫披上象征皇权的黄纱作为一个最高梦想。

可是元妃的节礼“官扇两柄、红麝香珠两串、凤尾罗两端、芙蓉簟一领”与这位皇族贵妃的亲弟弟相同。它们暗示着你的落选。光鲜华丽，珍奇宝物此时可能已如一滴滴鲜红的血珠浸满了你的心头。阆苑仙葩终究与紫禁城无缘。

此后一段时间里，一向温顺随和的你变得有些狂躁。一向待下人亲近体贴的你，竟会因靛儿的一句询问而大发雷霆。因宝玉一句玩笑话把你比作杨妃，你就冷笑道：“我倒像杨妃，只是没一个好哥哥，好弟弟可以做得杨国忠的。”因黛玉尖酸笑问看了哪两出戏，便借古讽今。连一旁的王熙凤都嗅出了火药味。当我们都以为你走不出悲伤失望的涟漪时，你对死者金钏的尊敬，不避讳，又证实你回到了原本的状态。

既然进宫不成，在黑暗中，元妃已为你指明了希望的方向。你成了这位“二十年来辨是非”的皇妃心中宝二奶奶的不二人选。你毕竟有着“唇不点而红，眉不画而翠”天然无雕琢的外貌，堪称群芳之冠首的才华。有什么能阻隔得了一个正值豆蔻年华的少女对爱情的向往呢？于是就发生了“绣鸳鸯梦兆绛芸轩”那一段。你离了姨妈处独自行来，“顺路进了怡红院，意欲寻宝玉谈讲以解午倦”。入院子后，鸦雀无闻，连两只仙鹤也一并在芭蕉下睡着了。此时，你却仍然向前走去，转过十锦槅子。遇见袭人坐在床边做针线，你便与她闲聊了几句。袭人借故出去，揣度着你应会离开，不曾想你却“只顾看着活计，便不留心，一蹲身，刚刚得坐在袭人方才坐的所在，因又见那活计实在可爱，不由得拿起针线，替他带刺”。这是一幅多么美好的画面，可能在你的梦里已出现过无数次。夫婿静睡，你在身旁绣着鸳鸯戏莲的肚兜，身旁放着一柄白犀麈。可梦终究是要醒的，也许是被宝玉的梦话惊醒的。只刚做了两三个花瓣的你被他一句话给怔住了，便是那句：“和尚道士的话如何信得？什么‘金玉姻缘’，我偏说‘木石姻缘’。”此时袭人走过来，笑问“还没醒呢？”她如何能听懂此时你梦碎蓝桥的声音，你也只能轻轻摇头罢了。

但是，这不会让你这位在封建礼教约束下，还依然追随内心情窦初开的爱恋的女子轻言放弃。你之后代表金玉派的头号人物，在贾府这个充斥着利益集团的大家庭生活得如鱼得水，游刃有余。处理好了与贾母、黛玉的关系；赢得了贾家上下的好感；平衡了与宝玉之间的矛盾。最终，你自然如愿以偿地做了宝二奶奶，尽管是“举案齐眉，到底意难平”，但至少你追求过，奋斗过。

希望，陷入失望，再希望，再陷入失望。你就这样陷入命运捉弄的泥沼里，在和希望与失望斗争的日日夜夜里，花谢水流，红颜渐去，金簪沉雪。宝钗，你扑的不是蝶，是一个不为巅峰慕名而来，不因落寞悄然离去的丈夫。

“钗于奁内待时飞”，钗是金属，再怎么金光闪耀，也终无双飞翼，如何待时机飞出妆奁？宝钗，你不必悲哀，活着的意义其实是在路上在追求。你所处的环境，你顺从的性格早已为你埋下最终的结局，既然悲剧是注定的，又何妨在美好的生命中如那玉色蝴蝶般迎风翩跹？

（作者学校：周南中学）

专家点评

如果说文学的意义在于遇见他者，在于“对话”，那么能够和古典名著中的人物对话，无论如何是幸运的。试图理解古人的经历、古人的境遇、古人的心境，可以丰富自己的识见，提高自己的修养。可以说，“尚友古人”是理解历史的一种良性方式，而通过理解历史也可以达到对自身处境的反观，这不能不说是有益的。

在本文中小作者就与“宝钗”对话，并指出：“宝钗，你不必悲哀，活着的意义其实是在路上在追求。”小作者告诉宝钗的，正是她自己对生活的一种最初的体悟。

蕴于山清水秀的鹭岛，生于阳光和煦的晨冬。我性格开朗不拘小节，爱好读书不求甚解。我爱在一个人时静静品味文学经典中的一词一句；爱在历史长河中细细抚摸永不褪色的华服霓裳；爱在明媚春日描绘大千世界的点滴美好；爱在夜深人静时聆听古风古韵的绝美旋律。当然，我也爱在闲暇时与家人共看不可多得的好电影，与朋友逛遍每一处美食圣地。曾学屈子行吟江畔，亦羡黛玉倾心葬花，有时也会多愁善感，但也常记着常想一二，幸而能把握住每一份微笑的幸运。

何露彤

叹迎春

明媚的春日，披一抹鹅黄色软纱，漫步于洁白的茉莉花丛。微凉的春风却是含情脉脉，轻柔地抚动那娇羞待放的素色茉莉，引得朵朵香魂翩跹起舞。俯身拾起几瓣被那不懂怜香惜玉的疾雨摧残至凋零的花瓣，仍是幽香袭人。这淡雅的花香却令我心神震荡，蓦然回首，果真看到了在花荫下，娴静地穿引着茉莉花的你。迎春，我仍能嗅到你手中茉莉的幽香，却终触不到那惊心动魄的爱恨情仇，化为轻烟的你。

初随黛玉进贾府时，我不曾细细打量过静默的你。你虽“腮凝新荔，鼻腻鹅脂”，但较之黛玉“两弯似蹙非蹙笼烟眉，一双似喜非喜含情目”的摄人心魄，宝钗“脸若银盆，眼如水杏”的惹人爱怜，你也只是个极普通的存在罢了。海棠诗社初成立时，我为潇湘妃子“偷来梨蕊三分白，借得梅花一缕魂”

的才情折服，也为蘅芜君“胭脂洗出秋阶影，冰雪招来露砌魂”精妙而感叹。而菱洲，你仅有的“天运人功理不穷，有功无运也难逢”不过是玩笑之作，登不得大雅之堂。可卿仙去时，熙凤、探春的精明能干，果断机敏不知令多少能人自愧不如。而反观你，身为一名贵族小姐、主子阶层，竟要受奶妈的摆布。攒丝累金凤被偷拿去赌博了，邢夫人责问你为什么不说说他，你愣了半晌才答道：“我说他两次，他不听也无法。况且他是妈妈，只有他说我的，没有我说他的。”平儿要替你设法追回，你又显出事不关己似的宽容：“宁可没有了，又何必生气。”你庶出的身世，长久的孤独，处境的险恶导致你刻进骨子里的懦弱，面对强者如云的贾府，你选择了忍气吞声，用这种与世无争的方式来保护你自己。多少人恨你这懦弱的性子，可我，只真切地为你这饱含无奈与心酸的懦弱感到痛心。

迎春，你无沉鱼落雁之貌，更无倾国倾城之才。在群芳斗艳的贾府，你是用来陪衬的绿叶，却又安静的像轻飘的尘埃。可于我，你也不过是偌大的红楼中，一样需人爱怜的柔弱女子。依稀记得那时的春日好景，你仿佛是穿着一身浅绿罗裙，鹅黄轻纱拖曳至地。春光明媚，衬着你白净的面庞和你专注时的温柔眉眼。你手执银针细细地，密密地穿引着素雅清新的茉莉。细致地穿好了，先捧在手心里嗅一嗅这令人忘忧的清香，再小心翼翼地把这洁白的花魂戴在你凝脂般的手腕上。满足地端详着你的杰作，你绽出一抹极淡的微笑来。偌大的天地间，你也不过是个单纯至极，渴求着美满生活的苦命女子。岁月静好，美人穿花，那惊鸿一瞥的温婉印象，是令我日日魂牵梦萦却不能触及的幻光。

可单纯温婉如你，到头来竟只落得“叹芳魂艳魄，一载荡悠悠”的凄凉曲调。因了你父亲拖欠的那五千两银子，因了“父母之命，媒妁之言”，美人香魂尽散于中山狼手中。“金闺花柳质，一载赴黄粱”，你就这样如尘埃一般，轻易地去了。迎春，你不该嫁给这个淫魔啊！明知他好色成性，明知他狠毒至极，明知你的凄惨下场，迎春，为何你终是去了？你的懦弱害惨了你啊！若你如惜春那般决绝，如熙凤一般泼辣，若你肯说一个“不”字。也许，也许……你不至于去的那样孤独凄惨。但这又怎么能怪在你身上，在那个男人掌权的时代，老实木讷的你从来，就不曾拥有过决定自己未来的机会。迎春，是“父母之命，媒妁之言”害死了你啊！终是芳魂散尽，香消玉殒。迎春，你本该有个更好的结局！

迎春，我叹凄惨的你，更叹那个害了你的时代！

（作者学校：周南中学）

专家点评

这篇文字也是一篇与古人相遇的作品。

在文章中，小作者并没有选择大家熟知的宝黛作为抒情对象，而是选择了“无沉鱼落雁之貌，更无倾国倾城之才”的迎春来作为抒情对象，这说明作者对于普通人的关注。最终，小作者指出迎春的悲惨命运在于那个时代：“迎春，我叹去得凄惨的你，更叹那个害了你的时代！”从中可以看出作者具有较为宏阔的历史眼光。

希望小作者在未来的学习和思考中跳出单向度的抒情，从更多的角度去理解人物，理解时代。

在中华这块热土上，我已接受了多年的优质教育。作为风华正茂的青年，现在和未来，是我们的广阔舞台。

辩论、主持、学习……在生活中，我尽力做好每一件事。司马迁说：“常思奋不顾身，而殉国家之急。”或许我没有司马迁的境界，但握住了这杆笔，是非善恶，定当用文学之力去尽力辨明；惩恶扬善，是握住笔杆的最大责任。我是李博昕，一个在文学中努力成长的女生。

李博昕

用法律和道德夯实安全感

2016年8月21日，山东临沂16岁的花季少女徐玉玉因被诈骗电话骗走了上大学的学费9900元，伤心欲绝，最后导致心脏骤停，不幸离世；2016年8月23日，山东理工大学大一学生宋振宁在家中心脏骤停离世，起因同样是电话诈骗；8月29日，清华大学一老师遭遇诈骗，被骗1760万元。

透过这几起电信诈骗案，我们可以清楚地看到，诈骗类犯罪的源头在于公民个人信息的泄露。多年来个人信息保护缺失，个人信息“裸奔”，人们不断遭遇骚扰诈骗。而最近，媒体梳理出一张全国“诈骗地图”，分门别类地列举出诈骗模式的集中案发地，揭露出所谓“诈骗家族”，“诈骗村”的现象，更触目惊心。电信诈骗这一社会问题，正如火上不断地浇油，愈演愈烈。而国民的安全感，正在日益流失。

冒充公检法、冒充教育局，造出如家人生病，急需用钱的假消息……电信诈骗已形成一个庞大的黑色产业链。公众渐渐成了透明人，在与诈骗分子的交锋中，全靠运气躲过。信息安全，已成为一个社会问题。

当我们打开手机会习惯性地检查有无可疑信息，当一个陌生电话打来时，我们会犹豫接还是不接；当国家发助学金，补助等时，我们会怀疑是真是假……这正是个人信息泄露、诈骗层出不穷后我们不安全感的体现。这样，我们损失的不仅是财产，更是信息的安全、心理的安全。社会的不信任感日益加剧，路不拾遗、夜不闭户的现象似乎遥不可及，在人们心中，陌生人几近可与骗子划上等号。而随之而来的，便是人情冷漠、风气败坏。每个人都把自己装在一个封闭的盒子中，我不出去，你也别进来伤害我。社会制度的漏洞，让人们只能靠自己的力量，抵御层出不穷的攻击。

其实，不只是信息泄露，遭遇诈骗的不安全感，食品安全、交通安全、环境安全……日常生活的方方面面，不安全感都困扰着我们。法律一部部颁布、完善，但社会问题、违法现象似乎层出不穷、永不停歇。究其根本，还在于法律执行的不到位与道德建设的力度不够。

就法律而言，一部法律诞生之后人们往往担心它被束之高阁，难以执行、落实。与之相关的责任主体，能否加强自身管理，让法律真正落到实处，让民众放心？政府应调动一切可调动力量，落实监督，打造阳光政府，做到真正政务公开！

除此之外，事中、事后监管制度也是中国的法制社会中令人诟病的一项制度。的确，中国人多地广，变其为事前监管成本太高，难以实现。但是社会的前进，哪一步不是曲折艰难的？哪一步不需要巨大的代价？若能真正实现事前监管，多少人可以留住生命，多少人可以免遭惶慌！因此，我们必须采取行动：国家各个机关都可将民意走访制度化，定期了解民众的困扰；拓宽举报制度，让问题在源头处便被制止，绝不拖延！这样，国民的安全感便能因政府的有作为而大大增加。

当然，最重要的一点，还是要加强法制宣传教育。法治社会的不完善，最重要的原因便是民众法律意识淡薄且参差不齐。食物过期，怕麻烦，算了；环境污染，与我无关，算了；遭遇诈骗，所幸骗的不多，算了……利用这种心理，犯罪分子一步步侵占大众的各项权利，还能侥幸躲过法律的惩罚，如此，又如何不助长他们的嚣张气焰？因此，法律的宣传必不可少：主流媒体可以详细报道比较典型的案例，告诉人们必须维权，怎样维权；开展法制课堂，通过众多的媒介传播法律知识，培养人们的法律意识。当然，国家在行动，民众的参与也必不可少：增强自己的法律意识，受到侵害，立刻用法律维权，伸张正义；向他人普及、宣传法律知识，劝阻他人可能的违法行为等等，众志成城，团结一心，我们定能攻坚克难，打赢这场捍卫法律之战！

另一方面，德治的脚步也要紧跟其上。社会的主流价值观首先应积极向上。人都是群居动物，环境对人的影响很大，在一个积极的环境下，大多数人心中的善念总会占上风地位，违法现象的出现频率就会降低不少。

当然，教育也是必不可少的。违法事件频频发生，而犯罪分子多是游手好闲、不务正业的人。他们的人生之路，从一开始就歪了，价值观的不正确性，让他们做出了不正确的选择。我想，教育制度的不完善也是其中的一个重要原因。因为一些人受教育的程度低或教育得不到位，导致其社会道德观的不健全以及缺乏生存本领，于他们而言，坑蒙拐骗似乎成了唯一的生存手段。因此，学校能否担起更大的责任，坚持以德育人，家校合作，在每个家庭中形成和睦、健康的家庭氛围呢？人都是群居动物，环境能发挥的作用很大，学校可否从一开始就抓好环境，让祖国的未来在阳光下茁壮成长！

愿十年、五年，甚至一年之后，我能自豪地对别人宣布：因为我的国家，我有满满的安全感。

（作者学校：湖南省长沙县第一中学）

专家点评

这篇议论文从几起诈骗案件写起，写出现在社会缺乏安全感的现象。并进一步指出：社会所缺乏的安全感并不单单局限于信息泄露、遭遇诈骗的不安全感，而是存在于“食品安全、交通安全、环境安全……日常生活的方方面面”。文章的最后，作者从“法律”和“道德”两个方面给出了“夯实安全感”的方法。

文章结构清晰、层层深入、文气贯通、一气呵成，充分体现出写作者的条理性和思辨能力。更难得的是小作者文字背后的人间关怀。

吟咏过往的诗篇，在古今交接处我看到了自己：常怀“仰天大笑出门去，我辈岂是蓬蒿人”的自信，我拥有“安得广厦千万间，大庇天下寒士俱欢颜”的博爱，时而也会发出“哀吾生之须臾，羡长江之无穷”的慨叹，在感叹时光中更加坚定自己的方向。我喜欢沉浸在思想的世界，阅读每一篇文章来推究它的价值所在与作者的所思所感，我忠于追逐自己的梦想。就算遇到不可抗拒的洪流，我也愿意用思想与行动去征服它。这就是我，石宇欣。

石宇欣

外部尊重与内部尊重

社会是人与人结合而形成的整体，生活在社会中的个体都会产生一定需求，但社会的不平衡性也注定了人们的需求不能得到悉数满足。身处其间的我们，或许都如同内心容纳整片天空的海鸥一般渴望翔集在顺心意的“社会”中，也都想真正成为“锦鳞”而畅游于社会，这是我们普遍的价值需求，也是人性应有的追求。

然而，想要真正成为融于社会的“锦鳞”，又岂是凭借只言片语即可抵达的？这需要社会对自己的尊重以及自我尊重，即外部尊重与内部尊重的有机结合。

马斯洛的需求理论在论文《人类激励理论》中被提出，他将人类需求像阶梯一样从低级到高级按层次分为五种，分别是生理需求、安全需求、社交需求、尊重和自我实现需求。其中，社会尊重需求与自我实现需求是人们所追求的高级目标，也是许多普通人终其一生也难以跨越的“天险”般的存在。

在日新月异的时代，科技引领时代潮流，大多数人已实现了生理与安全需求，寻求社会与个人的统一便成为较高生产力水平下人们的高层次需求。此处“社会”是指获得来自他人与社会的尊重与肯定，正确处理人际关系，而“个人”指实现个人价值，获得来自自己的尊重与认可，成为想成为的自己。

那么，我们到底该如何获得外部尊重与内部尊重呢？

想要获得外部尊重，获得稳定的社会地位，不容忽视的是“尚礼”。礼仪是人们进行社会交往活动的行为规范和准则，它往往在细微之处反映人的品行、性格、价值观，它是社会与他人对自己评价的标准之一。

中华民族作为首屈一指的尚礼民族、礼仪之邦，曾经凭借博大精深的礼仪文化通达各方、晓谕世界，对人类文明进步做出了不可磨灭的贡献。新时代的我们，要真正获得社会的认可、他人的尊重，同样必须扬起中华传统礼仪的风帆，荡起友好博爱的双桨，乘风破浪，竭力驱赶人类内部之间的误解以及人性的冷淡化趋向，筑造一个温馨的大家庭。

礼仪面面观

师生礼仪是社交礼仪的一个重要方面。在日常生活中，违背师生礼仪的行为屡见不鲜：两分钟预铃前，学生依旧热火朝天地跑进跑出；上课时学生自由闲谈、交头接耳；学生以较强硬的态度向老师指出错误；学生因其他学生回答问题错误而起哄；下课后老师还未出教室时，学生一窝蜂地涌向教室门口……这些都无一不是违反了课堂师生礼仪，而这看似细微的无礼行为折射出这类学生在礼仪交往中的不成熟，无形中使学生在老师心中的形象大打折扣。若不及时解决这些问题，失礼将会继续成为人们难以获得社会尊重的原因之一。相反，尊重老师、遵守课堂纪律的学生更容易受到群体的接纳，更能够融于现在的“小社会”与未来的“大社会”。

除了课堂礼仪，还有一些常见的失礼行为，比如电话铃响后故意延误而不尽快接听。电话礼仪要求做到电话铃响后迅速接听，提起听筒后主动问候，挂断电话之前先与对方确认，寻求合适时间拨打电话等等。这些看似微不足道的礼仪小节若能真正做到，将有利于人们在自身修养的逐步提高中适应社会，在展示气度的同时散发个人魅力，逐步达到需求理论的社交与尊重层次，获得更高水平的生活质量。

察礼仪点滴，思失礼画面，明礼仪意义，树礼仪风范。只有真正将中华礼仪见诸生活，展示出自信但不骄傲、低调但不卑微的个性，才能处理好他人与社会的关系，获得外部尊重。

礼仪的误区

在社交场合比如商务会议，不同企业高层分别代表着各自的利益，他们都是为着自己的利益而聚集。当面临着利益冲突而气氛严肃的境况，他们无不都先考虑自己的利益，在利益问题上针锋相对地“舌战”一场，但与此同时他们依旧显示出高素质，行为举止不过分激动，十分讲究商务礼仪，维护自己的仪态。但当这些会议径直展现在一些“直率”的人面前时，他们往往冷笑不语，或者开口就说这些人如何“虚伪”“演戏”。

随着“形式主义”话题的兴起，许多人对现代礼仪持一定批判态度，理由是现代礼仪趋向“虚假化”“表象化”，成为人与人之间的“客套”，对人与社会的和谐帮助甚微，甚至拉开了人们内心之间的距离。

其实，我们应当走出礼仪的误区。礼仪绝不是所谓的客套，它是出于对他人的绝对尊重，是人与人之间友好相处的礼俗规定。我们应当还原它本来的面貌，寻回它的本真，传承真正的礼仪。规避功利性心理，抛弃逢迎的“绳墨”，真诚地道一句“谢谢”，赞一声“你真好”，说一句“我很抱歉”，这些都能起到推动人与社会和谐融合的作用，都能在一定程度上协调人际关系，在他人的心中埋下一颗善意的种子。

在社会上找到了一席之地，与他人建立起“淡若水”的“君子之交”的同时，我们更需要做到实现自己的价值，达到自己梦想的高度。

懂得自己

实现自我价值的前提是懂得自己。

懂得自己，是磨难与历练后的自知自参，是自我赞赏与批评的对立统一，是心灵深处想法的主动传达。懂得自己，需知个性、知能力、知不足，更要懂得自己的所需。

每个人心中都有一个自己想要成为的形象，只有通过个体与心之间的信息传递将它塑造出来，真正明白对自己的期望值，之后再去追求期望值的抵达，成为期望中的自己。

无论是选择灯火通明的高架桥还是幽僻静谧的独木桥，只要是你心之所向，只要远方是你要的风景，则无所怨，无以悔，身得安，心渐明。

信念奠定路基

“你现在的痛苦与后悔都来源于过去的不够努力”这句被许多人赞同的论断其实较好地阐释了过去与现在的矛盾。它揭示了人们“不够努力”后自我不满足的“痛苦与后悔”，这是对自己的一种责备。因此，要想真正获得内部尊重，除了懂得自己，还应朝着目标矢志不渝地奋斗，用梦想支撑前进的信念，让信念化为难以遏制的力量，助推自己越过艰难险阻，奠定成功的路基。只有奋斗不息，方能不因碌碌无为而悔恨，不因岁月蹉跎而迷惘，才能更好地实现自我的价值。

宁静中追求卓越

要想获得内心的满足必须寻求心灵的宁静，在浮躁、喧哗的世界中也能脱离出来，回归到属于自己的一席净地。求静的人生，即使在物质的循循利诱下，也能使自己遵从本心，坚守原本的自己，铭记心中所要求的自己。求静的人生，在混乱中依旧明确自我，在坚守中砥砺自我，在困难中蜕变自我，使自己越来越成为自己所期望的人物。

人人都希望自己有稳定的社会地位，希望个人能力和成就得到社会的承认。也正因为我们是社会中的人，所以会想要满足自己一定的需求，包括社会与个人提供的外来尊重与自我尊重。其实现程度一定意义上决定了人生的高度，也体现了个人对社会的贡献程度和对自己实现程度。

然而，外来尊重与自我尊重的共同实现绝不是单方面作用的结果，社会方面也必须提供一定的条件。

首先，毋庸置疑的是中华民族的尚礼习俗应得到批判地继承与传扬，礼仪作为人们进行社会交往的行为规范与准则，必须被重视。既然是中华传统文化中的重要组成部分，我们更应该续写它的光辉，加强礼仪制度建设，奏响礼仪的时代乐章。

其次，社会应当提供良好的能力展示平台，建立健全人才激励制度，公开表达对个人的认可，让一系列有能力的骨干脱颖而出，帮助其实现自身的价值。

最后，社会与个人只有成为有机结合的整体，相互协作，相互促进，个体学会与他人精诚合作，取他人之长补己之短，才能推动社会发展进步的同时促进个人的发展。

人类需求总会随着社会发展而变化，但可以肯定的是，人类的精神需求将在物质水平高度发达的社会成为衡量需求满足度的主要指标。因此，实现外部尊重与内部尊重将成为不可避免的机遇与挑战。

（作者学校：湖南省长沙县第一中学）

专家点评

人之为人在于人的社会属性。本文就从这一点入手，提出想要更好的成为社会人必须关注两个方面——外部尊重和内部尊重。外部尊重是指，社会对个人的尊重，文中小作者强调了礼仪在外部尊重中所起到的作用。内部尊重是指自我尊重，小作者通过“懂得自己”“梦想支撑信念，信念奠定路基”“宁静中追求卓越”三个层面进行了论述。本文初步展示出小作者对“概念”的思考能力，并能就自己生活之经验在自己的认知范围内达到合理、清晰的阐述。

希望作者在今后的学习中，不停下思想的脚步，不断更生自我认知，使自己的文章富有穿透力。

我选择了学“理”，但不能阻隔我对“文”的偏好。自小学习水彩国画，对文学音乐也颇有兴趣，认为这世间的美似乎是相通的。《诗经》的“宛在水中央”，桑塔亚的“我与春天有个约会”，川端康成的“凌晨四点，看海棠花未眠”，读来总是让人内心充满美好。我崇尚纸质书籍的阅读，崇尚从文字中悟出透彻的人生，崇尚丰实而有思想的生活。人生路漫漫，吾辈方醒觉。

罗展仪

浅论秦始皇的是非功过

——重读《史记·秦始皇本纪》

初识秦始皇是源于历史教科书中的秦始皇像和秦始皇陵兵马俑图。教科书给秦朝贴上了“暴秦”的标签，让我从小就知道这个短命王朝是由于秦始皇推行“暴政”终致二世而亡。前些时日，我有幸前往西安一睹兵马俑真容，被这“世界第八大奇迹”的规模之大、艺术价值之高、历史影响之远所深深震撼，心中有了一探始皇帝真相之想。回长沙后，重新翻阅《史记·秦始皇本纪》，查找各类有关秦史的书籍和秦始皇的是非功过评说，可以说是褒贬不一、聚讼纷纭、莫衷一是，真有些乱花渐欲迷人眼却始终不能拨云见日的感觉。联想起明代文学家杨慎“滚滚长江东逝水，浪花淘尽英雄”一词，不管秦皇汉武、千古一帝、是非功过，还是寻常百姓、柴米油盐、家长里短，谁又能完全讲得清、道得明呢？不过都是茶余饭后之谈资而已，于是顿生“寻常学子亦可煮酒”的胆气，有了此篇秦始皇是非功过的浅陋之言。

一、秦始皇的过

在中国古代社会，除了少数争论家、史学家以分析的态度看待秦始皇以外，大多数均将秦始皇彻底否定予以批判，在一片指责、咒骂声中，树立起一个极端化的“暴君”典型。千百年来一提到“秦始皇”三个字，人们脑海中就会立刻浮现出一个凶神恶煞的形象，列举的罪状归纳起来主要有三条：

一是严刑峻法，高压统治。秦在商鞅变法以后，即全面推行法家路线，贾谊、董仲舒等人认为秦始皇统一六国后，更加变本加厉，完全废除孔孟提倡的先王礼乐治国之道，以严刑峻法压制一切反抗势力，狱吏成为统治天下最有利的工具。《史记》、云梦秦简等文献记载的秦朝死刑种类就有“腰斩、弃市、枭首、戮尸、车裂、釜烹、坑、夷三族（父母妻三族）”等十几种，惨烈恐怖可谓集刑戮之大成。死刑之外有籍（一门皆没为奴隶）、谪（充军）、鬼薪（为宗庙采薪三年）等等。秦始皇博浪沙被袭后，全国大肆收捕刺客而不可得，便下令将博浪沙方圆十里内杀得鸡犬不留。任何人都不能拂逆这个始皇帝的心意，哪怕是他的嫡子扶苏，也因为劝他不要坑杀儒生而被贬，发配到北境去监军守长城。

二是焚书坑儒，钳民之口。秦始皇焚毁诗书，坑杀儒生四百多人，“钳民之口”目的暂时成功，却造成了中国文化史上的巨大浩劫。最恶劣的影响是战国以来自由思想的学术精神遭遇顿挫，给后世帝王屡兴“文字狱”提供了极坏的榜样，也成为公认的秦始皇一桩大罪案，历代儒者以此为证对其抨击最多、诅咒最重。

三是赋敛无度，徭役繁重。秦始皇时代人口有一千多万，收取的赋税高达人民收入的三分之二，经济负担可谓酷重。加之大兴土木，修阿房宫、郦山墓、长城、水利、驰道等一系列旷世工程，滥用民力弄得男子不得耕种田亩，妇人无法绩麻纺织，老弱服役辗转途中，病者不得修养，死者不能埋葬，人民焉能不切齿怒恨，社会经济基础焉能不剧烈动摇。以骊山陵墓为例，前后修建将近40年，常年劳作的刑徒和工匠多达数十万人，陪葬品极其奢华。[①]正是由于秦始皇好大喜功，统一六国后，没有实行轻徭薄赋政策，给人民以“休养生息”的机会，对内大兴土木，对外劳师远征百越、匈奴，使广大人民群众苦不堪言。随之陈胜、吴广揭竿而起，天下云集响应，转眼便推翻了秦朝的统治。难怪唐代杜牧发出“秦爱纷奢，人亦念其家。奈何取之尽锱铢，用之如泥沙？”[②]的谴责，汉代贾谊发出“一夫作难而七庙隳，身死人手，为天下笑者”[③]的慨叹！确实，“族秦者，秦也，非天下也。”说的多么深刻啊！“使秦复爱六国之人，则递三世可至万世而为君，谁得而族灭？”[④]，警世之言也，对于今日之执政者亦是金玉良言！

二、秦始皇的功

秦始皇姓嬴名政，十三岁继承秦国王位，二十二岁亲政，三十九岁统一中国，享年仅50岁，实际执政不到30年，却上承1000年，下启1000年，功高盖世，堪称“千古一帝”，归结起来其功主要有三点：

一是缔造了史无前例的大一统格局。秦王政二十一岁，嫪毐淫乱后宫事发造反，因失败而被灭族。秦王政乃乘机夺回太后的政权，并在亲政后，罢免吕不

---

① 始皇初即位，穿治郦山，及并天下，天下徒送诣七十馀万人，穿三泉，下铜而致椁，宫观百官奇器珍怪徙臧满之。令匠作机弩矢，有所穿近者辄射之。以水银为百川江河大海，机相灌输，上具天文，下具地理。以人鱼膏为烛，度不灭者久之。二世曰：“先帝後宫非有子者，出焉不宜。”皆令从死，死者甚众。葬既已下，或言工匠为机，臧皆知之，臧重即泄。大事毕，已臧，闭中羡，下外羡门，尽闭工匠臧者，无复出者。树草木以象山。

② 杜牧：《阿房宫赋》。

③ 贾谊：《过秦论》。

④ 杜牧：《阿房宫赋》。

韦。从此，秦王政大权独揽，致力于扫定六合的伟业。秦王政一方面任用运筹帷幄的李斯、精通谋略的尉缭、能征善战的王翦王贲父子、蒙恬蒙毅兄弟，连续打击六国，不给六国以喘息的机会；另一方面，致力连横，破坏合纵，远交近攻，孤立对手，逐个击破。十年间，秦国以迅雷狂飙之势，先后把韩、赵、魏、燕、齐依次灭亡，到公元前221年完全统一了中国。秦吞灭六国，结束了春秋战国数百年来的战乱，并乘势北击匈奴、南征百越，缔造史无前例的秦朝大一统局面，奠定了之后两千年中国版图的基础。自始，“中国”二字方成为中国的真正代称，具有具体的实际意义，“大一统”观念从此深入人心，至今不容分裂。

二是开创了典型的中央集权政治体制。秦王政继商鞅之余烈，以法家思想为骨干，又采纳阴阳家和儒家部分学说，建立了自上而下的中央集权政治体制。首先，他自认为赫赫武功超越三黄五帝，故自命为“始皇帝”，以法家的法术建立皇帝绝对独裁地位，将“朕”定位皇帝的专称，命称“制”，令称“诰”，下臣上书称“奏”，君臣规矩绝对不允许有逾越；天下大事完全由皇帝一人决定，皇帝拥有至高无上的绝对权力。其次，在朝廷设三公九卿，废分封、设郡县，官员由皇帝亲自任命，只对皇帝一人负责，全体官员辅佐皇帝维护国家的运行。上从朝廷下至郡、县、乡、亭、里，构成严密灵活的统治体系，集中了政治经济军事等权力，巩固了帝国的统一，实不失为顺应时代潮流的一种进步的政治结构。再次，统一度量衡、统一币制，推行书同文、车同轨，整饬风俗文化，力行重农抑商，促进了国内统一、往来交流和经贸文化发展，对以后几千年的经济文化发展起了重要作用。可以说秦始皇是定一制而传千古，汉承秦制以后，“秦制”的基本原理和基本框架一直贯通了此后两千余年的政治制度。

三是奠定了中国以律法治国的传统。参照商鞅变法定的律令和六国律法，加以修订完善，形成系统的《秦律》，正式颁发全国施行，对巩固帝国统治、安定社会、促进经济发展发挥了巨大作用，并对后世封建律令的制定和以律令治国的影响极大，正如司马迁《史记》评价："明法度，定律令，皆以始皇起"。直到今天，依法治国仍为治国之首纲。

总之，秦的统一彻底改变了春秋战国以来的分裂态势，在政治制度、文化思想、经济形态、疆域土地等方面都开辟了亘古未有的大一统局面，其功应主要归于秦始皇。秦始皇在作为秦王政时，其果决英勇、明智有方令人称赞；统一中国后，虽然刚愎自用，为政猛于虎，但宵衣旰食，是一位勤政有为之主。他所力推的修驰道、修水利、修长城、戍边境、北击匈奴、南平百越、凿灵渠开发岭南等等，均属务实之举，功在当代利在千秋。但他又骄奢淫逸，大修阿房宫、大造骊山陵墓，好大喜功，急功近利，不体恤人民，导致民力耗尽，百姓纷纷破产败家，"富者田连阡陌，贫者无立锥之地"。最终民众只能揭竿而起，起义洪流随即便冲倒了秦帝国的大厦，"一世、二世、三世而至万世"的设想只能成为人生如梦般的虚无。不管怎样，秦始皇作为历史人物的功过是分明的，从历史发展的大势看应是功大于过，正如李贽所评"始皇帝千古一帝"。但他的过失也不能低估，后人在哀之的同时也必须鉴之。我们应尊重历史，以史为镜，运用马克思主义的唯物史观，站在人民的立场上，用发展的进步的观点评价历史人物，从而得出更加客观的结论。

参考文献：

1. 司马迁《史记·秦始皇本纪》

2. 张分田《秦始皇传》

3. 贾谊《过秦论》

4. 杜牧《阿房宫赋》

5. 苏洵《六国论》

（作者学校：南雅中学）

专家点评

一名中学生，敢于评价千古一帝秦始皇的功过是非，实乃勇气可嘉。因为这不仅需要宽阔的历史眼光，还要有辩证的哲学思维。应该说小作者做得不错。

与以往的评价写法不同，小作者采取了先抑后扬的方式，首先对秦始皇的过失进行了点评。政治上的集权、文化上的钳制以及经济上的盘剥，论述得层次分明、井井有条。

“百代都行秦法政，十批不是好文章。”大一统、中央集权、法治的政治理念，成为此后治理国家的政治原理，一直在影响中国后世之朝代，可谓功在千秋。小作者较为公正地评述了秦始皇给中国留下的政治遗产，颇为难得。因为这需要克服偏颇的历史观，运用辩证的眼光才能得出的结论。

因此，我们说小作者具有学术家的功底——求真精神，小作者不仅在阅读上有鉴别能力，还能结合考古现场（兵马俑）推进自己的思考，这在当下中学生缺乏把经验和历史、社会相联系的局面下，是非常难得的事情。

仍然要指出的是表达的问题，可从贾谊、韩愈、柳宗元、王安石等大家的政论文中吸取营养，把文采与议论结合得当，小作者的论说功底定会有更大的提升。

玛雅文明世界末日凌晨六点的钟声中，我降临人世。在父亲的笔墨丹青中领悟静水流深，也曾靠在母亲的垒垒立柜之间博览历史烟云。当青藏高原旷远的骨笛声传入耳畔，便下定决心练习笛子，至今仍爱不释手。身体中流淌着姥爷作为抗日老兵的一腔热血。每至临窗挑灯夜读，沉醉于《菜根谭》的闲适畅意，也感慨于《麦田里的守望者》中对美好长久驻足的等待。浸润在《浮生六记》中无法挽回的悲伤，也想象着改变《呼啸山庄》的一世情愁。而当林林总总的真实世界展现，每每忍不住有感而发，纵使不能“射杀山中白额虎”，也应“誓令疏勒出飞泉”，而非衰朽至“世事蹉跎成白首”。

邓科薇

从演艺圈潜规则看中国的信仰缺失

刘乐妍，台湾人，因台湾娱乐经济低迷而成为“北漂”一族，堆积在燕郊一间房间的小角落里的物品是她的全部家当。她满怀憧憬地来到大陆，希望在娱乐圈中开辟自己的一片天地，然而面对潜规则，迷茫而无助。

今年闹得沸沸扬扬的王宝强离婚案，让人产生对爱情的无力感，而在一纸离婚协议中，那即将被分割的家产、房产和各种奢侈品，更让人目睹明星生活的奢靡。远方是灯红酒绿、纸醉金迷的豪奢贵族，近处又不乏沿路乞讨、食不果腹的贫困寒门，时空转换的巨大落差间，折射出这个时代所造就的贫富不均与不公平。特别在娱乐圈，为何有的人信仰缺失，却富可敌国，物质财富能无限膨胀？为何有的人满怀信心，却衣衫褴褛，只能望着生活渐行渐远？

财富的集中造成了整个社会的庸俗化取向。人们拼命缩小身躯钻向社会的塔尖，权力与利益的山头林林总总，使人难以呼吸。于是人们拼命想在遍地黄金的娱乐圈大捞一把，而娱乐是生活的一部分，娱乐圈所提供的职位是有限的，于是乎，网络直播大行其道，市场低迷的东北的喊麦大军大批涌进网红圈，演艺圈的财富被极尽开发，而演艺圈的饱和化却使得同质化现象更为严重，物质化的竞争也愈加猖獗。孔子曾有言："三人行，则必有我师焉，择其善者而从之，其不善者而改之。"这句话似乎放之四海而皆准的名言，在今日的娱乐圈却早已变味，是好是坏，孰是孰非，在追逐利益的人眼中早已不再重要，金钱成了衡量万物的尺度，随波逐流成了普度众生的至理箴言。《甄嬛传》的开播，不是对中华古典礼仪文化的弘扬，而是大批生产了低质、粗制滥造的俗气宫斗剧。面对众多复制版的甜心美女，估计包拯也得"汗颜"了吧。

崔健在北京举办了一场摇滚音乐会，台上年华不再的歌手卖力唱着那首曾经红遍大江南北的《一无所有》，台下白发苍苍的老叟拼命扭动身躯追赶那来自上个世纪的节拍，这场面怎能令人不动容？那些近乎用余下生命狂欢的人们，在市场化大潮里，终于沦落为一无所有。但在摇滚的强劲的节拍下，他们随之而动，仿佛要拾回那曾经的狂放不羁，曾经的生命豪情。然而面对不公，我们却往往缄默无言，抱怨自己未能左右逢源。具体琐碎，正磨耗着我们的浪漫绚烂；平庸世故，正消解着我们的万丈雄心。有时，我会很羡慕《水浒传》中的英雄好汉，敢爱敢恨，有血有肉，逞英雄意气，扬万丈豪情，而当今时代，个性的消亡带来需求的庸俗化取向，面对形形色色的演艺圈明星，嬉笑怒骂，好恶褒贬，凑成一伙便成王道。在大众庸俗化需求下，对演员的取舍标准正走向模糊化，而整容技术日益提高的当下，凭颜值高而上镜的演员占据演艺圈半壁江山，潜规则由此蔓延。

在众目睽睽下，泛滥的潜规则无疑将民众的信仰缺失暴露出来。面对依靠金钱、关系甚至出卖自己身体就能得到名誉地位，演员开始丧失底线，为了表面的璀璨夺目，对暗箱操作习以为常。既然黑暗中无人制止，也不用担心突然的闪电将丑行暴露，那为了白日下的所谓熠熠光辉，又何乐而不为？孟子的“利义观”天平在此时似乎完全倒向了前者。对一个民族来说，没有底线比没有实力更可怕。

再者，现代传媒能聚集来自不同时空的各种信息，对人们生活产生重大的影响。潜规则的蔓延彰显着演艺行业准入门槛的下跌，真正高雅的文化产品越来越少，人们的娱乐生活被夺人眼球却庸俗不堪的各种节目填充，当人们对事物的基本评判标准被拉低，又怎能奢望大众需求的质量提高，消费需求影响着生产，于是娱乐产品生产进一步庸俗化，这种恶性循环无疑将国家拽入深渊。

而当演艺圈逐渐饱和，人多粥少，在价值规律的作用下，必然导致财富过分集中于少数人手中，进而造成经济泡沫化加剧。贫富悬殊越来越严重，这将影响经济发展的稳定，社会发展的和谐。去年里关于“死亡之船”的报道至今仍记忆犹新，一艘普通的“鲁莽号”渔船在平静的海面上漂流数十天中，上演了血腥残忍的一幕。一群脱离文明社会制约的人，因为猜忌而分离，因为害怕被杀而杀人。张爱玲曾说：“信仰，站在我们渺茫的背景里，间接的是一种力量……悠悠不断地在我们中间交织着生的纠纷，继续着生的理想。”脱离了文明，他们就没有信仰作为依托，曾经被压迫，受屈辱的悲愤一瞬间激发。《白鹿原》中有一句经典的台词：“痛苦是因为被僵住了，才转不到别人的角度体会别人的无助。”他们的痛苦也许是社会的不公所造就的。他们感慨为何许多人碌碌无为却能腰缠万贯，而自己终其一生也只能甘于贫困。没有信仰的他们依靠无情的杀戮来泄愤，于是产生这一震惊世人的悲剧。由于信仰的缺失而引发的社会问题引人深思。

时至今日，人们的物质生活有了大幅度提高，但是新的精神信仰却没有确立。演艺圈潜规则，归根到底就是信仰缺失的问题。唯有规则才能粉碎潜规则。在演艺圈，如果使每一个演员的出道都按照程序严格审查，没有“特权”通道，潜规则会在制度下消失。

尊重正义才能重塑时代信仰。望茫茫天宇划过闪电，照亮世俗人们的眼睛，希望浩瀚夜空中挂着明星，指引人们前行。

依靠潜规则，可能会得到瞬间的名誉与财富，可浮夸的幻影总会破灭。我们应正视精神家园的荒芜，演艺生态的畸形，并且相信，唯有良性的信仰才能粉碎一切不良潜规则。

（作者学校：明德中学）

专家点评

写作是“感于哀乐，缘事而发”，小作者面对当今演艺圈的乱相丛生而心生感慨，可谓言之有物。这是写作的一个基本的、良好的起点。

更可贵的小作者能在乱相中看到的根由——由于市场经济的畸形发展，导致财富的不公平分配，“演艺圈的饱和化却使得同质化现象更为严重，物质化的竞争也愈加猖獗。”“娱乐致死”的大众取向也导致了庸俗化的文化取向。

面对市民社会金钱拜物狂的社会现象，小作者给出的答案——重建良性的信仰才能粉碎一切不良规则，反映了小作者的义愤填膺和道德批判。

“雄关漫道真如铁，而今迈步重头越。”信仰的重建，要综合政治经济文化各方面的组织力量，非一时一日之功。同时，小作者还需要在叙述逻辑和语言的精炼方面再下些功夫。

一支笔，一盏灯，一本书，便可构成五彩的世界。不论是清晨还是深夜，不论静谧还是喧嚣，余秋雨先生笔下的敦煌永远令我神往，我跟随余老先生的步伐，从黄沙漫漫的西北穿过，到达历史斑驳的中亚，也曾有跪在荒漠中为中华文明痛哭的冲动，亦有渴望迷醉在塞万提斯故里的心动。文化的刻痕或浅或深，都有着穿越千年历史的厚重，这即是我对它的理解。

刘伊玲

“一刀切”还须三思

——致马云先生的一封信

尊敬的马云先生：

您好！您作为阿里巴巴集团的创始人，我们尊敬您、仰慕您，也以您为偶像，以身作则，树立人生远大的抱负。在课余时间中，我总是关注贵公司的一些活动。贵公司近期的特制月饼售卖活动，因为程序员的违规，带给中秋节一些遗憾。您作为集团的创作人，是集团的最高管理者，或许在您的眼中这是一件重大的事情，您认真地对待和处理，并果断地开除了违规的程序员。对此针对您的“一刀切”，我做出了以下的思考。

第一，从贵公司的管理角度而言，虽然违规应该受到相应的处罚，但是您开除的员工是一线员工，也是集团的核心员工，因为仅仅是一件微乎其微的事情，惩罚未免太过于严重了。程序员所为实在是无心之举，有着单纯的目的，并没有以抢月饼贩卖盈利为目的，也没有盗取公司的机密，仅仅是在中秋之际帮助亲友抢购一些月饼。您直接追究四名核心员工的责任，给予严重的惩罚忽视了员工的出发点。试想：作为一个学校的最高管理者，一旦学生犯下了一点点的错，每个学生都要被开除，这样真的好吗？编写比较简单的代码，普通计算机专业的学生就有此能力，但因为贵公司的管理有漏洞，在人才和技术管理中并没有做到专业上的技术支撑，所以，四名程序员实质上问题并不是很大，而您直接惩罚他们，和贵公司的管理理念不相符。

第二，从贵公司的企业文化角度而言，贵公司的发展近些年来成长速度越来越快，在您的带领下，我们看到了业务的成长。同时你们公司始终坚持客户第一、员工第二、股东第三的价值观，并尊重他人，维护公司形象，尊重客户，站在客户的角度思考和处理问题，注重团队的合作建设。但是对于中秋时节这一事件的处理，您虽然站在顾客的角度为顾客谋求更大的利益，但是忽视了员工作为你们公司的储备力量，为贵公司的发展做出了自己的贡献。在中秋佳节发生的特制月饼活动中，员工的亲人也是您的顾客，这严重的处理，直接忽略了顾客第一的这一价值理念。因为贵公司企业文化的建设更要全面加强，保障顾客的权益，保障员工的权益，保障公司的整体权益。

第三，就贵公司的技术建设保障工作而言，不可避免地存在漏洞。员工的出错固然和贵公司的技术支持有一定的关系，但是错并不完全是四名程序员的。这一事件说明贵公司的技术建设保障工作不足，需要从根源找起，彻底地解决问题。淘宝对事件的处理细则虽然尽可能地兼顾了各方利益，符合了国家需要，中小卖家对最核心的焦点问题已经有所表态，但是，中小卖家的弱势地位不会有任何改变。自古救急不救穷，淘宝不能保证不同情况，不同努力，不同品质的商家都能赚到钱，这不是淘宝的义务，也远超淘宝的能力。对于非淘宝卖家的恶意破坏行为的追讨也将进入实质阶段，这次攻击的阶段性胜利并不能改变淘宝的强势地位，让淘宝如此窝火的行为，必然导致淘宝在今后更加隐蔽更加精确也更加严厉的惩罚。批评马云的各种说法，有诛心过甚之嫌。中国历朝历代中，诸多的斗争阴谋，无不以诛心为否定一个人的最佳手段。否定一个人并非看其做了什么，而看他的态度、立场、出发点，打败一个人往往以诛心为始，以肉体毁灭为终。在我们天天批评社会的时候，我们是否意识到，我们自己也在无时无刻不在用着同样的逻辑去评价一个人的功过是非。

因此，贵公司的管理层对品牌建设和维护缺乏概念，危机管理意识薄弱；管理层权力不均衡，某些部门老总被边缘化，无法参与重大事项的决策；政策制定少数人说了算，甚至可能未经严格的分析论证，或存在家长做派、拍脑袋决策的情况；贵公司管理层缺乏沟通的技巧，无论是对内沟通还是对外沟通都显不足；公司内部的规章制度执行不严，部分体现核心价值的规章流于形式。作为集团的最高创始人，您更要三思，从根源找问题，分析事件的性质，找到最合理的解决方法，维护各方的根本利益，进而逐步的提升公司的整体形象。

此致

敬礼!

刘伊玲

（作者学校：明德中学）

专家点评

这是一篇源自于对社会热点问题敏锐观察的文章。作为一篇讨论处理事物能否“一刀切”的作文，它采用了颇具创新意味的书信形式，以“淘宝程序员因违规抢月饼被开除”事件为核心，从企业管理、企业文化、技术建设保障的角度展开论述，触及企业理念与制度方面的问题，反映出作者明确的观点与较为深入的思考，体现其思辨能力、现实关怀与社会责任意识。

虽然作者的论述存在简单化和观念先行的倾向，基本观点及论证方法也存在一定问题，且语言也有些套话，但她能够突破表面现象、进入制度层面进行讨论，这是值得肯定的；其参与意识在当下“冷漠病”流行的时代风尚中也是比较珍贵的。

我，不喜多言，默默无闻，喜欢安安静静的一个人坐着书桌前阅读，喜欢在灵感突现的时候拿起笔写下瞬间的感悟，喜欢朗朗上口和韵味十足的诗词歌赋。偶尔还背上背包走在公园、河边、山脚、田埂上，让眼睛饱览自然风光的清纯和青涩。简简单单的我！

潘　昶

一束月光的喟叹

一

他是相府里，集万千宠爱于一身的掌上明珠。

他是静安口中“北宋以来，一人而已”的才子词人。

他是志摩笔下，“催谢了漫山荼蘼，催盛了烟火盛开”的翩翩公子。

他是天下痴情种，他是人间惆怅客，为情流泪，替月伤心。

“人生若只如初见，何事秋风悲画扇，等闲变却故人心，却道故人心易变。”

这是他最深沉与迷茫的感慨，那么哀愁。从此，那么多人，驻足在他的词句里久久徘徊，不肯离去。

他沿着历史的长河漫溯，欸乃一声，我们都被他摇在了橹声之后，他的身影渐行渐远，成了那一束月光的喟叹。

二

“昏鸦尽，小立恨因谁？急雪乍翻香阁絮，清风吹到胆瓶梅，心字已成灰。”

这是我读到过最无奈的一阕词。

昨日，你手握的柳叶将山色扰乱，我心跳如鼓。有些话，只想说与你听。纵使万水千山相隔，也同赏一弯眉月。

而如今，却相见时难，咫尺天涯。仿佛曾经的花开，过往的莺啼都只是一个梦，一醉不醒。

究竟是什么让我们分离，岁月何时用金叉在你我之间划开了罅隙。你骑上了白驹，驰向远方，而我被遗留在世界中央，听雨声，叮叮当当。看月光，那么凄凉。

于是银字笙调、心字香烧。

我的心化作一片卷起的枯黄的树叶，被风吹落到了地上，埋藏在人烟稀处，多想将缱绻诉与她听，只是多情，到底难耐酒阑时。那么赤诚的爱国，毫不虚情假意，也不矫揉造作，那么无奈。

望向窗外：冷雨、西风、画桥，屋中凄清的烛火，闪着寥落的光芒，桌上只有一幅未干的词作，只是那些思念，再无法诉与你听，化作泪水，飘零天际。

谁翻乐府凄凉曲？风也潇潇，雨也潇潇，瘦尽灯花又一宵。

不知何事萦怀抱，醒也无聊，醉也无聊，梦也何曾到谢桥。

三

明月多情应笑我，笑我如今，辜负春风，独自闲行独自吟。

儿时的冬郎最爱抬头仰望天上那一弯皎月。

华服锦衣，龙肝凤髓，他有着让人羡慕的地位，却饱尝孤寂的滋味，无人相伴。是阿玛吗？可冬郎大多时候见他，都只是一副严肃的面孔，皱着眉，望向远方；是额娘吗？可冬郎只能被她抱在怀里，用轻罗小扇将午后度去，而留在记忆中，只是模糊的字句与额娘翕动的嘴角。是那一个个小厮、丫鬟吗？可冬郎只能看着他们木着脸，谦卑的鞠躬，说一声“公子”。

他需要的并不是这些。在孩子的世界里，快乐不用拥有金山权力，欢言不用众宾环绕，只需要朋友三四，去看那一树一树的花，去听那深林间燕的呢喃，去嗅阳光的味道。对，光是有味道的。当他红着脸激动地把这一切告诉阿玛与额娘，换来的只有温柔的抚慰。

“傻孩子，月光怎么会有味道呢？可是昨夜不曾睡好？小脸红彤彤的。”

满座权贵善意地微笑。

冬郎不懂。他只是困惑——为什么，大人的世界里月光没有了味道呢？这个秘密一直藏在冬郎的心里。

每当他，用充满好奇的双眼，望向这个繁花似锦的世界，视线穿越万水千山，却发现只有寂寞相伴。皎月长明，世界万千，每个人都是一段情缘，却在生活中失去了颜色。还有多少人，能在长大之后，嗅到月光的味道，保留心底晶莹的澄澈善良？

多年以后，加冠的容若，在无数个众星黯淡、孤月当空的夜，依旧分明能感受到月凉如水的温柔，嗅到那丝缕缠绵的月光。此夜红楼，天上人间一样愁。

辛苦最怜天上月。

四

我固执地认为他本来是最无理由哀愁，却最为哀愁的人。他的哀不同于少陵，少陵的哀愁总怀着天下苍生，总含着国破山河的痛楚；他的哀愁不同于小山，小山的愁是当时明月彩云归，如今“落花独立燕双飞”的凄凉；他的哀愁不同于李易安，易安的心中有了太多阴阳两隔的悲鸣，纵使他有亡妻，但他的思念像路旁的野草一样“同向东风各自愁”。

他的一生有着不尽的富华，令人望尘莫及的富贵，可他只是如此哀愁，为这个世界感到真切的寂寞。

幸福是什么？于我们而言，或是功成名就，或是衣锦还乡。只有他，在金色的殿宇里，向往着窗外自由飞翔的鸟，即使栉风沐雨、颠沛流离，但远方才是他想要的生活。其实人的一生之悲哀不过如此，我们都向往别人的生活，却不曾发现：也许你的现在也正被别人期待。

他的哀愁无迹可寻，转眼便飘散如烟，却住进了他心底一生也未曾走出去，于是他用了一生，去哀愁，终于在雪夜飘落了一地雪花。用星影去酝酿寒沙，用微茫编织浪花。

别有根芽，不是人间富贵花。

寒月悲笳，瀚海西风万里沙。

五

昨日的他，看遍了人世繁华，穷尽一生，去寻找一个答案，去解一个无解的感叹；如今的我们，正如南飞的鸿鹄，在苍穹上划过淡淡的云沙，却终会被岁月抹去了痕迹。

人生就究竟是什么啊？朝晖夕阳，匆匆老去，枝头新绿早已失了去年踪迹。不过是以你自己的方式走一遭。在你远去后，会有人为你感到如此真切的寂寞。

“被酒莫惊春睡重，赌书消得泼茶香，当时只道是寻常。”我想我总该是明了这句词。

窗外，依旧是清冷的月光，那么寂寞地亮着。

六

我们都是一片枝上的绿叶，老去便化成了春泥，成了后人的感慨。我们无法选择生长的枝头，却可以选择迎接风雨的姿态。

容若用哀愁，度尽了浮生，用情至深。那么于我们而言，该用一种怎样的态度对待人生？

以向阳的姿态，展现美给世界，成就那一束月光的喟叹。

（作者学校：周南中学）

专家点评

潘昶同学的《一束月光的喟叹》描述了自己读纳兰性德的诗词时候的感动。可以看出小作者是沉浸在古诗词的天地里，与词人同情同心，甚至就连行文风格也沾染上了古诗词的韵味，带有独特的美学特征，这一点是值得鼓励的。这有助于小作者提高人生的境界，领会中国古典文化的博大精深。

但特别要提醒的是，青少年写作不宜长时间陷入对于古典文学的模仿，更不应该逞才使性，而是应多关注现实生活中的问题，将自己的美感经验扩大，才不会对纤弱情感反复咀嚼，甚至造成自我封闭。

阅读让我与作者和时代对话，让未曾亲历的情景清晰地浮现在脑海。提笔写下胸中文字，捕捉的除了刹那灵机，还有真挚而纯粹的情感。我想，我之所以向往文学，正在于一个个符号，可写波澜壮阔，亦可写风平浪静。

田甜俊子

真

昨日负手踏青云
今朝孤襟出雁门
荣华身
一时幻
一时真

——小曲儿《对黄昏》

一

天阴，人在白昼也如在暗夜昏沉。不知来处的风，绕开青灰的山，绕开山中负箧挥墨的文人，偏去撩拨石前的苇草。日暮，穹顶边炽热的颜色，我一生也绘不出，只好就着温酒咽下喉咙。

“献吉，”我颤巍巍地斟满一樽，举起，推至石案那边，“敬你。”我想笑，却顿住，无言良久，恍然一拂面，方知为何口中咸涩。忆起那日你我饮酒，相谈甚欢，临了要走，终把此行目的说了出来。

“对山，你且再归去任官吧。”

我装作未闻，自顾斟尽盅内最后一滴酒。

“你要如何与那咿呀戏曲度过终生！”你语气略急，“你因救我被牵连，我如今已有权势，足够助你东山再起。”你站定看我神色，我抬眼对上你的目光，笑了。

“此生已无憾，何必为争身外事再去奔劳。”

“糊涂！”你冷哼一声，应是气极了，离开时撞得木门吱呀响，苦苦攀爬了很久的藤蔓也被震落在地上。马的嘶鸣传来，紧接着一阵细碎却紧密的马蹄声踏乱了我的心绪，又渐渐远离。从我手中的酒杯里不慎洒出几滴酒。我不去看你的背影，我知道，你不会回头，同年少时一样。

师曰：“缮于世者先缮己也。”

你笑了，不以为然。“处污浊混沌之世，如何缮己？”竹林中零星的几片树叶飘落。我把目光看向别处，不和其他人一样做出惊讶的表情。

“献吉，你且问对山如何解。”

你眼眸很亮，甚至炽热，含了笑意看我。清晨的水汽将你颀长的身姿包裹，好像要将你与团团绿色隔开。我想说的话哽在喉中，最终吐了出来，语气却轻得像游丝。

“不能缮己，缮世更难。”我顿住，想就此为止，老师却示意我继续说下去。

“君子必先缮己。污浊混沌之世难缮，则退称隐士，或隐于朝堂，或隐于山林，保藏身性。”

你再无笑意。

“若不缮世，君子何用！”你将白袖拂响，决然转身离去。

“献吉！”我抬起脚去追，耳边生风，却也能依稀辨出零星鸟鸣中老师那声长长的叹息。

我考中状元，享尽古今读书人梦寐以求的殊荣。而你已先我六年中了进士，浮沉于宦海。你来赴贺宴，不像旁人一样或送寿参或珠玉，而是抱了一截手臂长的绿竹，踏着爽朗的笑声步入喧闹喜庆的屋内，将它递给我。

“状元郎，日后定会平步青云呐！”

我接过竹子，指腹感到几丝清凉。它通体碧翠，被打磨得很好。它熠熠生辉，甚至要盖过那些珍宝的光芒。“大人莫取笑，想来您已在青云之上俯瞰众生许久了罢。”我接过话，直直将包袱扔了回去。

你走近些，面庞微红，放在我肩上的手也微颤，忽又笑开。“对山，我二人若再如此，美酒佳肴都要被人抢去了！”

“诚然，诚然。”我朗声笑着，屋内众人也适时喝道：“好兴致！”

数年无事。正是季冬，我打发一个小童去扫园子，他总一惊一乍，被园里小虫惹得分神，以至于扫帚根本挥不动。我本想出言呵斥，却觉得此刻悠闲不堪扰，便由他去，自顾卧在藤椅上。约莫过了一个时辰，他总归将新雪扫开，地面露出了一小块一小块的青灰。突然我听不见他的声响了，睁眼一看，他直冲冲地奔近，递上一张泛黄的信纸。

我见此信竟未封，想来是十万火急，打开只见赫然四字——“对山救我”。我心下猛地一沉，便咳嗽起来。小童见此情形，知晓应把原委说清，急急道：“方才一男子唤我，速速把这个给先生。”

我盯着那仓促字迹，顿觉口渴，唇舌干涩至极，却顾不上饮上半口茶，思来想去许久，决意当晚前去拜谒一个人。我清楚他的权势足够令你免于牢狱，我也清楚，此行之后，我再无法置身事外。

二

从在众人脚底摸爬滚打，到如今坐拥万贯财富、至高权势，我已记不清这之中充斥了多少生不如死的时刻。世人皆唾弃我专权蛮横，狠辣而不择手段，可我不曾因此有半根毫毛的损伤，为何要在意？我明知那些假笑和奉承之下是不屑甚至憎恨的嘴脸，却仍乐此不疲。几近半生的血泪，都是为了今日。他们皆因我为宦官而鄙视我。可怜的读书人，从古至今又有多少应中科举，布衣变卿相？我曾幻想自己全然不同的境遇，却自觉也无法比他们做得更好。较之于挣扎一世，恪尽清廉才得来青史留名，我更愿于生前享尽荣华。

可我心底仍保留了什么。

僻远贫穷的家乡终于出现了下凡的文曲星。我屡次向他传达交好之意，却无一不碰壁。起初我只钦叹其人意志刚强，最终却为他的清正品性折服。直至佣人通报有稀客来访，我不曾料到扣门人竟会是他。

很快，他出现在我眼前，骨子里有着傲然而立的气度，却因有所求，向我折腰了。

我真心欲与他结交，自然无意嘲讽，故对此前尴尬事闭口不谈。

“今晚佳酿作伴，如何？”两只酒樽比不上觥筹交错般热闹，我却感到前所未有地快意舒畅。他直言恳请我下令释放李氏，我一口应下，又饮尽另一杯酒。

“你二人，当是生死与共。”诚然，我艳羡不已。

“生不同，只求死。”

我借皎月寸光看清他红透的面庞，坚毅而硬朗，不由凛然起敬。次日，“独善其身的状元拜会当朝权贵，二人通饮达旦”的消息传遍坊间。这于我无关痛痒，不过被史家多痛斥数句，于他，想必是毁一世英名。

三

若非旁人再三示意，我万不会将你牵扯进来。写下“对山救我”四字时，我只觉头眼昏花，颤巍巍握不稳笔。我多么希望你能济世泽民，纵使你只愿偏安一隅。

我在每刻的回忆中都见到你的身影。或偷笑儿时私塾先生瞌睡丑态，上山下水，恣意嬉闹；或正经拜师后有些许争论，口放狂言，不识天高地厚。我们皆仰慕圣贤，性情却相差甚远。我自幼心系天下，誓要造福苍生，直率而不求事事稳妥，难免莽撞；你有满腹经纶，却不愿涉足官场，将自己保护得刀枪不入。

你只为救我，去见了一贯避而不见的人。那人毕竟恶事做尽，如何落得好下场？可你啊，最清正傲骨的对山，却被牵连免职。你赋闲隐居在草林，平日无事，就爱看戏，竟然开了个戏班。我不愿你这样消沉，可你，早已无意为官。

每个无事的黄昏，我都会敞开门。等你的时候，我就下棋。最终却无缘由地失望，将门掩上。寥寥一生，多少知己？对山，我们已垂垂老矣。

敲落灯花这一瞬
月下黑白乱纷纷
才明白
当局者迷是真

（作者学校：南雅中学）

专家点评

本文以明朝“前七子”中康海（对山）和李梦阳（献吉）的故事为蓝本进行的改写，表现了历史的纷繁错杂。

为救入狱的李梦阳，康海屈尊去乞求同乡宦官张瑾，以使李梦阳获释。而此后，在张瑾被诛康海牵连获罪后，遂归隐山林以琴曲为终业。在整个故事的叙述中，“缮已”与“缮世”的缠绕，反映的不过是人心不古，而在康海的身上，屈已救人与洁身自好不能合一，毁其一世英名，足以令人慨叹千古。世事纷纷，何为超脱？垂老之年方悟年少之悲。

小作者的历史阅读和文学才能在文中得到了充分的发挥，需要提醒的是，对历史的改写，要建立在不改变基本史实的基础上，才能使文章叙述扎实可信。

图书在版编目（CIP）数据

布谷鸟在风中歌唱："北大培文·文学讲习所"优秀作品集 / 张辉 主编. -- 北京：作家出版社，2017. 2
ISBN 978-7-5063-9362-1

Ⅰ. ①布… Ⅱ. ①张… Ⅲ. ①中国文学－当代文学－作品综合集 Ⅳ. ①I217.1

中国版本图书馆CIP数据核字（2017）第031883号

布谷鸟在风中歌唱

主　　编：张　辉
统　　筹：高秀芹　朱　亮
责任编辑：秦　悦
特约编辑：李　想　马晓梅　余文华
装帧设计：向　婷
出版发行：作家出版社
社　　址：北京农展馆南里10号　　　　**邮　　编：**100125
电话传真：86-10-65930756（出版发行部）
86-10-65004079（总编室）
86-10-65015116（邮购部）
E-mail:zuojia@zuojia.net.cn
http://www.haozuojia.com（作家在线）
印　　刷：三河市华业印务有限公司
成品尺寸：155×230
字　　数：220千
印　　张：17.25
版　　次：2017年2月第1版
印　　次：2017年2月第1次印刷
ISBN 978-7-5063-9362-1
定　　价：38.00元
